물의 기억

MEMORY OF WATER
EMMI ITÄRANTA

엠미 이타란타 글 — 현혜진 옮김

물의 기억

MEMORY OF WATER
EMMI ITARANTA

프롤로그

이제 모든 준비는 끝났다.

7주 동안, 나는 아침마다 다례원으로 이어진 돌길 위의 낙엽을 쓸어 냈다. 그러고 그중에 다시 길 위에 뿌릴 한 움큼을 고르길 마흔아홉 차례. 이러면 길을 청소한 티가 별로 나지 않는다. 아버지가 늘 해 오신 일 중 하나다.

언젠가 산야는 돌아가신 분을 즐겁게 해 드릴 필요는 없다고 말한 적이 있다. 그럴지도 모른다. 내가 즐거워야 하는 건지도 모른다. 하지만 무슨 차이가 있을까. 나의 피와 뼈 속에 그들이 있고, 그들이 남긴 것은 나뿐이라면 말이다. 내가 어떻게 해야 할까.

나는 7주 동안 샘에 다녀올 엄두도 낼 수 없었다. 어제 수도를 틀고, 꼭지 부분에 물주머니 입구를 갖다 댔다. 수도를 어르고 달래다가 불퉁스럽게 쏘아붙였다. 소리를 지르거나 울고불고할 수도 있지만, 그래 봤자 물은 인간의 슬픔에 눈 하나 깜짝하지 않는다. 물은 미적거리거나 서두르는 일 없이, 제 속도를 유지하며 흘러갈 따름이다. 돌들만이 그 소리를 듣는 어두운 땅속에서.

수도관에서 물 몇 방울이 주머니에 떨어졌다. 한 스푼 정도 되려나. 나는 그 의미를 안다.

오늘 아침, 나는 물주머니에 남은 물을 큰 냄비에 전부 부었다. 헛간에서 마른 토탄 몇 개를 다례원으로 들고 왔고, 부싯돌은 난로 옆에 놓았다. 내가 힘껏 맞서 가기를 바란 아버지가 생각났다. 그리고 내가 티 마스터가 된 그날을 보지 못한 엄마도.

산야가 떠올랐다. 내가 가는 곳에 그 애가 와 있기를 바랐다.

낯익은 얼굴의 손님이 길을 따라 내려오더니 손을 내민다. 나는 그 손을 잡을 준비가 돼 있다. 우리가 함께 대문을 지나도, 세상은 빠르지도 느리지도 않게 돌아갈 것이다.

남는 건 물 위의 빛뿐, 아니면 움직이는 그림자뿐.

1장

물의 파수꾼

'Only what changes can remain.'

—Wei Wulong, 'The Path of Tea'
7th century of Old Qian time

'변화가 남긴 단 하나'

— 웨이 우롱, '차의 여정'
고대 카안 시대의 7세기

1

"세상에 물처럼 다재다능한 물질은 없단다."

지도에도 존재하지 않는 곳으로 나를 데려간 그날, 아버지는 이렇게 말씀하셨다.

잘못 알고 계신 것도 많았지만 이것만큼은 아버지가 옳았다. 나도 여전히 그렇게 믿고 있으니까. 물은 달과 함께 걷고 땅을 포근히 감싼다. 불에 타 죽거나, 허공에서 떠돌까 근심하지 않는다. 물속으로 발을 내디디면 물은 우리를 꼭 감싸안지만, 너무 힘껏 차 버리면 거세게 저항하며 우리를 뒤흔든다. 한때는 이 세상에도 겨울이 있었다. 옷으로 몸을 칭칭 감싸고 미끄러져 넘어지고 집 안으로 들어가서 몸을 녹여야 할 정도로 추운 겨울, 새하얀 겨울 말이다. 그때라면 얼음이라는 결정수 위를 걸어 다닐 수 있었을 텐데. 나도 얼음을 보긴 했다. 하지만 그냥 인공으로 만든 작은 덩어리에 불과했다. 나는 살면서 한 번이라도 얼어붙은 바다 위를 걸어보고 싶었다.

죽음은 물과 친하다. 둘은 떨어질 수 없는 사이다. 그리고 우리와도 떼려야 뗄 수 없는 관계다. 궁극적으로 우리는 그 두 가지로 이뤄졌기 때문이다. 다재다능한 물 그리고 가까이 있는 죽음. 물은 시작도 끝도 없으나 죽음은 둘 다 있다. 죽음은 시작이자 끝이다. 죽음은 물속에 숨어 이동하기도 하고 물은 죽음을 쫓아내기도 하지만, 둘은 언제나 세상과 우리 속에서 함께 움직인다.

이 또한 아버지한테 배웠지만, 아버지가 없어도 알았을 것 같다.

나는 나 자신의 시작을 선택할 수 있다.

아마 내 마지막도 선택하게 될 것이다.

시작은 지도에 존재하지 않는 곳으로 아버지가 날 데려간 그날이다.

입학시험을 치른 지 몇 주가 지난 후였다. 시민이라면 누구든 성년이 되는 해에 이 시험을 치러야 한다. 나는 성적이 우수했지만, 도시에서 학업을 계속하는 건 아예 꿈도 꾸지 않았다. 지금처럼 아버지의 견습생으로 남게 될 것이다. 어쩔 수 없는 선택이었다. 그래서 진짜 선택이 아닐지도 모른다. 하지만 그 편이 부모님을 행복하게 해 드리는 것 같았고 나를 불행하게 만들지도 않았다. 당시에 이건 중요한 문제였다.

우리는 다례원 뒤편 정원에 있었다. 나는 아버지를 도와 빈 물주머니를 널어 말리는 중이었다. 그중 몇 개는 여전히 내 팔에 있었지만, 대부분은 철제 선반 고리에 뒤집힌 채 매달려 있었다. 반투명한 겉면을 지나 막 안으로 햇빛이 스며들었다. 안쪽에서 물방울들이 줄줄 흐르더니 풀밭으로 또르르 떨어졌다.

"티 마스터는 물, 죽음이랑 각별한 관계란다."

아버지는 물주머니에 금이 갔는지 살피면서 내게 말했다.

"물 없이는 차를 차라 할 수 없고, 차 없이는 티 마스터 역시 티 마스터라 할 수 없지. 티 마스터는 다른 사람들을 대접하는 데 일생을 바치다가, 죽음이 다가왔음을 직감할 때 평생에 딱 한 번 손님으로 다례에 참석하게 된단다. 후계자에게 마지막 다례를 준비시키고 차를 대접받은 후 죽음이 제 심장을 눌러 멈추게 할 때까지 다례원에서 홀로 기다리지."

아버지는 이미 다른 물주머니 두 개가 있는 풀밭에 그것을 던졌다. 물주머니를 손본다고 해서 멀쩡해지는 건 아니지만, 튼튼한 플라스틱 물통만큼 비싼 터라 시도해 볼 만했다.

나는 물었다.

"혹시 착각한 사람은 없었어요? 아직 때가 아닌데 죽음이 다가오고 있다고 생각한 사람이요?"

"우리 가족 중에는 없었지. 과거 세계의 어느 마스터 얘길 들은 적이 있어. 마지막 다례를 준비하라고 아들에게 지시하고 다례원 마루에 자리를 잡고 누웠는데, 이틀 후 멀쩡하게 집으로 걸어 들어갔다는구나. 하인 하나는 그가 유령인 줄 알고 심장 마비를 일으켰다지. 티 마스터는 하인의 죽음이 제 탓이라고 여겼대. 하인은 화장되었고 티 마스터는 그 뒤로도 20년을 더 살았단다. 드문 일이긴 하지만."

아버지가 대답했다.

나는 팔에 앉은 말파리를 철썩 내리쳤다. 하지만 녀석은 윙윙 소리를 내며 용케 줄행랑을 놓았다. 방충 모자의 머리끈이 너무 조여 따끔거렸지만, 모자를 벗으면 곤충이 떼로 공격할 게 뻔했다.

"죽음이 다가오고 있다는 걸 어떻게 알아요?"

나는 물었다.

"그냥 알 수 있단다, 사랑한다는 걸 아는 것처럼. 아니면 꿈속에서 누군가와 한방에 있을 때 설령 상대방 얼굴을 볼 수 없어도 왠지 잘 아는 사람이라는 느낌이 들 듯이 말이다."

아버지는 설명했다.

그러면서 내가 갖고 있던 마지막 물주머니를 가져갔다.

"다례원 베란다에 가서 반딧불이 전등 두 개만 가져와라. 그러고 나 대신 반딧불이 좀 채워 넣고."

나는 전등이 왜 필요한지 궁금했다. 아직 이른 오후인 데다, 이맘때는 밤에도 태양이 수평선 너머로 지지 않기 때문이다. 나는 다례원에 들러 의자 밑에서 전등 두 개를 꺼냈다. 반딧불이 한 마리가 전등 밑바닥에서 뻣뻣한 날개로 움직이고 있었다. 내가 전등을 흔들자, 녀석이 구스베리 덤불 속으로 떨어졌다. 반딧불이는 구스베리라면 사족을 못 쓰는 터라, 나는 전등 위쪽에서 나뭇가지를 계속해서 흔들어 댔다. 그러는 사이 잠에 취해 기어 다니는 반딧불이들이 전등 안에 한 움큼 정도 채워졌다. 나는 뚜껑을 닫고 아버지에게 전등을 가져갔다.

아버지는 빈 물주머니들을 등에 짊어졌다. 얼굴은 방충 모자에 가려 보이지 않았다. 나는 아버지에게 전등 두 개를 건넸지만 아버지는 그중 하나만 가져갔다.

"노리아. 드디어 네게 그걸 보여줄 때가 다가온 것 같구나. 따라오너라."

아버지가 말했다.

우리는 집 뒤편의 말라붙은 넓은 늪지대를 가로질러 언덕 발치까지 걸어갔다. 그런 다음 비탈길을 올랐다. 그리 먼 거리는 아니지만, 끈적끈적한 땀이 흐르면서 머리카락이 두피에 달라붙었다. 암석정원이 시작되는 높은 지점에 다다랐을 때, 나는 방충 모자를 벗었다. 바람이 워낙 거세다 보니, 집 근처만큼 말파리나 작은 날벌레들이 들끓진 않았다.

하늘은 맑고 평온했다. 햇볕이 피부를 바짝 잡아당기는 느낌이었다. 아버지가 걸음을 멈췄다. 길을 선택하려는 모양이었다. 나는 아래쪽을 내려다보았다. 정원이 딸린 티 마스터의 집은 황폐

한 잔디와 휑한 바위들의 빛바랜 풍경 속에 떠 있는 작은 초록색 점 같았다. 골짜기에는 집들이 듬성듬성 흩어져 있고, 건너편에는 앨빈바라Alvinvaara 언덕이 우뚝 솟아 있었다. 언덕 비탈길 너머 해안지역에, 암녹색 전나무 숲이 어렴풋이 보였다. 그리고 그 너머로 바다가 있지만 화창한 날에도 여기서는 보이지 않았다. 반대편에는 나무줄기들이 뒤엉킨 채 서서히 썩어 가는 데드 포레스트Dead Forest가 있었다. 어린 시절에는 허리 높이 이상 자라지 않는 진귀한 자작나무들이 늘 그 자리를 지켰고, 월귤 한 움큼을 주운 적도 있었다.

암석정원 가장자리를 따라 길이 이어졌다. 아버지는 그쪽으로 향했다. 언덕 비탈길에는 동굴 천지였다. 어렸을 때, 나는 이곳에서 종종 놀았다. 산야와 다른 친구 두 명이랑 괴물 놀이에 푹 빠져 있던 나를 엄마가 찾아 낸 기억이 지금도 생생하다. 엄마는 애한테 소홀하다며 아버지를 닦달하고 집까지 내 팔을 질질 끌고 갔다. 나는 한 달 동안 마을 친구들과 놀 수 없었다. 하지만 그 후에도 엄마가 연구차 출장을 갈 때면 산야랑 동굴에 숨어 들어가 스파이 놀이며, 탐험가 놀이에 흠뻑 빠졌다. 동굴이 수백 개는 아니더라도, 족히 수십 개는 됨직했다. 우리는 가능한 한 동굴 구석구석을 살펴보았다. 고서나 전자책에서 읽은 비밀 통로라든가 숨겨진 보물을 계속 찾아봤지만, 거칠고 메마른 돌멩이 말고는 아무것도 발견하지 못했다.

아버지는 고양이 머리 모양의 동굴 입구에서 걸음을 멈췄다. 그러더니 아무 말 없이 안으로 들어갔다. 입구는 낮았다. 날카로운 돌이 얇은 바지 천을 뚫고 들어오면서 무릎이 까졌다. 더구나 전등과 방충 모자까지 전부 들고 가려니, 이만저만 고생이 아니었다. 동굴 내부 공기는 스산하면서 고요했다. 해질녘 반딧불이의 노란빛이 점점 늘어나자, 전등도 희미하게 빛을 내기 시작했다.

눈에 익은 동굴이었다. 어느 여름, 이 동굴 때문에 산야랑 다툰 적이 있었다. 당시 산야는 뉴 키안 최고 핵심 탐험가 협회 본부로 이 동굴을 점찍었다. 하지만 나는 반대했다. 안으로 들어갈수록 높이도 급격히 낮아지고 쓸데없는 공간도 많은데다, 집에서 너무 멀리 떨어져 있어 음식을 몰래 가져오기도 만만치 않았다. 결국 우리는 집에서 좀 더 가깝고 훨씬 작은 동굴을 선택했다.

아버지는 동굴 안으로 엉금엉금 기어가고 있었다. 그런데 갑자기 멈춰 서더니 손으로 벽을 직접 밀었다. 내 눈에는 그렇게 보였다. 그때 아버지 팔이 움직였다. 아버지 위에 있는 바위에서 끼익 하는 소리가 어렴풋이 들리더니, 거무스름한 구멍이 나타났다. 동굴이 워낙 낮은 터라, 앉아 있는데도 아버지의 머리 부분이 구멍에 닿았다. 아버지는 전등을 든 채로 그곳을 미끄러지듯 지나갔다. 나는 아버지의 얼굴을 쳐다보았다. 그러자 아버지도 구멍을 통해 나를 바라보았다.

"따라오고 있니?"

아버지가 물었다.

나는 동굴 안으로 엉금엉금 기어가서는, 아버지가 해치를 열었던 그 벽에 손을 댔다. 너울대는 전등 불빛 속에 보이는 거라곤 거친 바윗돌뿐이었다. 하지만 손가락으로 더듬다 보니, 선반 모양의 가는 구조물이 잡혔다. 안쪽으로 널찍한 틈이 있었고, 나는 그 속에서 작은 레버를 발견했다. 바위 모양 때문에 틈은 거의 보이지 않았다.

아버지가 말했다.

"어떻게 작동하는지 나중에 설명해 줄게. 자, 이리 오렴."

나는 해치를 지나 아버지를 따라갔다.

동굴 위에 또 다른 동굴, 아니 더 정확히 말하면 통로가 하나 있었다. 언덕 중심부로 바로 내려가는 것 같았다. 해치 위 오른쪽 천장에 금속 파이프가 있고 그 옆에 커다란 고리 하나가 있었다. 용도가 뭔지 전혀 감이 안 왔다. 벽에는 레버 두 개가 있었다. 아버지가 그중 하나를 돌리자 해치가 닫혔다. 칠흑 같이 어두운 통로 안에 전등 불빛이 점점 밝게 빛났다. 아버지는 방충 모자를 벗은 다음, 짊어지고 온 물주머니를 바닥에 내려놓았다.

"모자는 여기 둬라. 앞으로 쓸 일이 없을 게다."

아버지가 말했다.

통로는 언덕 안쪽으로 경사져 있었다. 나는 금속 파이프가 통로를 따라 쭉 이어진 걸 알아챘다. 등을 꼿꼿이 편 채로는 걸을 수가 없었고, 가끔 아버지 머리가 천장을 스치기도 했다. 발밑의 바위는 예상 외로 매끄러웠다. 내 전등 불빛은 아버지 재킷 뒤쪽 주름 부분을 잡고 늘어지고, 벽의 움푹 들어간 곳에는 어둠이 들러붙었다. 나는 우리를 둘러싼 지하 세계의 침묵에 귀를 기울였다. 지상의 침묵과는 느낌이 사뭇 달랐다. 더할 나위 없이 깊고 고요했다. 중심부에서 울려 퍼지는 소리가 서서히 들리기 시작했다. 귀에 익은 듯하면서도 낯설었다. 자유롭게 흐르되, 오로지 제 무게와 의지로 밀고 나가는 그런 소리. 한 번도 들어 본 적 없는 소리였다. 마치 창문을 두드리는 빗소리나, 소나무 뿌리에 퍼붓는 목욕물 소리 같다고나 할까. 하지만 인간이 만든 틀속에 얽매이지도, 비굴하거나 편협하지도 않았다. 그 소리는 나를 휘감아 끌어당겼다. 벽만큼 가까워질 때까지, 어둠만큼 가까워질 때까지.

아버지가 걸음을 멈췄다. 전등 불빛 사이로 보니, 우리는 통로와 또 다른 동굴 사이에 있었다. 아까 그 소리가 크게 울려 퍼졌다. 아버지는 고개를 돌려 날 쳐다보았다. 반딧불이 불빛이 물에서처럼 아버지 얼굴에 너울거렸다. 그 뒤로는 어둠이 메아리쳤다. 나는 아버지가 무슨 말인가 해 주기를 기대했다. 하지만 아버지는 그저 등을 돌려서 걸어갈 뿐이었다. 나는 아버지의 뒤를 따라갔다.

앞을 보려고 애를 썼지만, 전등 불빛은 멀리까지 닿지 않았다.

어둠이 우르릉거리며 우리를 맞이했다. 마치 철제 냄비 바닥에서 들끓는 물의 아우성 같기도 했지만, 그보다는 물이 막 끓기 시작한 수천 아니 수만 개의 냄비 소리랑 더 흡사했다. 그때가 바로 물을 불에서 치워야 할 때라는 걸 티 마스터는 안다. 안 그러면 증기로 사라져 더는 잡을 수 없다. 얼굴에 차갑고 축축한 뭔가가 느껴졌다. 몇 발 걸어 내려가자, 마침내 소리가 나는 곳에 반딧불이 불빛이 다다랐다. 나는 난생처음으로 비밀의 샘을 본 것이다.

줄줄이 쏟아지는 실낱같은 희미한 빛줄기를 받으며, 바위 안쪽에서 물이 거침없이 쏟아졌다. 거대한 물줄기에 부딪쳐, 동굴 아래쪽 샘물 표면이 산산이 부서졌다. 바위 주변을 휘감아 굽이치던 물은 저 혼자 빙글빙글 소용돌이치고 마구 휘저으며 넘실넘실 춤을 추더니 다시 스르르 흐트러졌다. 요동치는 힘에 수면은 전율했다. 좁다란 물줄기가 샘터를 지나, 우리가 들어온 해치의 돌 선반 쪽으로 흘러가더니 그 아래 땅속으로 사라졌다. 그런데 수면 위쪽 바위벽에 하얀 얼룩 같은 것이 보였다. 그리고 저만치 떨어진 벽에 레버가 또 하나 있었다. 아버지는 내게 샘터 가장자리로 오라고 재촉했다.

"마셔 봐."

아버지가 말했다.

손가락을 물속에 담그니, 힘이 느껴졌다. 마치 숨을 쉬고 있는 듯, 동물처럼, 다른 사람의 피부처럼 내 손을 흔들었다. 물은 차가웠다. 여태껏 먹어 본 그 어떤 물보다 차가웠다. 나는 조심스레 손가락을 핥았다. 아주 어렸을 때부터 나는 배웠다, 일단 맛본 적 없는 물은 절대 마시면 안 된다는 걸.

"시원해요."

나는 대답했다.

전등 불빛이 아버지 얼굴에 겹쳐졌을 때 아버지는 웃고 있었지만, 웃음기는 이내 사그라졌다.

"넌 이제 열입곱 살이고 성인이야. 내 말을 이해할 만큼 큰 거지. 이곳은 존재하지 않는 곳이란다. 이 샘은 오래전에 말라 버렸다고들 알고 있어. 한때 마을 전체에 물을 대 주던, 언덕의 샘을 기억하는 사람들조차 그렇게 믿고 있지. 명심해라. 이 샘은 존재하지 않는다."

아버지가 못을 박았다.

"명심할게요."

당시 말은 그렇게 했지만, 내가 무슨 약속을 한 건지는 나중에서야 알게 되었다. 침묵이란 녀석은 텅 빈 것도, 실체가 없는 것도 아니다. 온순한 존재를 묶어두는 데는 필요치 않다. 침묵은 모든 걸 산산조각 낼 만한 강력한 세력들의 보호막인 경우가 다반사다.

우리는 통로를 통해 돌아 나왔다. 입구에 도착하자, 아버지가 그곳에 놔둔 물주머니를 집어 들더니 천장에 있는 고리에 걸었다. 물주머니의 주둥이가 열려 있는지 확인한 다음, 아버지는 벽에 있는 레버 중에 하나를 돌렸다. 전기 돌아가는 소리가 났다. 부엌에 있는 냉각 장치에서 나는 소리와 비슷했다. 게다가 이전과는 조금 다른 굉음도 함께 들렸다. 금속 안에 갇혀 있는 듯한 느낌이랄까. 그런데 바로 그때, 거센 물줄기가 천장에서 뿜어져 나와 곧바로 물주머니 속으로 들어갔다.

나는 물었다.

"아버지가 이걸 다 만드신 거예요? 아니면 엄마가? 엄마가 설계했나요? 두 분이 함께 만드신 거예요?"

"이걸 언제 누가 만들었는지 정확히 아는 사람은 없단다. 하지만 티 마스터들은 늘 자기네들 중 한 명이 만들었을 것이라고 생각하지. 아마도 이걸 만든 사람은 겨울이 사라지고 전쟁이 시작되기 전에 이곳에 터를 잡았을지도 모르겠구나. 이제는 오로지 물만이 기억할 뿐이란다."

아버지가 말했다.

아버지는 레버 두 개를 돌렸다. 거센 물줄기가 느려지면서 서서히 자취를 감추었다. 그리고 다시 해치가 열렸다.

"먼저 가거라."

아버지가 말했다.

나는 구멍 속으로 직접 내려갔다. 아버지는 물주머니를 단단히 잠근 다음에, 동굴 안으로 조심스레 내려뜨렸다. 나는 아버지한테 그 물주머니를 건네받았다. 해치가 다시 굳게 닫히자, 그곳은 비밀을 지니지 않은 그저 평범한 동굴처럼 보였다.

햇빛이 비치면서 반딧불이 불빛은 삽시간에 사라졌다. 우리가 정원에 들어오자, 차양 아래 앉아 있던 엄마가 무릎 위에 놓인 두툼한 책에서 메모지를 꺼내려다 고개를 들었다. 아버지는 내게 전등을 건넸다. 나뭇잎 그림자가 돌길 위에 일렁였다. 아버지는 물주머니를 등에 짊어지고 다례원으로 향했다. 내가 따라가려 하자, 아버지가 말렸다.

"지금은 안 돼."

나는 전등을 들고 멍하니 선 채, 햇볕에 달궈진 전등 유리벽에 반딧불이들이 마구 부딪치는 소리에 귀를 기울였다. 엄마 말소리를 듣고서야, 전등 뚜껑을 열어야겠다는 생각이 들었다.

엄마가 물었다.

"햇볕에 또 탔구나. 아버지랑 어딜 그렇게 쏘다닌 거니?"

반딧불이들이 허공으로 솟구치며 덤불 속으로 사라졌다.

"존재하지 않는 곳이요."

나는 이렇게 말하면서 엄마를 쳐다보았다. 엄마도 우리가 간 곳을 알고 있었고, 엄마 또한 그곳에 갔었다는 걸 직감했다.

엄마는 아무 말 없었고 그 후에도 그랬다. 하지만 엄마 얼굴에서 평온함이 자취를 감췄다.

그날 밤 늦은 시간, 나는 방충망 아래 침대에 누워 소나무를 비추는 한밤의 주홍빛 태양을 바라보고 있었다. 그런데 부엌에서 한참 동안 엄마랑 아버지가 이야기를 나누는 소리가 들렸다. 두 분이 무슨 말을 나누는지 알아들을 수는 없지만, 비몽사몽 간에도 말속의 불길한 기운이 고스란히 느껴졌다.

2

땅이 여전히 싸늘한 밤공기를 들이마시고 있을 무렵, 나는 아버지를 도와 태양광 자전거 뒤에 있는 작은 짐수레에 금이 간 물주머니들을 실었다. 긁힌 플라스틱 표면이 아침 햇살에 번뜩였다. 나는 물주머니들을 굵은 끈으로 묶었다. 흔들리지 않을 거라는 확신이 서자, 해초 가방해초를 엮어 만든 가방을 어깨에 둘러메고 태양광 자전거에 올랐다.

"주카라 아저씨한테 맡겨라. 싸게 해 줄 거야."

아버지가 말했다.

주카라 아저씨는 마을에서 나이가 제일 많은 플라스틱 세공인이자 아버지 친구다. 작년에 수리한 물주머니가 얼마 사용하지 않아 다시 못 쓰게 된 뒤로 나는 아저씨가 미덥지 않았다. 그래서 아무 말 없이 그저 고개만 까딱이며 끄덕이는 척했다.

"그리고 종일 죽치고 있으면 안 돼. 내일 손님들이 올 거란다.

네가 다례원 청소하는 걸 도와줘야 해."

아버지가 덧붙였다.

나는 태양광 자전거에 시동을 걸기 위해 페달에 발을 올렸다. 태양 전지판 중 하나가 부서진데다 모터까지 속을 썩이는 바람에, 집 주변 황록색 나무들 사이의 흙길을 따라가는 내내 페달을 밟고 있어야 했다. 숲속 가장자리에 이르기 직전에서야, 자전거는 흔들림 없이 조용히 달리기 시작했다. 나는 태양광 자전거와 짐수레를 넓은 도로 쪽으로 살살 몰았다. 페달을 고정하고 그 위에 발을 편히 올리자, 태양광 자전거는 마을을 향해 유유히 움직였다. 맨 팔에 닿는 아침 공기가 상쾌했다. 말파리도 별로 없었다. 나는 방충 모자를 벗은 채, 바람과 햇살이 얼굴에 밀려들도록 놔두었다. 구름 한 점 없는 건조한 파란 하늘과 평온한 대지. 들녘의 자욱한 먼지 사이로 물을 찾아 이동하는 작은 동물들이 보였다.

마을 모퉁이의 몇 집을 지나자, 갈림길이 나왔다. 주카라 아저씨네 수리점은 왼쪽이었다. 나는 잠시 멈춰 서서 망설이다가 오른쪽으로 향했다. 여기저기 부서진, 낯익은 파란 말뚝 울타리가 보일 때까지.

마을에 있는 여느 집들과 마찬가지로, 산야네도 과거 세계 시절에 지은 집이다. 1층에는 방 여러 개와 정원이 딸려 있다. 집 지을 당시만 해도 과거의 첨단 고속차량을 소유한 사람들이 살았는지, 차고도 하나 있었다. 벽도 수차례 손을 본 상태였다. 예전에는 지붕에 태양 전지판도 없이 거의 평평했었다고 산야 부모님이 말씀하셨는데, 도저히 상상이 안 된다.

내가 열린 대문 밖에 멈췄을 때, 산야는 앞마당에 서서 물주머니에 남은 물을 양동이에 쏟으며 욕설을 퍼붓는 중이었다. 현관문은 열려 있고, 거의 알아들을 수 없는 뉴스 소리가 문틀에 씌워진 방충망 사이로 흘러나오고 있었다. 산야는 방충 모자도 안 쓴 상태였다. 산야랑 눈이 마주쳤다. 밤을 샌 모양이었다.

"빌어먹을 사기꾼 놈이 나한테 소금물을 팔았어."

산야는 검은 머리카락을 귀 너머로 거칠게 넘기며 분통을 터뜨렸다.

"어떻게 그랬는지 모르겠어. 평소처럼 일단 물맛을 봤는데 괜찮았거든. 무지막지한 가격이라 그냥 물주머니 반 정도 분량만 샀는데, 그마저도 돈 낭비였어."

나는 자전거를 대문에서 마당으로 끌고 가며 물었다.

"그 사람 가지고 있던 통이 어떤 거였어?"

"구닥다리 통이었어. 투명한 큰 통이 연단 위에 있고, 파이프를 이용해서 물을 팔았어."

산야가 설명했다.

"이중 파이프 사기네. 작년에도 시내에서 그런 일이 있었어. 연단 안쪽에 소금물이 담긴 비밀 통을 놔둔대. 그리고 파이프를 두 개 만들어서, 하나는 담수가 든 통에, 다른 하나는 비밀 통에 넣고 물을 빼내는 거지. 상인은 마실 수 있는 물을 맛보기용으로 주다가 파이프를 바꿔치기해서 소금물을 파는 거야."

산야는 한동안 나를 뚫어져라 쳐다보더니 입을 열었다.

"바보 멍텅구리."

산야 자신에게 하는 말이었다. 보나마나 일주일치 생활비 대부분을 소금물 사는 데 써 버렸을 게 뻔하다.

"누구나 당할 수 있는 일이야. 알 도리가 없잖아. 하지만 사람들에게 주의를 줄 만한 좋은 방법이 있을 거야."

나는 산야를 다독였다.

산야는 한숨을 폭 내쉬었다.

"저녁 장터에서 폐점시간 직전에 사람들이 그놈한테서 물을 사는 걸 봤어. 지금쯤 그놈은 다음 멍텅구리를 찾아 멀리 튀었겠지."

나는 머릿속에 있는 생각을 입 밖에 내지 않았다. 수많은 사기 사건이 극성을 부리는 걸 보니. 세상이 점점 험악해지는 것 같다고 부모님이 이야기하는 걸 여러 번 들었다. 뉴스에서 모든 불화는 일시적이라는 둥, 전쟁은 일사천리로 진압되고 있다는 둥 연일 보도했지만 말이다. 아주 살기 좋았던 시절에도 물이 부족한 적이 가끔 있긴 했다. 하지만 대부분 매달 배급량으로 해결할 만했고 가짜 물이 판칠 이유도 없었다. 이따금 작은 마을에 들르는 떠돌이 물장수들이 가격을 높게 부르긴 했지만, 까딱하면 제 사업이 위태로워질 수 있다는 걸 알았고, 마실 수 없는 물을 파는 경쟁자들을 곱게 보지도 않았다. 사기 사건이 전례가 없는 건 아니지만, 이번 일은 우리 마을에서 두 달 만에 세 번째로 당한 사기였다. 갑자기 사기 사건이 잦아진 건, 배급량 계획이라든가 심지어 배급 제도가 더 엄격해질 거라는 소문이 시내에 쫙 퍼졌다는 의미다. 식수 사기꾼 중에는 경쟁이 덜한 지역이나 잘 속아 넘어가는 손님을 찾아, 시내의 북적대는 시장을 떠나는 경우도 있다.

"수도관 또 고장 났어?"

나는 물었다.

"그놈의 고물은 파내고 새 걸로 교체해야 해. 시간만 있으면 직접 할 텐데. 민야가 지난주부터 또 앓아누웠어. 수돗물을 끓이긴 했는데, 그래도 그 애에게 줄 엄두가 안 나. 아버지는 아무 문제없다고 하시지만. 아버지 위장은 수년 동안 더러운 물에 단련돼서 끄떡없는 모양이야."

산야가 말했다.

민야는 태어난 이후 쭉 병을 달고 사는 산야의 두 살짜리 여동생이다. 최근에는 두 사람의 엄마인 키라 아줌마까지 몸이 좋지 않았다. 산야에겐 말하지 않았지만, 나는 늦은 밤 어스름 속에서 어느 낯선 사람이 그 집 대문 옆에 앉아 있는 걸 한두 번 본 적이 있다. 호리호리한 검은 형체였는데, 왠지 어딜 가든 환영받지 못할 것만 같았다. 그 사람은 안으로 들어가지도, 그렇다고 가 버리지도 않았다. 미동도 않은 채 잠자코 서 있었다.

문득 죽음과 티 마스터에 대한 아버지 말씀이 떠올랐다. 그리고 내 또래의 산야 얼굴에서 잠을 설친 시간의 그림자를 봤을 때, 그 집 문 앞에서 기다리던 형체가 불현듯 내 몸을 짓눌렀다.

봐선 안 되는 것들이 있다. 들어선 안 되는 것들도 있다.

"수도관 수리 허가 신청했어?"

산야는 코웃음을 쳤다.

"신청 과정을 기다릴 시간이 어디 있어? 필요한 예비부품은 거의 다 가지고 있어. 수도 관리원 몰래 고칠 방법만 알아내면 되는데."

산야는 그 일이 범죄가 아니라 소소하고 일상적인 일인 듯 대수롭지 않게 이야기했다. 나는 수도 관리원에 대해 생각했다. 파란색 방충 모자 속에 가려진 감정 없는 얼굴, 짝을 지어 좁은 거리를 순찰하면서 일사불란하게 행군하듯 걷는 모습, 시민의 물 배급량에 대한 매달 사용량을 체크하고 처벌하는 모습이 떠올랐다. 구타나 체포, 벌금, 그 외에 마을에 파다하게 퍼진 훨씬 더 흉흉한 소문들도 들었지만 그게 사실인지는 확실치 않다. 수도 관리원의 무기가 생각났다. 어느 할머니 집에서 압수한 불법 수도관 일부를 거리에서 만지작거리더니 번쩍거리는 긴 기병 대검으로 두 동강 내 버리는 모습을 본 적이 있다.

"수리할 거 가져왔어."

나는 물주머니를 묶어 둔 끈을 풀면서 말했다.

"급할 거 없어. 비용은 얼마나 들까?"

산야는 손가락으로 더듬으며 물주머니 개수를 셌다.

"반나절 걸리겠네. 물주머니 두 개 정도!"

"네 개 줄게."

주카라 아저씨는 물주머니 두 개를 받고 그 일을 했지만 신경 쓰지 않았다.

"물주머니 네 개라면, 이 중 하나는 당장 고쳐 줄게."

"또 가져온 게 있어."

나는 가방에서 얇은 책 한 권을 꺼냈다. 산야는 그것을 물끄러미 보더니 조그맣게 탄성을 질렀다.

"네가 최고야!"

그러더니 산야의 표정이 다시 어두워졌다.

"근데, 아직 지난번 책도 다 못 읽었어."

"상관없어. 난 여러 번 읽었으니까."

산야는 주저하듯 책을 받았지만 내심 기뻐하는 눈치였다. 다른 집처럼, 산야네도 종이책이 없었다. 종이책과 달리 좀 더 저렴한 데다, 아무 시장에서나 살 수 있는 전자책뿐이었다.

우리는 물주머니를 산야의 작업실로 옮겼다. 작업실은 뒷마당에 있었다. 해초를 이어 지붕을 만들고, 나무 지지대 사이에 방충망을 쫙 펼쳐 삼면의 벽을 만들었다. 집의 뒷벽이 작업실의 네 번째 벽 역할을 했다. 산야는 우리 바로 뒤에 있는, 가늘게 엮은 철망 문을 잡아당기더니 걸쇠를 걸었다. 그래야 찬바람에 문이 열리지 않았다.

나는 한가운데에 있는, 대패질한 나무 작업대 위에 물주머니를 내려놓았다. 산야도 그 위에 나머지를 놓고 튼튼한 벽 옆에 있는 긴 탁자에 한 개를 가져갔다. 아버지는 깨진 부분을 붉은색으로 표시해 두었는데, 물주머니 겉면에 삐뚤빼뚤한 별 모양이 그려져 있었다.

산야가 태양열 버너에 불을 켜자, 주황빛과 붉은빛으로 전선이 달아오르기 시작했다. 산야는 탁자 아래에서 덧댈 플라스틱 조각들이 들어 있는 상자를 꺼내더니, 하나를 집어 들었다. 나는 물주머니와 플라스틱 조각에 번갈아 가며 꼼꼼히 열을 가하는 산야의 모습을 지켜보았다. 양면이 점점 말랑말랑하고 끈적거리자, 산야는 금이 간 부분에 플라스틱을 댔다. 물주머니의 깨진 부분에 정확히 덧씌워진 걸 확인한 산야는 이음 부위를 빈틈없이 고르게 펴기 시작했다.

나는 기다리는 동안 작업실을 둘러보았다. 2주 전 내가 마지막으로 왔던 이후, 산야는 플라스틱 폐기물을 더 가져온 모양이었다. 늘 그렇듯, 기다란 탁자에는 연장, 솔, 페인트 통, 나무 선반, 텅 빈 반딧불이 전등, 그 밖에 내가 모르는 갖가지 잡동사니들이 가득했다. 하지만 공간 대부분은 폐플라스틱과 금속으로 넘쳐 나는 나무 상자들의 차지였다. 금속은 구하기가 무척 힘들었다. 여러모로 유용한 금속 부품은 수십 년 전 군에서 녹여 사용한다며 도시로 거둬갔고, 그 이후 사람들은 고철 무덤에서 쓸 만하다 싶으면 대부분 챙겼다. 그래서 요즘 구할 수 있는 거라곤, 전혀 관련 없는 하찮은 쪼가리뿐이다.

반면, 폐플라스틱은 절대 바닥날 일이 없을 것 같았다. 과거 세계의 플라스틱은 지금 것과는 달리 분해되는 데 무려 수백 년이 걸리기 때문이다. 대다수 폐플라스틱은 품질도 형편없고 심하게 망가진 상태라서, 유용한 제품으로 만들기는 무리였다. 하지만 이따금 깊이 파 내려가다 보면, 우연찮게 보물을 발견하기도 했다. 그중에서도 과거 세계의 고장 난 기계 부품이라든가, 우리 세계에서는 필요 없는 용도로 고안된 금속과 플라스틱을 발견했다면, 완전 땡잡은 거나 다름없었다. 간혹 버려진 기계류 중에는 여전히 쓸 만하거나 금방 고쳐 쓸 수 있는 것도 있었다. 그런 걸 보면 애초에 왜 버렸는지 의아해지곤 했다.

나는 탁자 아래 있는 어느 상자에서 깨진 플라스틱 그릇을 여럿 발견했다. 머그잔, 접시, 물 주전자 같은 것들이었다. 그 아래에는 2~3cm 두께의 검은 직사각형 플라스틱 두 개가 있었다. 크기며 모양이, 내 방에 있는 책과 비슷했다. 한쪽 면은 매끄럽지만 반대쪽 면에는 톱니바퀴 모양의 둥근 구멍 두 개가 있었다. 플라스틱 하나는 한쪽 끝이 깨져 있고, 반질반질한 짙은 색 테이프가 갈가리 찢긴 채 안쪽에서 풀려나온 상태였다. 플라스틱 위에는 작은 활자들이 도드라져 있었다. 대부분 읽기 힘들지만, 세 글자 만큼은 알아볼 수 있었다. **VHS** <small>Video Home System, 카세트를 이용하여 동영상을 기록하고 재생할 수 있도록 만들어진 표준 규격.</small>

"이게 다 뭐야?"

나는 물었다.

이음 부분을 매끄럽게 마무리한 산야가 돌아보았다.

"몰라. 지난주에 발견했어. 예전 첨단 기계에 사용한 교체품인 것 같은데, 어떤 용도였는지는 모르겠어."

산야는 선반에 물주머니를 올려놓았다. 플라스틱 이음매가 완전히 붙으려면 시간이 좀 걸렸다. 산야는 탁자에서 커다란 배낭을 집어 들더니 등에 짊어지며 물었다.

"물주머니가 식는 동안 폐품 수거나 하러 갈래?"

❧

몇 블록 정도 걸었을까. 평소 폐플라스틱 무덤으로 가던 길로 가려는데, 산야가 걸음을 멈추며 말했다.

"그 길로 가지 말자."

순간, 파란색 동그라미가 내 눈길을 사로잡았다. 길옆으로 나무집이 하나 있었다. 한때 노란색이던 페인트칠은 누렇게 변색되거나 벗겨졌고, 지붕 위의 태양 전지판 중 하나는 귀퉁이 부분이 떨어져 나간 상태였다. 그 건물도 여느 마을 집과 별반 다를 게 없었다. 과거 세계에 지어졌고 그 후 현 세계의 환경에 맞게 개조된 집이었다. 하지만 지금은 다른 집의 빛바랜 칙칙한 담장과 황폐한 마당 사이에서 유난히 눈에 띄었다. 그 집 대문에만 선명한 페인트 표시가 있기 때문이다. 삭은 나무 표면에 그려 있는 파란색 동그라미. 번들거리는 걸 보니, 아직 덜 마른 모양이다. 그런 표시는 난생처음 봤다.

나는 물었다.

"저거 뭐야?"

"딴 데 가서 얘기하자."

산야가 나를 잡아끌며 말했다. 나는 옆집에서 누군가 걸어 나오는 걸 보았다. 그 사람은 동그라미 표시가 있는 집을 외면하며 잰걸음으로 지나갔다. 그 사람 외에는, 길에 개미 한 마리도 보이지 않았다.

나는 산야를 따라 우회로로 향했다. 산야는 주변을 두리번거리더니, 아무도 보이지 않자 나지막한 목소리로 말했다.

"저 집 감시 당하고 있대. 동그라미 표시는 지난주에 생겼는데, 악질적인 물 범죄자를 나타내는 표시래."

"누가 그래?"

"엄마한테 들었어. 언젠가 빵집 아줌마가 저 집 대문 앞에 멈춰 섰는데, 난데없이 수도 관리원 두 명이 나타나서는 무슨 일이

냐고 캐묻더래. 그 사람들이 그랬대. 저 집 사람들, 물 범죄자라고. 아줌마가 그냥 해바라기 씨 케이크를 팔려고 잠시 들른 거라고 하니까, 그제야 풀어 주더래."

나는 그 집에 누가 사는지 잘 안다. 자식 없는 부부가 연로한 부모를 모시고 살았다. 그런데 그들이 물 범죄를 저지르다니, 도저히 상상이 안 됐다.

나는 물었다.

"저 집 사람들 어떻게 됐어?"

몹시 지쳐 보이는 평범한 얼굴을 하고, 검소한 옷차림이었던 그들이 떠올랐다.

"아직 집에 있는지, 쫓겨났는지 아무도 몰라."

산야가 대답했다.

"저 사람들 어떻게 될까?"

산야는 나를 쳐다보더니, 어깨를 으쓱할 뿐 말이 없었다. 문득 불법 수도관을 만들려고 했다는 산야 말이 떠올랐다. 나는 뒤를 돌아보았다. 어느덧 그 집과 길은 시야에서 사라지고 파란색 동그라미만이 눈앞에 번쩍이고 있었다. 마을에 새겨진 쓰라린 문신. 문신에 염증이 심해서, 맘 편히 다가갈 수가 없다. 침묵만이 감돌 뿐이다.

우리는 우회로를 따라 계속 걸었다.

우리는 폐플라스틱 무덤 주변을 흐르는 야트막한 진흙투성이 시냇물을 건넜다. 어렸을 때만 해도, 우리는 이곳에 올 수 없었다. 엄마가 그랬다. 이 주변 토양에는 독성이 가득한데다, 자칫 발을 헛디뎠다간 날카로운 것에 옷이나 살이 찢길 수 있어 무덤을 걸어 다니는 건 위험천만한 일이라고. 당시 우리는 폐플라스틱 무덤으로 비밀 여행을 떠나기로 몰래 계획을 세웠다. 주로 낮과 밤 사이, 그러니까 반딧불이 전등이 없어도 될 만큼 환하면서도 멀리에서 우리를 알아볼 수 없을 정도로 어슴푸레한 시간대로 정했다.

폐플라스틱 무덤은 크고 가파른데다 질척질척한 지역이다. 게다가 날선 모서리와 거친 표면, 곧게 뻗은 날, 뾰족한 조각들이 불쑥불쑥 튀어나왔다. 굽이치는 기이한 골짜기와 능선은 시도 때도 없이 모습을 바꿨다. 변형이 덜 된 쓸 만한 플라스틱이나 목재를 찾는답시고 사람들이 쓰레기 더미를 이쪽에서 저쪽으로 옮기고, 평평한 곳은 발로 꾹꾹 눌러 더 단단히 다지고, 큼지막한 구멍을 파헤치면서 그때 파낸 흙을 그 옆에 산더미처럼 쌓아 올렸기 때문이다. 무덤에서 풍기는 익숙한 냄새와 모습을 보니, 다리를 긁힐까 봐 늘 신고 다니던 긴 장화와 질 나쁜 장화 안감에 대한 기억이 고스란히 떠올랐다. 장화를 신은 발에 땀이 차서 얼마나 미끄러웠던지.

지금 신고 있는 신발은 나무창을 덧댄, 발목이 드러나는 여름 신발이다. 하지만 그동안 나도 많이 컸고 날씨까지 화창했다. 걸을 때마다 그 무게에 못 이겨 폐플라스틱이 으스러졌고, 말파리나 다른 벌레들이 후드를 뒤집어쓴 머리 주변에서 요란스레 윙윙거렸다. 벌레란 녀석들은 훤히 드러난 맨살 부위에 더 꼬이기 마련이다. 나는 돌돌 말린 소매를 내려 손목에 단단히 여몄다. 저녁쯤이면 발목이 벌겋게 퉁퉁 부어오를 것이다.

나는 수거할 만한 것은 뭐든 눈여겨보는 반면, 관심 없는 물건은 그냥 지나쳤다. 이를테면 지저분한 흰색 플라스틱 파편이나 뾰족한 굽이 부러진 불편해 보이는 구두, 빛바랜 인형 머리 따위 말이다. 나는 걸음을 멈추고 뒤를 돌아보았다. 산야가 없었다. 저만치 폐물 더미 앞에 웅크리고 앉아 뭔가를 파내고 있었다. 가까이 다가가니, 깨진 사발과 뒤틀어진 옷걸이, 시커먼 긴 조각들이 뒤죽박죽 섞여 있는 곳에서 뚜껑 달린 상자 같은 걸 잡아당기는 중이었다.

직사각형 모양의 상자는 난생처음 보는 물건이었다. 여기저기 긁힌 검은 표면을 보아하니, 예전에는 반질반질했을 것 같았다. 직사각형의 양쪽 모서리에는 촘촘한 철망으로 덮인, 둥근 홈이 있었다.

"스피커야. 과거에 만든 다른 기계에서 비슷한 걸 본 적 있어. 뭔가를 들을 때 사용해."

산야가 설명했다.

스피커들 사이에는 직사각형 홈이 있는데, 내 손보다 살짝 넓었다. 뚜껑은 부서져 있고 위쪽 모서리 부분에서 열게 돼 있었다. 그 장치 위쪽에는 여러 개의 스위치와, 서로 다른 방향을 가리키는 작은 화살표가 그려진 버튼들이 있었다. 그리고 그보다 좀 더 큰 버튼 한 개가 있었는데 그것을 돌리니, 빨간색 바늘이 눈금을 따라 이동하면서 아무 의미 없는 숫자들을 가리켰다. 92, 98, 104 등등. 눈금의 오른쪽 끝에 'Mhz Megahertz. 라디오 주파수의 단위'라는 글자가 보였다. 맨 위쪽 판 중앙에는 움푹 들어간 둥근 부분이 있었다. 앞판에 있는 것보다 약간 컸고 일부만 투명한 뚜껑으로 덮여 있었다.

나는 기계를 집에 가져갈 건지 산야에게 굳이 물어볼 필요가 없었다. 산야 얼굴에는 이미 이렇게 쓰여 있었다. 덮개에 가려진 내부를 머릿속으로 그리면서 직접 기계를 열어 보고 다양한 부품의 순서를 외우고 어떻게 작동하는지 알아보기 위해 태양열 발전기에서 그 장치로 전기를 보내고 있다고.

우리는 한참을 플라스틱 무덤을 헤매고 다녔지만, 발견한 거라곤 흔히 보는 쓰레기들—부서진 장난감, 정체를 알 수 없는 파편들, 못 쓰는 그릇과 곰팡이가 잔뜩 피어 있는 수많은 비닐 봉투 쪼가리—뿐이었다. 나는 마을로 돌아가려고 몸을 돌리면서 산야에게 말했다.

"바다까지 완전히 파 봤으면 좋겠어. 그럼 혹시 알아. 과거 세계와 이 모든 것을 내버린 사람들을 알 수 있을지."

"넌 사람들 생각에 너무 빠져 있어."

산야가 한마디 했다.

"너도 마찬가지잖아. 안 그랬으면, 여기 안 왔을걸."

나는 산야에게 말했다.

"난 사람들은 관심 없어. 오로지 기계 생각뿐이지. 그들이 알고, 우리에게 남긴 거 말이야."

산야는 대답했다.

그녀는 걸음을 멈추고 내 팔에 손을 올렸다. 손가락의 온기가 소매 옷자락과 그 주위의 햇볕에 탄 부분에 전해졌다. 서로 다른 두 가지 열기가 붙어 있는 셈이다.

"그들에 대해서 너무 관심 가지지 마, 노리아. 어차피 그들은 우리 생각 안 했잖아."

나는 그들에 대해 애써 생각하지 않으려 했다. 하지만 과거 세계는 우리의 현재 세계에, 하늘에, 먼지에 스며 있었다. 과거에 존재한 세계 속으로 지금 존재하는 현 세계가 스며든 적이 있을까? 이제는 자연 속 말라붙은 흔적에 불과한 강가에 그들 중 한 명이 서 있는 모습을 상상한다. 어리지도 그렇다고 늙지도 않은 여자, 어쩌면 남자일 수도 있다. 아무튼 그건 중요치 않다. 연한 갈색 머리의 여자는 세차게 흘러가는 강물을 바라보고 있다. 물이 탁할 수도, 맑을 수도 있다. 아직 존재하지 않는 뭔가가 여자 머릿속으로 스며들고 있다.

그 여자가 집으로 돌아가면, 뭔가 색다른 일을 할 거라고 믿고 싶다. 그날 자기가 한 상상 때문에. 그 상상은 다음 날에도, 또 그 다음 날에도 계속될 것이다.

하지만 나는 또 다른 그녀를 본다. 그녀는 외면할 뿐 색다른 어떤 일도 하지 않는다. 나는 그들 중 어느 쪽이 진짜인지, 어느 쪽이 맑고 잔잔한 강물에 비친 모습인지 가늠할 수가 없다. 둘 다 진짜라고 착각할 정도로 아주 선명했으니까.

나는 하늘을 바라본다. 햇빛을 바라본다. 대지의 모습을 바라본다. 그들의 것과 같으면서도 다르다. 스밈은 결코 멈추는 법이 없다.

산야의 집으로 되돌아가는 길에, 우리는 단 한마디의 말도 꺼내지 않았다.

내가 수리된 물주머니를 수레에 동여매고 태양광 자전거 페달 위에 발을 올렸을 때, 산야는 베란다 그늘에 서 있었다. 우리를 감싸는 햇빛은 높고도 눈부시게 빛났다. 회청색 빛이 감도는 짙은 그늘 속의 산야는 작고 가냘파 보였다.

"노리아! 수리비 말인데."

산야가 말했다.

"오늘 늦게 물주머니 두 개만 일단 가져올게."

나는 말했다.

내가 다례원으로 출발할 때, 산야가 미소를 지었다. 보일 듯 말
듯 했지만, 그래도 웃은 건 웃은 거다.

아버지는 못마땅하시겠지만.

3

이튿날 오후 늦게, 나는 다례원에서 대문으로 이어진 길을 걸었다. 도중에 박하를 따려고 바위 정원에 잠시 들렀다. 옅은 색 모래가 짙은 회색 바위 주변에 잔물결을 일으키는 모양새가 마치 무인도 주위를 바다가 둘러싼 듯했다. 모래 가장자리 바로 바깥에 자라고 있는 차나무 세 그루는 구름 한 점 없는 맑은 하늘을 향해 푸른 화염처럼 솟구쳤다. 나는 박하 잎사귀를 입안에 넣은 채, 대문 옆 소나무 그늘에 자리한 야트막한 흙더미로 향했다. 그곳에 있으면, 듬성듬성 자란 나무 그림자 사이로 도로가 보였다. 어느새 하루 중 가장 무더운 시간이 지나고, 살갗에 닿은 예복 느낌도 시원하고 상쾌했다. 하지만 샌들 밑창이 딱딱한 탓에 발도 불편한데다 팔까지 욱신욱신 쑤셨다.

아버지는 몇 시간밖에 눈을 붙이지 못한 채 아침을 여는 백야의 희미한 금빛 햇살을 받으며 일찍 잠자리에서 일어났다. 다례를 치르는 날이라고 아버지가 매번 나를 이렇게 일찍 깨우는 건 아니지만, 오늘만큼은 인정사정없었다. 전날 산야 집에서 너무 늦게까지 있던 것에 대한 암묵적인 벌인 셈이었다. 아버지는 내게 계속 일을 시켰다. 간혹 세 가지를 한꺼번에 시키기도 했다. 아침을 차리려고 엄마가 일어나기도 전에, 나는 이미 바위 정원에 흙을 고르고 물주머니 여러 개를 다례원으로 옮기고 바닥 청소는 두 번이나 하고 장식용 반딧불이 전등도 안뜰으로 걸었다. 그리고 예복을 밖에 내다 널고 찻잔과 냄비를 닦아 말린 다음 나무 쟁반에 올려놓고 정원에 있는 돌 세면대의 먼지까지 닦아 냈다. 베란다에 있는 의자를 세 번이나 옮긴 후에야, 아버지는 그 자리가 딱이라며 흡족해했다.

나는 손님을 맞이하기 위해 대문으로 걸어갈 때, 그제야 한시름 놓을 수 있었다. 드디어 아버지가 행사 준비에서 나를 해방시켜 준 것이다. 아침 식사 이후 거의 아무것도 입에 대지 못한 나는 박하 잎사귀를 씹으며 허기를 달랬다. 나른한 오후 햇살에 눈을 계속 뜨고 있기가 힘겨웠다. 정원에서 딸랑거리는 아련한 풍경 소리가 귓가를 스쳐 지나갔다. 길에는 인적이 뜸했고 하늘은 광대했다. 내 주변 세상을 이루는 재료의 소소한 변화들, 흥하다가 기우는 바로 그 삶의 흐름이 느껴졌다.

바람이 거세지는가 싶더니 다시 잠잠해졌다. 보이지 않는 물이 대지의 침묵 속으로 흘러들었다. 그림자가 서서히 바뀌었다.

드디어 길가에 움직이는 게 보였다. 운전사가 모는 태양광 차량 안으로, 푸른 옷을 입은 사람이 둘 보였다. 차량이 숲 언저리에 도착하자, 나는 소나무에 매달려 있는 커다란 풍경을 울렸다. 잠시 후 다례원 방향에서 쨍그랑거리는 소리가 세 번 들렸다. 아버지가 손님 맞을 준비를 끝내신 모양이다.

대문 옆에 손님 차량용으로 만들어 둔 해초 지붕 그늘 아래 태양광 차량이 멈춰 서더니 뉴 키안 군복 차림의 남자 두 명이 내렸다. 나이가 든 사람은 아는 사람이었다. 이름은 볼린, 쿠사모 Kuusamo시에서 수개월에 한 번씩 꼭 찾아와서는 물과 제품 값을 항상 후하게 지불하는 다례원 단골손님이었다. 다도에 대해 잘 아는 데다, 높은 신분에도 특별 대접을 절대 요구하지 않는다며 아버지는 그를 높이 평가했다. 게다가 우리 마을의 전통 풍습에 대해서도 호의적이었다. 볼린은 고위직 관리로, 스칸디나비아 연합 점령지역 내 뉴 키안의 군 장교다. 제복에는 자그마한 은색 물고기 모양의 배지가 달려 있었다.

또 다른 손님은 한 번도 본 적 없는 사람이었다. 제복에 은색 물고기 배지가 두 개 달린 걸 보니, 볼린 대령보다 계급이 높은 모양이었다. 방충 모자의 얇은 막 사이로 얼굴을 보기 전부터, 몸가짐이나 거동을 통해 둘 중 그가 더 젊게 느껴졌다. 내가 꾸벅 인사를 하고 기다리자, 두 사람도 인사로 화답했다. 그런 다음 정원 오솔길로 향했다. 나는 그들 앞에서 걷되, 일부러 속도를 늦췄다. 다례의 느긋하고 고요한 분위기에 빠져들 시간을 주기 위해서다.

다례원 앞에 깔린 잔디밭이 햇살에 일렁였다. 아버지는 관습에 따라 순수의 상징인 물을 그곳에 뿌려 놓았다. 나는 아까 물을 채워 놓은 돌 세면대에서 손을 씻었고 손님들도 나를 따라했다. 그러고는 벤치에 앉아 기다렸다. 잠시 후, 다례원 안에서 종이 울렸다. 나는 출입문을 한쪽으로 스르르 열어, 손님들을 안으로 안내했다. 불린 대령은 낮은 출입문에서 힘겹게 무릎을 구부리더니 안으로 기어 들어갔다. 젊은 장교가 멈칫하더니 나를 쳐다보았다. 방충 모자 안쪽에 자리한 검은 눈이 매서워 보였다.

"입구는 이쪽뿐인가?"

그가 물었다.

"티 마스터가 다니는 입구가 하나 있긴 한데, 손님들은 사용한 적이 없어요."

나는 그에게 머리를 숙였다.

"들어갈 때 손님에게 무릎을 굽히라고 요구하는 티 마스터는 시내 어디에도 없을 텐데."

그가 비아냥거렸다.

"이곳은 오래된 다례원입니다. 차茶는 누구에게나 평등하다는 오랜 신념을 따르기 위해 만들어졌죠. 그래서 다례를 치르기 전에 너나없이 무릎을 굽히는 거예요."

나는 설명했다.

이번에는 머리를 숙이지 않았다. 그의 얼굴에 언뜻 떨떠름한 표정이 스치는가 싶더니, 이내 흔들림 없는 정중한 미소가 어렸다. 젊은 장교는 아무 말 없이, 무릎을 굽힌 채 입구를 통해 다례원으로 들어갔다. 나도 그를 따라 들어간 다음, 손을 뒤로 해서 문을 닫았다. 손가락이 나무 문틀에 부딪쳐 살짝 흔들렸다. 아무도 못 봤기를 바랐다.

볼린 대령은 이미 가까운 벽 옆에 자리를 잡은 상태였다. 젊은 장교는 대령 옆에 앉았다. 나도 입구 쪽에 앉았다. 아버지는 손님들 맞은편에 무릎을 굽히고 앉아 있다가, 우리가 방충 모자를 벗자 머리를 숙여 인사했다.

"반갑습니다. 볼린 대령님. 오랫동안 고대한 기쁜 자리입니다. 대령님이 마지막으로 다녀가신 후 아주 많은 물이 흘러갔습니다."

아버지는 깍듯하게 예의를 지키면서도, 목소리에 친구나 단골 손님에게만 허락된 따스함을 살짝 묻어 두었다.

볼린 대령은 인사로 화답했다.

"마스터 카이티오. 다시 다례원에 오게 되니 정말 좋군요. 손님을 모셔 왔는데, 나만큼 당신 차를 즐겼으면 하는 바람입니다."

볼린 대령은 일행 쪽으로 고개를 돌렸다.

"이쪽은 타로 사령관님입니다. 멀리 뉴 키안 남부 지방에서 이곳으로 막 발령을 받았는데, 환영의 의미로 스칸디나비아 연합에서 최고로 치는 차를 대접하고 싶었습니다."

타로 사령관은 방충 모자를 벗은 상태라서, 볼린 대령보다 더 젊다는 것을 한눈에 알 수 있었다. 수염도 없는 매끈한 얼굴에, 머리도 새치 하나 없이 새카맸다. 인사할 때도 표정 하나 변하지 않았다.

아버지는 타로 사령관에게 환영한다며 한 번 더 인사를 한 후, 준비실로 가서 큰 솥을 들고 돌아왔다. 아버지는 마루에 있는 난로 안쪽, 마른 토탄 위에 솥을 얹은 다음, 점화 도구로 토탄에 불을 피웠다. 부싯돌들이 서로 부딪히며 탁탁 소리를 냈다. 나는 귀를 쫑긋 세우고 아버지 옷이 부스럭거리는 소리를 듣고 있었다. 그런데 아버지가 다시 준비실로 가더니 나무 쟁반 하나를 들고 왔다. 찻잔 두 개와 찻주전자 두 개, 커다란 철제 그릇과 작은 도기가 들어 있었다. 아버지는 난로 옆에 쟁반을 놓더니 솥 안의 물이 보이는 곳에 자리를 잡았다. 볼린 대령은 너무 뜨거운 녹차는 좋아하지 않았다.

"솥 바닥에 작은 거품이 열 개 정도 생길 때, 바로 그때가 물을 찻주전자에 부을 때란다. 다섯 개는 너무 적고 스무 개는 너무 많지."

전에 아버지가 가르쳐줬다.

물이 적당한 온도에 이르자, 아버지는 솥에서 물을 조금 퍼서 커다란 찻주전자에 부었다. 나는 어렸을 때부터 아버지의 동작을 곧잘 따라했다. 팔과 목, 등이 아플 때까지 거울 앞에서 동작들을 흉내 내 보려고 애를 썼다. 하지만 아무리 해도 아버지의 물 흐르듯 유연하면서도 거침없는 동작을 따라할 수 없었다. 아버지는 마치 바람에 휘어지는 나무나, 물 위를 유유히 떠다니는 한 가닥의 깃털 같았다. 그런 아버지에 비하면, 내 동작은 어설프고 뻣뻣해 보였다.

"넌 겉으로 보이는 동작만 따라하고 있구나."

그러면서 이렇게 말씀하시곤 했다.

"그 흐름은 내면으로부터 나와, 끊임없이 너를 뚫고 지나가야 해. 호흡이나 인생처럼 쉬지 않고 말이다."

나는 물에 대해 생각하기 시작한 후에야, 아버지가 하신 이 말씀을 이해하기 시작했다.

물은 시작도 끝도 없다. 티 마스터가 차를 준비하면서 하는 동작에도 그런 것은 없다. 침묵과 고요는 전부 흐름의 일부다. 만일 흐름이 멈춘 것처럼 보인다면, 단지 인간의 감각이 그것을 충분히 감지하지 못했기 때문이다. 흐름은 솥 안의 물처럼, 인생처럼 점점 커졌다가 사그라지면서 변할 뿐이다.

그것을 깨닫자, 살갗과 긴장한 근육이 내면 깊숙한 곳으로 향하면서 내 동작이 변하기 시작했다.

아버지는 커다란 찻주전자에 있는 물을 좀 더 작은 찻주전자에 따랐다. 거기에는 찻잎이 들어 있었다. 작은 찻주전자에서 재빨리 우려낸 연한 차를 찻잔에 부어 잔을 데웠다. 마지막 준비 단계로, 아버지는 작은 찻주전자에 물을 가득 채운 다음, 잔에 담긴 차로 주전자의 토기 부분을 흠뻑 적셨다. 그 사이 잔 안의 찻잎에서 차향이 은은하게 번졌다. 물이 쟁반에 퍼지자, 천장에 걸려 있는 반딧불이 전등이 살며시 너울대는 불빛을 물 위에 흩뿌렸다. 나는 심호흡을 하며 다례 속으로 빠져들고 내 주위를 감도는 분위기에 젖어 갔다. 너울거리는 노르스름한 빛, 차의 은은한 풀내음, 다리에 밀착된 바지 천의 바스락거리는 소리, 아버지가 금속 찻주전자를 쟁반에 올려놓을 때 들리는 물 먹은 덜거덕 소리. 이 모든 것들은 혈관의 피를 뒤쫓으며 내 숨결의 흐름 속으로 뒤엉켜 어우러졌다. 마치 내가 더는 숨을 쉬는 존재가 아니라고 느끼는 그 순간까지 나를 더 가까이 더 깊숙이 끌어당겼다. 하지만 삶 그 자체는 나를 통해 살아 숨 쉬었다. 그리고 하늘과 대지를 나와 연결시켜 주었다.

그런데 그때 흐름이 끊겼다.

"물 낭비라고 할 사람도 꽤 있겠군."

타로 사령관의 말이었다. 사령관의 목소리는 놀랄 정도로 감미로운 저음이었다. 저런 목소리로 군대를 지휘한다니, 상상이 안 됐다.

"요즘 세상에 모든 절차를 빠짐없이 따르는 다례에 물을 쓸 정도로 여유 있는 사람은 드물 텐데."

타로 사령관이 덧붙여 말했다.

나는 아버지를 쳐다보진 않았지만, 표정이 잔뜩 굳었을 게 뻔했다. 마치 보이지 않는 거미줄이 아버지 피부를 바짝 조인 것처럼 말이다.

구전으로 전해 오는 다례의 규율에 따르면, 다례가 진행되는 동안에는 물과 차의 품질, 해안 지역의 그해 수확량, 날씨, 다구_차를 달여 마시는 데 쓰이는 여러 기물의 기원과 노련한 다구 장인이나 다례원의 장식에 대해서만 대화를 나눠야 한다. 사적인 문제나 심각한 말은 절대 입에 올리는 게 아니었다.

볼린 대령은 반딧불이가 제복 속으로 기어 들어가기라도 한 듯 잽싸게 몸을 움직였다.

"말씀드렸다시피, 타로 사령관님! 마스터 카이티오는 내로라 하는 장인입니다. 그가 다례를 온전히 지켜 왔다는 건, 우리처럼 다례를 누리는 특권을 지닌 사람들에겐 영광스러운 일이죠."

볼린 대령은 타로 사령관 쪽으로 고개를 돌리기는커녕, 오히려 아비지를 빤히 쳐다보며 말했다.

"나도 안다만. 외딴 마을에 사는 티 마스터가 물을 이렇게 펑 펑 쓸 수 있다는 사실에 놀라, 한마디 하지 않을 수 없었네. 그리고 아셔야 할 게 있는데, 볼린 대령. 현 세계에 존재하는 다도는, 엄밀히 말해 오래전에 잊힌 과거 세계 본래의 형태라 하기 어려운 불순한 유물에 불과하지. 그러니 전통을 지키려면 어쩔 수 없이 물을 낭비해야 한다고 주장하는 건, 말이 안 되는 거 아닌가."

타로 사령관은 꼬집어 말했다.

아버지 얼굴은 마치 지하의 거센 물살을 감추는, 옴짝달싹 않는 돌로 만들어진 것 같았다. 아버지는 조곤조곤 설명을 이어갔다.

"선생님. 분명히 말씀드리지만, 1대 티 마스터가 이 집으로 옮겨 온 이후부터 저는 십 대째 전해져 내려오는 방식 그대로 다례를 치러 왔습니다. 아무리 사소한 조항도 바꾸지 않았습니다."

타로 사령관이 물었다.

"아무리 사소한 조항도 바꾸지 않았다고? 그럼 티 마스터들은 여자를 견습생으로 받아들이는 게 관례입니까?"

타로 사령관은 턱을 들어 내 쪽을 가리켰다. 피가 뜨거워지면서 얼굴이 빨갛게 달아올랐다. 나는 낯선 사람이 내게 관심을 가질 때마다 자주 그랬다.

"아버지가 자식에게 자기 기술을 물려주는 건 늘 관례였죠. 여기 제 딸도 자랑스러울 만큼 훌륭한 티 마스터가 될 겁니다."

아버지가 대답했다.

"노리아! 첫 차와 함께 대접할 다과 좀 주겠니?"

알다시피, 우려낸 차의 첫 잔, 혹은 첫 차는 다례에서 가장 중요하다. 그래서 이때 부적절한 대화를 나누는 건, 티 마스터뿐 아니라 다른 손님에게도 심한 모욕감을 줄 수 있다. 그날 아침 나는 꿀과 아마란스 비름과의 관상식물. 남미 안데스 고산지대에서 주로 자라고 영양

성분이 풍부하게 함유되어 있어 신이 내린 작물이라 불린다 **가루를 사용해서 다**
과를 준비해 두었다. 다과가 담긴 해초 그릇을 건네자, 타로 사
령관은 잠자코 있었다. 아버지는 속을 알 수 없는 무표정한 얼굴
로, 차를 잔에 나누어 붓더니 첫 번째 잔은 볼린 대령에게, 두 번
째 잔은 타로 사령관에게 건넸다. 볼린 대령은 한참동안 차향을
맡고는 차의 풍미를 느끼려는지 차를 입안에 머금은 채 눈을 감
고 맛을 음미했다. 타로 사령관은 잔을 들어 입술에 대고 한 번
에 쭉 들이키더니 눈을 들었다. 얼굴에 묘한 미소가 어렸다.

"볼린 대령 말이 맞아. 당신 실력 진짜 끝내줍니다. 마스터 카
이티오. 도시 밖에서 신선한 천연수를 정기적으로 공급받는 시
내의 티 마스터들도 이토록 순한 맛의 차를 만들지는 못할 텐데.
내가 잘 몰랐다면, 이 차를 샘물로 만들었다고 착각했을 수도 있
겠군요. 염분을 제거해서 정제한 해수가 아니라."

아버지가 쟁반을 내려놓았을 때, 방 안 공기가 동요하는 것 같
진 않았다. 하지만 싸늘하면서도 묵직한 뭔가가 내 심장 아래로
철렁 내려앉았다. 문득 언덕의 움직이지 않는 돌 안쪽 깊은 곳에
흐르는 비밀의 물이 떠올랐다.

나는 이 사람이 누구인지, 그가 방문한 진짜 이유가 뭔지 몰랐
다. 돌길을 닳게 하면서 공기만이 알아챌 정도로 잔디 줄기들을
살짝 스치고 지나가는 그의 군화 발자국. 거무스름한 가는 형체
가 그 발자국을 따라 정원을 지나 다례원의 베란다까지 온 것 같

왔다. 그것은 참을성이 있고 지칠 줄 몰랐다. 나는 그 형체가 있는 쪽을 쳐다보고 싶지 않았다. 미닫이문을 열어서 나무 아래나 돌 세면대 옆에 기다리고 있을 그것을 보고 싶지 않았다. 아버지도 같은 마음인지는 알 수 없었다. 아버지는 여간해선 속내를 드러내지 않기 때문이다.

볼린 대령은 잔에 든 차를 홀짝이며 말했다.

"당신 차가 타로 사령관님에게 깊은 인상을 줬다니 기쁘군요. 사령관님은 이 지방 정부를 관리, 감독하기 위해 발령 받았는데, 현재 나와 긴밀하게 일하고 있습니다."

타로 사령관은 입을 닦으며 말했다.

"특히 물 범죄를 소탕하는 일을 맡았습니다. 스칸디나비아 연합에서 최근 물 범죄가 기승을 부린다는 소식을 들었을 겁니다."

타로 사령관이 잠시 뜸을 들였다. 방 안에 정적이 감돌았다.

"앞으로 자주 볼 것 같습니다."

"정말 반가운 얘기네요."

아버지는 고개를 숙이며 말했다. 나도 아버지를 따라했다.

이어서 볼린 대령이 말했다.

"사령관님은 수도에서 아주 존경 받는 분입니다. 그의 보호를 받는 사람이라면 특권을 누리는 셈이죠. 뭐 그렇다고 뉴 키안이 모두에게 평등한 곳이 아니라는 뜻은 아닙니다."

볼린 대령은 자기 말에 피식 웃었다. 아버지와 나도 따라 웃었다.

아버지는 차를 한 번 더 대접했다. 나는 다과를 좀 더 건넸고 볼린 대령과 타로 사령관은 각자 하나씩 먹었다. 사령관은 다시 아버지에게 말했다.

"정원을 봤는데 입이 다물어지지 않더군요, 마스터. 해안 지역에서 그렇게 멀리 떨어져 있는데도 이런 신록을 볼 수 있다니. 이건 정말 드문 일이지. 도대체 배급받은 물을 어떤 식으로 쓰길래, 가족은 물론이고 나무들까지 만족시키는 겁니까?"

"직업상 이유로, 본래 다례원 주인은 시민보다 물 배급량이 많은 편입니다."

볼린 대령이 거들었다.

"물론 그렇겠지. 그래도 이런 정원을 유지하려면 어느 정도 희생이 필요할 텐데, 그게 궁금해서 말이야. 알려 줬으면 합니다. 마스터 카이티오. 비결이 뭡니까?"

타로 사령관이 캐물었다.

아버지가 뭐라 말을 꺼내기도 전에, 볼린 대령이 다시 끼어들었다.

"조용히 차나 한잔하면서 잠시 바깥세상의 번뇌를 잊을 만한 시간에, 쓸데없는 잡담으로 시간을 보내는 건 아닌 것 같군요."

그는 사령관을 바라보고 있었다. 비록 날카로운 목소리는 아니지만 말 속에 가시가 돋쳐 있었다. 타로 사령관은 이내 볼린 대령을 뚫어지게 쳐다보았다. 그러다가 천천히 고개를 돌려 아버지를 바라보았다. 그는 아버지한테서 눈을 떼지 않은 채 이야기했다.

"어쩌면 당신 말이 맞을지도 모르지. 볼린 대령. 왠지 다음 방문을 위해 질문을 아껴 둬야 할 것 같습니다. 조만간 방문할 수 있길 바랍니다."

그러더니 타로 사령관은 입을 다물어 버렸다.

그 후에는 그저 피상적인 몇 마디만 오갈 뿐, 물이나 차 맛, 정원에 관한 얘기는 전혀 없었다. 마치 숨은 불씨에서 천천히 피어오르는 연기처럼, 그 시간 내내 다례원 전체에 정적이 감돌면서 우리를 에워쌌다.

다과도 다 먹었다.

커다란 찻주전자도 비었고 솥도 비었다.

물이 없으면 의식은 끝난다.

드디어 손님들이 작별 인사를 하고 방충 모자를 머리에 썼다. 나는 들어올 때 이용했던 낮은 미닫이문 쪽으로 길을 안내했다. 밖에는 낮과 밤을 잇는 여름 저녁의 땅거미가 아스라이 번져 있었다. 반딧불이들은 처마에 매달아 놓은 전등 안에서 희미하게 빛을 냈다. 볼린 대령과 타로 사령관은 나를 따라 대문으로 향했다. 그곳에서 홀로 마작을 하던 운전기사가 고개를 들었다. 그는 작은 물주머니 속의 물을 꿀꺽꿀꺽 들이키더니 기지개를 켜고는 떠날 채비를 했다. 손님들은 차량에 올라 의례적인 작별 인사를 했다.

나는 다례원으로 돌아왔다. 늦은 저녁 붉게 달아오른 태양 주변 하늘은 집 옆에 자라는 작은 초롱꽃의 보랏빛으로 물들었다. 공기는 잠잠하고 잔디 줄기들은 밤을 향해 가고 있었다.

나는 잔과 주전자, 그 외의 다구들을 정성껏 닦아 넣어 두었다. 그리고 아버지를 도와 다례원을 청소했다. 마지막으로 전등을 흔들어 비우기 시작했을 무렵에는 몸이 천근만근이었다. 반딧불이들이 덤불 속으로 사라지면서, 나뭇잎 사이로 불빛이 너울거렸다. 아버지가 티 마스터 옷차림으로 다례원에서 나왔다. 손에는 방충 모자가 들려 있었다. 밤하늘에 녹아든 빛이 아버지 얼굴에 줄무늬를 드리웠다.

"경험도 충분히 했으니, 이번 달 축제 때는 네가 티 마스터를 해도 될 것 같구나."

아버지는 이 말만 툭 던져 놓고는 집으로 향했다. 나는 아버지 말에 깜짝 놀랐지만 그 후 이어지는 침묵에, 차라리 아무 말이라도 하시면 덜 불편하겠다 싶었다.

나는 다시 텅 빈 전등들을 들고 다례원으로 돌아왔다. 그것들을 하나하나 천으로 싸서 원래 있던 나무 상자에 넣었다. 마지막 남은 전등의 반딧불이는 잘 때 사용하려고 장식 없는 전등에 쏟아 넣었다.

다례원을 돌아 나온 나는 나무들 사이를 지나 잔디밭을 한동안 거닐었다. 벌레에 물려 벌겋게 붓고 따끔거리던 발목도 밤이슬 덕에 많이 가라앉았다. 사실 바위 정원을 지나올 때도, 다례원 베란다에 앉아 있을 때도, 소나무 수풀 속에 가느다란 검은 형체는 없었다. 보는 방향이 달라져서 그런지도 모른다.

4

나는 침대에 누워 가끔씩 약하게 탁탁거리는 소리에 귀를 기울였다. 반딧불이가 전등 유리벽에 부딪치면서 내는 소리다. 사실 전등은 전혀 필요 없었다. 밤기운이 짙게 깔린 지평선에는 주황빛과 금빛의 천체, 태양이 여전히 걸려 있었으니까. 주변 하늘은 뿌옇다. 내 방 창문의 방충망 사이로 빛이 새어 들어왔다. 집안 저만치에서 어렴풋이 부모님 목소리가 들렸다. 소리를 죽여 가며 은밀히 얘기를 나누는데다 거리까지 멀어, 잘 알아들을 수가 없었다. 볼린 대령과 타로 사령관이 다녀간 이후, 부모님은 거의 밤마다 이런 식으로 이야기를 나눴다. 나중에는 엄마도 평소보다 훨씬 늦게까지 깨어 있었다. 엄마는 소리를 내지 않으려 애썼지만, 서재와 부엌을 왔다 갔다 할 때마다 움직이는 소리가 들렸다. 그리고 그때마다 희미한 전등 불빛이 방문 틈새에 아른거렸다.

나는 집에 있던 오래된 책 한 권을 들었다. 겨울 여행에 관한 내용인데, 눈 감고도 외울 정도다. 눈앞에 보이는 페이지마다 어려운 단어들 천지라서, 내 머리로는 도저히 알아먹을 수 없었다. 그래서 책 내용 말고, 책이 쓰인 세계에 대해 생각했다.

가끔 과거 세계의 겨울은 어땠을까 상상하곤 한다.

나는 어둠을 알고 있다. 매년 가을, 달 축제가 열릴 무렵이면 낮과 밤이 만나 자리를 서로 바꾼다. 그리고 그해 겨울로 넘어간다. 어슴푸레한 6개월 동안, 방마다 커다란 반딧불이 전등이 하루 종일 켜 있고, 검푸름이 짙게 깔린 저녁에는 전등 옆에 태양등_{조명} _{등 불빛보다 보랏빛과 파란빛, 자외선을 비교적 많이 함유한 빛을 인공적으로 발생시키는 전} _{등장치}이 하나 더 켜진다. 언덕 꼭대기에 올라가면, 도시의 불빛이 어두운 하늘을 수놓는다. 해안 지역과 바다가 위치한 동쪽 저 멀리에는 러시아 쿼로야비_{Kuoloyarvi} 지역의 후광이 선명하게 보이고, 남쪽 지평선 쪽으로는 아득히 먼 핀란드 쿠사모시의 불빛이 보일락 말락 한다. 그나마 얼마 안 되는 대지의 신록마저 윤기를 잃는다. 정원은 헐벗은 채 태양이 돌아오기만을 묵묵히 기다린다.

반면에 추위는 상상하기 힘들었다. 이 어두운 기간_{핀란드 북극권에} _{서는 이 시기를 '카모스kaamos 기간'이라고 부르는데, 1년 중 6개월 이상 지평선 위로 해가} _{뜨지 않는 극야현상이 지속된다}에는 으레 옷을 여러 겹 껴입었고 한겨울 축제 직후 태양 에너지가 바닥날 무렵이면, 벽난로와 화로에 불을 때기 위해 메마른 늪지대에서 토탄을 가져오곤 했다. 하지만 그때도 바깥 기온은 10℃ 아래로 떨어지는 일이 거의 없다. 따뜻

할 때는 여름처럼 샌들을 신고 다닐 정도다.

여섯 살 때였다. 나는 눈과 얼음에 관한 과거 세계의 책을 읽다가 엄마에게 그것들이 뭐냐고 물어본 적이 있다. 엄마는 당시 내 키를 훨씬 넘는 책장에서 꽤 따분해 보이는 두툼한 책 한 권을 꺼내, 그 속의 그림을 보여 주었다. 낯선 풍경 속에 아른거리는 동그랗고 뾰족한 흰색들은 크리스털 광채처럼 눈부셨다. 그것들은 전부 물이며 낮은 온도에서 형태가 변한다고 엄마가 알려 주셨다. 우리 세계에서는 그 상황을 인위적으로 만들어 내야만 하지만, 예전에는 계절과 사람들의 삶에 당연한 일부분이었다고도 했다.

나는 물었다.

"도대체 무슨 일이 생긴 거예요? 이제는 왜 눈과 얼음이 보이지 않죠?"

엄마는 나를 바라보고 있지만, 나를 통해 갖가지 생각과 말, 그리고 수 세기를 거슬러 오래전에 사라진 겨울 속을 들여다보려는 것 같았다.

엄마는 설명했다.

"세상은 변했어. 다들 세상이 스스로 변했다고 생각하지. 그저 때가 돼서 그렇다고 말이야. 하지만 트와일라잇 세기Twilight Century에 수많은 정보들이 사라졌어. 고의든 아니든, 세상이 변한 건 사람들 탓이라고 생각하는 이들이 생겨났지."

나는 물었다.

"엄마 생각은 어때요?"

엄마는 한참을 잠자코 있더니 이렇게 말했다.

"사람들이 없었다면, 세상은 지금 같지 않았겠지."

은은하게 빛나는 하얀 눈을 상상했다. 마치 수많은 반딧불이가 날개를 드리워 땅을 뒤덮은 듯했다. 내가 은백색 광채와 대조되는 어둠을 떠올리자, 어둠은 내 기억 속에 남으려고 더 선명하고 밝게 변했다. 알지도 못하는 과거 세계가 그리웠다. 나는 눈부신 눈 너머 하늘 위에 너울대는 물고기 오로라를 상상했다. 이따금 꿈속에서는 사라진 겨울이 여름보다 더 또렷하게 빛나곤 했다.

언젠가 이런 실험을 한 적이 있다. 양동이에 물을 한가득 채우고, 냉동고에서 찾아낸 얼음을 모조리 그 안에 부었다. 그런 다음 방으로 몰래 가져와서는 문을 잠갔다. 차가운 물속으로 손을 집어넣고 눈을 감은 뒤, 책에서 수없이 읽은 과거 세계의 겨울 느낌을 소환했다. 그리고 새하얀 눈송이에게 부탁했다. 하늘에서 내려와 내 발이 기억하는 길들을 소복이 덮어 달라고. 담벼락과 주춧돌에 겨울 기억이 고스란히 남아 있는 집도 덮어 달라고. 함박눈이 언덕을 뒤덮은 모습도 그려 보았다. 삐죽삐죽 튀어나온 표면은 어느새 아늑한 풍경으로 변하고, 졸음이 쏟아지면서 금방이라도 빠져들 것만 같았다. 이번에는 유리처럼 투명한 얼음에게 부탁했다. 정원을 둘러싸서 풀잎의 푸르름이 변치 않도록 해 달라고, 물통과 송수관의 물이 옴짝달싹 못 하게 해 달라고 말이다.

바람이 거세게 몰아치면서 나뭇잎이 꽁꽁 얼어붙고 선반에 매달려 있는 물주머니가 딱딱하게 굳어 버리는 모습도 상상했다.

나는 변화무쌍한 물에 대해 생각했다. 그리고 일시 정지된 순간, 그러니까 눈 결정이나 얼음 조각이 되어 움직임이 멈춘 순간을 떠올렸다. 고요. 정적. 끝, 아니 어쩌면 시작일지도 모른다.

녹기 시작한 차가운 얼음의 두껍고 거친 날이 뼛속을 파고들었다. 나는 눈을 떴다. 창밖의 한낮은 저 높이 찬란한 햇빛으로 달아올랐고 흙은 서서히 먼지와 재로 변해 갔다. 나는 물속에서 손을 빼냈다. 피부가 벌겋고 얼얼했다. 하지만 손가락만 아릴 뿐, 나머지 다른 부분은 따뜻했다. 과거 세계의 겨울 근처에도 가지 못한 셈이다. 아주 완벽하게 모든 것을 에워싸는 추위가 도저히 상상이 안 됐다. 하지만 한때 존재했고 어쩌면 지금도 어딘가에 존재할지도 모른다. 엄마는 북쪽 바다 한가운데에, 작은 얼음 섬이 존재할지도 모른다고 했다. 6개월간 낮이 지속되다가 그다음 6개월간 밤이 지배하는 곳, 피비린내 나는 오일 전쟁이 벌어진 그곳 말이다. 적막하고 생명이 없는 황량한 바다를 떠다니는 얼음 섬은 내부에 과거 세계의 기억들을 싣고 다니다가 서서히 바다에 굴복하고 결국 포위되어 녹아 버렸다. 그것은 한때 세상의 가장 높은 곳에 있던 거대한 만년설의 마지막 남은 부분이었다. 마치 미동도 않는 커다란 동물이 대륙을 보호하는 듯했다.

나이가 들면서, 나는 엄마 서재의 높은 책장에 있는 책들을 더 자주 살펴봤다. 사라진 겨울을 이해하고 상상하게 해 줄 뭔가에 굶주려 있었기 때문이다. 며칠이 지나고 몇 주가 흐르도록, 낯선 지도와 그림, 달이 아닌 태양 주기로 시간을 계산한 처음 보는 옛 달력들을 꼼꼼히 살펴보았다. 온도와 계절, 날씨를 비롯해서 해안선을 내륙으로 밀어 올린 침수된 땅과 바다에 대한 내용이 많았다. 전부 물에 관한 이야기지만, 그렇다고 책 내용들이 늘 일치하는 건 아니었다. 엄마는 자칭 과학자다. 그래서 언젠가 엄마에게 그게 무슨 의미인지 물어본 적이 있다. 과학자들 사이에 의견이 서로 분분하다면, 실제로 아는 사람이 전혀 없다는 뜻이냐고 말이다. 엄마는 잠시 생각하더니, 알고 있는 방식이 서로 다른 거라고 말씀하셨다. 간혹 어떤 방식이 가장 믿을 만한지 알 수 없을 때도 있다고 말이다.

사실 도표며 생소한 단어들, 상세한 설명에도, 엄마 책만으로는 모든 걸 알 수 없다는 사실을 차차 깨닫게 되었다. 물로 녹기 직전 손바닥에 닿은 눈의 느낌은 어떨지, 그림자의 윤곽이 또렷할 정도로 햇볕이 내리쬐는 겨울철 풍경 속에서 얼음은 어떤 모습일지 궁금했다. 하지만 그런 이야기들은 이곳에서 찾을 수 없었다. 나는 높은 책장과, 책장에 꽂힌 책에 실망을 금치 못했다. 기대만 잔뜩 하게 해 놓고 정작 가장 중요한 것은 무시해 버렸으니 말이다. 눈 결정체가 피부에 닿을 때의 차가운 느낌과 희미하게 반짝이는 모습을 되살릴 수 없다면, 구조에 대해 알아봐야 무슨 소용이겠는가?

부모님 얘기 소리가 전보다 더 크게 귓전을 스쳤다. 엄마의 차분한 목소리. 아버지의 단답형 답변. 나는 일어나 문으로 다가갔다. 걸을 때마다 원목 마루가 삐걱거렸다. 창문으로 불어오는 시원한 바람결에 소나무 향내가 진동했다. 커다란 말파리가 유리창과 방충망 사이에서 윙윙거리고 있었다.

내가 닫힌 방문을 막 잡아당기려는 찰나, 복도 아래쪽 메시지 전송장치Message Pod에서 내 식별음이 들렸다. 나는 현관으로 걸어갔다. 전송장치에 빨간 빛이 깜박이고 있었다.

수신인 : 노리아.

화면에 쓰인 글자였다. 나는 벽걸이 선반에서 전송장치를 들어 내린 다음, 로그인을 하려고 화면에 손가락을 댔다. 친구 산야의 성이 나타났다.

발라마.

약간 놀랐다. 산야는 전송장치를 거의 사용하지 않기 때문이다. 산야 가족은 공유 계정도 한 개뿐이고, 전송장치도 중고였다. 산야가 계속해서 손을 봐도, 고장 나기 일쑤였다. 어쩌면 자꾸 손을 봐서 그랬을 수도 있다. 나는 화면의 읽기 항목을 선택했다. 날아가는 필체의 메시지가 나타나기를 기다렸다.

내일 올 때 TDK들 전부 가져와. 기발한 발견!!

산야가 쓰는 말 중, '발견'만큼 중요한 표현도 없다. 대개는 플라스틱 무덤에서 가져온 전리품의 용도를 알아냈다는 의미다. 물론 산야가 알아낸 용도가 물건의 원래 용도와 완전히 일치한다는 보장은 없지만, 그래도 뭘 알아냈는지 궁금했다. 나는 벽걸이 선반에서 전송장치용 펜을 집어 들어 화면에 '정오 전'이라고 답장을 쓴 후 메시지를 전송했다.

이제 부모님 목소리가 더 가깝게 들렸다. 그 소리가 부엌 문틈 뒤에서 술렁댔다. 해초 스튜 냄새가 은은하게 퍼졌다. 그런데 방으로 돌아가려고 돌아서는 순간, 엄마 말이 나를 잡아끌었다.

"이제라도 사람들에게 말하면……. 아직 늦은 건 아니죠?"

아버지의 웅얼거리는 대답이 잘 들리지 않았다.

엄마 목소리가 계속 이어졌다.

"그 사람은 분명 우릴 나 몰라라 할 거예요. 만일 군에서 알게 된다면……."

엄마는 목소리를 낮추더니 말꼬리를 흐렸다.

아버지가 부엌을 왔다 갔다 하는 소리가 들렸다. 아버지 대답은 딱딱하고 단호했다.

"사람들이 군인을 믿는 정도로만 볼린을 믿을 뿐이야."

이 말은 충분히 예상한 바였다. 아버지는 대다수 군 장교들을 도둑놈이라고 생각했고 나도 그 생각이 틀리지 않다고 봤다. 하지만 엄마의 대답은 의외였다.

"당신 또 그 사람을 믿는군요."

아버지는 잠시 말이 없다가 이렇게 말했다.

"그건 옛날 일이야."

이 말의 의미가 궁금해지던 찰나, 엄마가 목소리를 낮추며 무슨 말인가 했다. 내 이름이 들렸다.

아버지가 대답했다.

"나도 고민 중이야. 당신은 노리아가 도시의 티 마스터가 됐으면 좋겠어? 그들은 배신자일 뿐이야. 군의 애완견에 지나지 않는다고. 게다가 여자를 티 마스터로 키우는 건 가르침에 어긋난다고 생각하잖아. 그 애가 있을 곳은 여기야."

"다른 일을 배우면 돼요."

엄마가 맞받아쳤다.

나 뭐? 내가 뭘 하고 싶은지 누가 물어봤나?

"내 손으로 티 마스터의 가업을 끊어 버리란 소리야?"

믿기지 않는다는 듯, 아버지 목소리에 날이 서 있었다.

엄마가 무슨 말을 하는지 들리진 않았지만 목소리가 더 험악해졌다.

급기야 아버지도 화가 난 듯했다.

"사실 이건 노리아 문제가 아니잖아. 더 정확히 말하면 샘에 대한 것도 아니지. 당신 연구에 대한 거잖아. 당신은 그들 돈이 필요한 거라고."

나는 아무 소리도 내지 않도록 주의하면서, 부엌문으로 천천히 한 발짝 더 가까이 다가갔다. 이야기가 점점 흥미진진해지고 있었다.

엄마가 말했다.

"난 그들 편이 아니에요. 그래도 내가 자기들 편에 서있다고 믿게 할 필요는 있겠죠. 대재앙 이후에, 로스트 랜드Lost Lands의 수자원들을 제대로 조사한 적이 단 한 번도 없어요. 이 프로젝트가, 만일 성공한다면⋯⋯."

엄마가 다시 목소리를 낮추면서 말의 형체가 사라졌다. 겨우 마지막 말만 들을 수 있었다.

"⋯⋯ 덜 중요하다고요? 당신의 해묵은 신념과 공허한 관습보다도?"

내 숨소리가 워낙 크게 들리다 보니, 부모님에게 들릴까 봐 덜컥 겁이 났다. 나는 숨을 죽이며 천천히 심호흡했다.

아버지는 나지막한 목소리로, 한 마디 한 마디를 묵직하게 내뱉었다.

"그런 게 당신에게는 공허해 보일 수도 있겠군. 티 마스터가 아니니까. 하지만 어떤 것은 워낙 심오해서 우리도 그 흐름을 멈추지 못해. 땅과 물을 소유할 수 있다는 생각은 말도 안 되는 소리야. 물은 누구의 것도 아니라고. 아무리 군이라도 그걸 자기네 걸로 만들어선 안 돼. 그래서 비밀은 꼭 지켜져야 해."

문 건너편에 서 있는 부모님과 나 사이, 음울한 공기 속으로 정적이 흘렀다. 엄마 목소리가 다시 들렸다. 전혀 거슬림 없는 또랑또랑한 목소리였다.

"물이 누구의 것도 아니라면, 마을 사람들이 살아 보겠다고 불법 송수관을 설치하는 판국에 당신이 무슨 권리로 비밀의 물을 전부 차지하겠다는 거죠? 당신이 뉴 키안 관리들이나 하는 짓을 한다면, 그들과 뭐가 달라요?"

아버지는 아무 말이 없었다. 엄마 발자국 소리가 들렸다. 서둘러 전송장치 쪽으로 돌아가려는데, 엄마가 부엌에서 걸어 나왔다. 엄마는 나를 보더니 그 자리에 얼어붙었다.

"메시지랑 기사 좀 읽으려던 참이에요."

나는 뒤도 돌아보지 않고 내 방으로 들어가 문을 닫았다. 희뿌연 청색 하늘, 금색 빛줄기 사이로 보이는 지평선에 태양의 끝자락이 맞닿아 있었다. 내가 침대로 들어가자마자, 복도 마루장판이 삐걱거리더니 내 방문을 노크하는 소리가 들렸다. 엄마는 미심쩍은 듯한 표정으로 안을 살짝 엿보았다. 나는 엄마에게 고갯

짓을 했고 엄마는 방 안으로 들어왔다.

"노리아. 우리 얘기 안 들은 척할 필요 없어."

엄마는 한숨을 쉬며 말했다. 지쳐 보였다.

"어쩌면 처음부터 너랑 얘기했어야 했는지도 몰라. 엄마랑 아버지가 무슨 얘기했는지 알지?"

엄마는 책상 밑에 있는 나무 의자를 잡아당겨 앉았다

"비밀의 샘이요."

나는 대답했다.

엄마가 고개를 끄덕이며 말했다.

"세상이 점점 험악해지고 있어. 하지만 무슨 일이 생기든, 네아버지랑 어떤 결정을 내리든 간에, 널 위해서라면 뭐든 할 거라는 걸 늘 기억해 두렴."

나는 엄마를 쳐다보지 않았다. 읽고 있던 구절을 책에서 찾는척했다. 책장이 뻗대며 저항하는 느낌이었다.

엄마가 물었다.

"도시에서 살면 어떨 것 같니? 뉴 피터버그 New Piterburg 나 모스쿼아 Mos Qua 같은 곳 말이야. 아니면 저 멀리 신징 Xinjing 이나."

나는 유일하게 봤던 두 도시가 떠올랐다. 동쪽에 있는 쿼로야비와 남쪽에 있는 쿠사모의 모습을 처음 보고 흥분한 기억이 났다. 사람들로 북적이는 거리, 태양광 전지판으로 뒤덮인 아치 모양의 커다란 건물들. 투명한 유리벽과 화초 들이 있는 건물 꼭대기는 마치 거대한 반딧불이 전등 같았다. 좁은 시장 골목길에 쭉 늘어선 키안인들의 가판대에 눈이 휘둥그레졌었다. 난생처음 보는 먹거리와 음료수를 팔고 있었는데, 짜릿하면서도 역한 냄새가 몇 블록 떨어진 곳까지 진동했다. 나는 엄마와 함께 쿠사모의 덴마크 구역 여기저기를 돌아다녔다. 그리고 알록달록한 사탕이 들어 있는 작은 사탕봉지도 여러 개 사서 집으로 가져왔다. 그날은 입학시험을 치른 날이었다. 아버지 덕분에 어느 고급 식당에서 외식도 했는데, 전 세계에서 수입한 자연수를 한자리에 모아 놓은 곳이었다.

다시금 흥분으로 온몸이 달아올랐다. 하지만 그 순간 길을 가로지르는 높은 담과 검문소, 항시 순찰을 도는 군인들, 통행 금지령 따위들이 떠올랐다. 불과 이틀 만에 나를 덮친 극심한 피로감, 북적이는 인파 속을 벗어나고 싶다는 절박함, 탁 트인 공간과 고요, 공허에 대한 갈망이 생각났다. 나는 나 자신을 잘 안다. 도시를 잠시 방문하는 건 좋지만, 사는 건 질색이었다.

"모르겠어요."

나는 대답했다.

엄마는 나를 뚫어지게 쳐다보더니 물었다.

"그럼 티 마스터를 그만두는 건 어떻게 생각해? 언어나 수학을 공부하면 돼. 아니면 내 연구를 도와주든지."

나는 그 문제에 대해 생각했다. 하지만 이내 솔직하게 대답했다.

"내가 아는 건 다도예요. 평생 그걸 공부했고요. 다른 건 알고 싶지도 않아요."

엄마는 한참을 묵묵히 있었다. 머릿속이 복잡한 모양이었다. 엄마는 아버지보다 감정을 숨기는 게 훨씬 서툴렀다. 결국 내가 침묵을 깼다.

"마을에 그 집 알죠? 대문에 물 범죄 표시가 있는 집이요."

"파란 동그라미가 그려진 집?"

뭔가가 엄마 마음을 흔들었다. 그게 두려움이라는 걸 나는 바로 알아챘다.

"그 집 뭐?"

"그 집에 사는 사람들한테 무슨 일이 있었던 거예요?"

엄마는 나를 쳐다보았다. 할 말을 찾고 있는 눈치였다.

"아무도 몰라."

엄마는 내게 다가오더니 손을 꽉 잡았다.

"노리아……."

엄마는 말을 하다가 삼켜 버렸다. 막 하려던 말을 하지 않기로 마음을 바꾼 모양이었다.

"너에게 딴 세상도 보여 줬더라면 좋았을걸."

엄마는 내 머리를 쓰다듬었다.

"어서 자렴. 나중에 결정할 날이 올 거야."

"안녕히 주무세요."

내 말에 엄마가 웃어 보였다. 급조한 웃음이었다. 전혀 행복해 보이지 않았다.

"잘 자라. 노리아."

엄마는 이렇게 말하고 방을 나갔다.

𝆕

엄마가 방을 나가자마자, 나는 침대에서 일어나 책장 앞에 무릎을 굽혔다. 그리고 맨 아래 선반에서 나무 궤짝을 하나 꺼냈다. 얇은 옻칠 층 사이로, 아무 장식 없는 상자의 나뭇결이 손가락 끝에 느껴졌다. 나는 자물쇠를 열고 뚜껑을 들어올렸다.

상자 안에는 플라스틱 무덤에서 발견한 과거 세계의 물건들이 이것저것 들어 있었다. 맨 위쪽에는 반질반질한 돌멩이 여러 개와 이가 거의 빠진, 구부러진 작은 열쇠 하나가 있었다. 그 아래에는 네모난 플라스틱 세 개가 있었다. 약간 둥그스름한 모서리에다, 가운데에 바퀴모양의 구멍이 두 개 있고 일부만 투명한 재질로 되어 있었다. 플라스틱마다 'TDK'라는 똑같은 세 글자가 새겨져 있었다. 찢어진 얇은 테이프가 네모난 플라스틱에서 풀려 나와 있었다. 손가락에 닿는 끈의 감촉은 언제나 좋았다. 가볍고 매끄러운 게, 마치 머리카락 같았다. 공기나 물 같았다. 산야가 TDK로 뭘 하려는지 나는 모른다. 사실 산야나 나나, 이 물건들이 과거 세계에 어떤 용도로 쓰였는지 전혀 감을 못 잡은 상태다. 하지만 가끔씩이나마 테이프를 만져 보고 싶은 마음에 보관해 두었다.

얇은 은색 디스크가 상자 맨 밑에서 번쩍였다. 하도 예뻐서 예전에 집에 가져온 물건이다. 나는 디스크를 집어 올리며 또 다시 탄성을 질렀다. 번쩍이는 부분에 약간 긁힌 자국이 있긴 하지만, 여전히 깨끗해서 내 모습이 고스란히 비쳤다. 반딧불이 전등 빛이 디스크에 비치자, 일곱 가지 무지갯빛이 반사되었다. 반짝이지 않는 부분에는 글자 자국들이 있었다. 예전에는 그 면 전체에 쓰여 있던 모양인데, 지금은 글자 몇 개만 남아 있을 뿐이다. 'COMPACT DISC'

나는 디스크와 TDK들을 상자에 도로 집어넣고 자물쇠를 잠갔다. 그리고 아침에 들고 갈 요량으로, 책장 옆 벽걸이에 걸어 둔 해초 가방에 상자를 쑤셔 넣었다.

눈을 감으니, 저 멀리 우리 집과 마을을 가르는 거리가 보였다. 그리고 또 한 집. 우리 집보다 더 비바람에 닳고 낡은 집이 보였다. 대문에 그려진 파란 동그라미는 상처를 입힐 듯 뾰족한 윤곽선들로 둘러싸인 백야를 빤히 쳐다보고 있었다. 그리 먼 거리도 아니다. 한참을 응시하다 보면, 점점 거리가 좁혀지면서 마침내 그 집 문에 닿고 그 뒤쪽 움직임까지 들을 수 있을 것이다.

아니면 적막을.

나는 그 이미지를 안 보이게 싸서, 마음속에서 밀어냈다. 하지만 그대로라는 걸 나는 안다.

5

나는 산야 집의 열린 대문을 지나, 울타리 옆에 태양광 자전거를 세웠다. 산야의 엄마 키라 아줌마는 키 큰 해바라기 밭 한가운데 서서, 굵은 해바라기 줄기에 달린 묵직한 꽃부리들을 잘라내는 중이었다. 발밑에는 커다란 바구니가 있고 그 안에는 씨알이 제법 굵은, 만개한 해바라기 꽃부리들이 여러 개 들어 있었다. 산야의 여동생 민야는 흙바닥에 앉아, 나무토막 세 개를 겹쳐 쌓아 올린 그 위에 납작한 돌멩이를 고정시키느라 정신이 없었다. 하지만 돌멩이는 매번 손가락에서 빠져나갔다. 산야에게 물려받은 방충 모자가 제법 큰지, 머리 위에서 이리저리 움직였다.

민야가 나를 보더니 소리쳤다.

"노리아 언니! 짜잔! 우물이야."

민야는 납작한 돌멩이는 까맣게 잊은 듯 잠시 손에 쥔 채, 다른 손으로 자신의 건설 현장을 자랑스럽게 가리켰다.

"멋진데."

사실 말은 그렇게 했지만, 그 조립품은 모양으로 보나 형태로 보나 익히 알고 있는 우물과 딴판이었다.

키라 아줌마가 돌아보았다. 잿빛 원피스 앞부분 여기저기에 마른 노란색 해바라기 꽃잎들이 흩어져 있었다. 방충 모자 아래 아줌마 얼굴은 지친 듯 핼쑥했고, 얼굴을 감싼 검은 머리는 며칠째 안 감은 듯 보였다. 꼬챙이처럼 앙상한 몸에 옷들이 축 늘어져 있지만, 얼굴에는 미소를 띠고 있었다. 그 순간 아줌마가 꼭 산야 같았다.

"안녕. 노리아. 산야가 아침 내내 널 기다리고 있더라."

키라 아줌마가 말했다.

"어제 엄마가 아마란스 케이크를 구우셨어요."

나는 가방에서 해초 상자를 꺼내며 말했다. 꽤 묵직했다.

"엄마가 이걸 보내셨어요. 상자는 천천히 주셔도 돼요."

순간, 키라 아줌마 얼굴이 잠시 굳어지더니 이내 미소가 돌아왔다.

"고맙구나."

아줌마는 상자를 받으며 말했다.

"너희 엄마한테도 특별한 걸 드려야 할 텐데 말이야. 드릴 게 하나도 없구나."

아줌마는 방금 딴 해바라기 꽃부리를 바구니 맨 위쪽에 떨어뜨렸다. 줄기에서 풀냄새 가득한 짙은 향기가 솔솔 풍겨 나왔다.

"괜찮아요."

키라 아줌마는 나를 쳐다보지도 않은 채 민야 손을 잡았다. 왠지 맘이 불편했다.

"민야스카! 이제 스펀지 목욕할 시간이야. 말 잘 들으면, 해적선 가지고 놀게 해 줄게."

민야는 꺄악 소리를 지르며 일어났다. 그러더니 납작한 돌멩이를 우물 건설 현장 위쪽에 떨어뜨렸다. 나무토막들이 바닥으로 무너지면서 그 주변으로 먼지가 흩날렸다. 키라 아줌마는 집 쪽으로 걷기 시작했다. 한 손으로는 케이크 상자를 들고 다른 한 손으로는 민야 손을 잡은 채.

"나중에 봐. 노리아 언니."

민야가 말하자, 나도 민야에게 손을 흔들어 작별 인사를 했다. 하지만 민야의 머릿속은 온통 해적선을 가지고 놀 생각뿐이었다.

나는 집 주위를 돌았다. 작업실 방충망 사이로, 산야가 의자에 앉아 작업대에서 뭔가를 만지작거리고 있는 게 보였다. 지붕을 떠받치고 있는 기둥 하나를 톡톡 두드리자, 산야가 고개를 들고는 손짓을 했다. 나는 안으로 들어갔다. 손을 뒤로 해서 문을 닫고 방충 모자를 벗었다.

산야의 앞쪽 작업대 위에 기계가 하나 있었다. 바로 몇 주 전 플라스틱 무덤에서 찾아낸 물건이다. 각진 모양하며, 앞면에 깊게 움푹 들어간 부분, 수상한 숫자들, 윗부분에 움푹 들어간 또 다른 부분을 나는 대번에 알아보았다. 기계에 달린 전원선 두 개가 작업대 가장자리에 놓인 태양광 발전기에 연결되어 있었다.

산야가 물었다.

"가져왔어?"

산야는 낡은 스카프로 머리를 뒤고 넘겼고, 두 뺨이 벌겋게 상기되어 있었다. 잔뜩 들떠서, 일찍부터 작업에 들어간 모양이었다. 아침 내내 작업실 주변에서 맘 졸이며 쉴 새 없이 서성거린 눈치였다. 나는 작업대에 가방을 올려놓고 나무 궤짝을 꺼내 TDK들을 보여 주었다.

"대체 이걸로 뭐하려고?"

나는 물었다.

산야는 작업대 밑으로 사라지더니 뭔가를 마구 뒤졌다. 잠시 후 나타난 산야의 손에는 네모난 검은 플라스틱이 들려 있었다. 몇 주 전에 그것을 본 기억이 났다. 내가 물통을 수리하러 왔을 때였다. 산야가 작업대에서 TDK 하나를 집어 들었는데, 내 것과 생김새가 무척 비슷했었다. 크기는 딴판이었지만.

"이게 무슨 용도였을까 고민해 봤는데. 뭔가를 듣는 데 사용했던 것 같아. 스피커가 있더라고. 전송장치랑 똑같아. 물론 크기도 다른데다 훨씬 구식이지만 기본 원리는 같아. 앞쪽에 움푹 들어간 네모난 부분에 맞는 새 뚜껑을 만들려고 보니까, 거기 안쪽에 굴대 같은 게 두 개 있더라. 그래서 그중 하나를 돌려봤지."

산야는 좀 더 큰 직사각형을 가리켰다.

"저 네모난 플라스틱들 말이야. 기계 옆에 흩어져 있었어. 그런데 계속 보다 보니, 문득 이런 생각이 들더라. 움푹 들어간 그 부분이 혹시 축에 딱 맞는 톱니바퀴들이 가운데 있는, 그런 부품을 위해 만들어진 건 아닐까 하고 말이야. 모양도 똑같잖아……. 크기는 다르지만."

산야는 손가락으로 'VHS' 글자가 쓰여 있는 네모난 플라스틱을 가볍게 두드렸다.

"이건 훨씬 더 큰 비슷한 기계에 사용하도록 만들어진 것 같아. 지지리 운도 없지. 기계도 멀쩡하고 적당한 교체 부품도 있는데, 크기가 안 맞다니. 그때 딱 네 생각이 나더라. 신기하다 싶은 물건은 죄다 모으는 취미가 있잖아. 그리고 너한테 TDK들이 있다는 게 생각났어."

나는 산야가 뭘 알게 됐는지 감이 오기 시작했다. 산야는 잔뜩 구겨진 TDK 테이프를 최대한 반듯하게 폈다. 찢어진 끝부분을 이어 붙인 다음, 플라스틱 본체 안에 테이프를 다시 둘둘 감아 더는 풀리지 않게 했다.

그 뒤 산야는 TDK를 움푹 들어간 부분에 넣으려고 했다.

"안 맞아."

나는 실망스러웠다. 하지만 산야는 TDK를 뒤집었다. 그랬더니 딱 맞았다.

"아싸!"

산야가 환호성을 질렀다. 내 얼굴에도 점점 미소가 번졌다.

산야는 뚜껑을 닫고 태양광 발전기의 스위치를 켰다. 작은 황록색 불빛이 기계 상판에 켜졌다. 마치 빛을 내는 곤충 같았다. 그 옆으로 여러 숫자들이 있었다.

"이제 이 스위치들의 사용법을 전부 알아내야 해."

산야는 기계 위의 직사각형 버튼 하나를 누르며 말했다. 앞판 뚜껑이 열렸다. 그뿐이었다. 산야는 뚜껑을 다시 닫고 이번에는 화살표가 두 개 있는 버튼을 눌렀다. 기계에서 바스락거리는 소리가 났다. 산야는 직사각형의 움푹 들어간 부분에 얼굴을 가까이 댔다. 눈을 가늘게 뜨고 주의 깊게 그곳을 응시했다.

"돌아가고 있어. 봐봐."

산야가 말했다.

살짝 들여다보니, 산야 말이 맞았다. 기계는 TDK 플라스틱 안의 테이프를 아주 빨리 감고 있어서, 방향은 알기 어려웠다. 잠시 후, 딸깍 소리가 나고 잠깐 심하게 요동치더니 다시 딸깍 소리가 났다. 그러고는 조용해졌다.

나는 조심스레 물었다.

"고장 난 거야?"

산야는 미간을 잔뜩 찡그리며 말했다.

"그런 것 같진 않아. 아마 남은 테이프가 없어서 그런 것 같아."

산야는 화살표가 한 개만 있는 다른 버튼을 눌렀다. 기계에서 다시 윙윙대는 소리가 어렴풋이 들리기 시작했다. 그때 스피커에서 지지직대는 소리가 났다. 산야가 화들짝 놀라더니 나를 돌아보았다.

"들어 봐!"

산야가 말했다.

스피커에서 바스락거리는 소리, 윙윙대는 소리가 들렸다. 계속 윙윙거렸다.

몇 번 더 윙윙거렸다.

그렇게 우리 시간은 계속 흘러갔다. 그리고 아직 드러낼 준비가 안 된 비밀을 간직한 또 다른 시대와 세상 저 멀리까지 윙윙대는 소리가 가 닿는 사이, 햇빛에 칠이 벗겨지듯 산야의 얼굴에도 웃음기가 사라졌다. 결국 산야는 다시 직사각형 표시의 버튼을 눌렀고 테이프는 멈췄다. 산야는 뚜껑을 열어 TDK를 꺼냈다. 이번에는 찢어진 테이프 끝부분을 이어 붙인 다른 것으로 교체했다.

스피커에서는 여전히 윙윙거리며 진동하는 소리 외에는 아무 소리도 들리지 않았다.

산야는 TDK 세 개를 전부 몇 번이고 작동시켜 봤다. 테이프를 이리저리 돌려보기도 하고 앞면, 뒷면을 바꿔 보기도 했다. 하지만 우리가 들은 소리라곤 시간과 거리 속에 파묻힌 아득한 소리뿐이었다. 들릴 듯 말 듯한 소리. 아무 소리도 안 들리는 것보다 훨씬 더 애간장을 말렸다. 한때 테이프에 뭔가 담겨 있었다 해도, 흙과 공기, 비, 햇빛 탓에 과거 세계의 울림은 오래전에 사그라졌을 것이다.

산야는 기계를 물끄러미 바라보다가, 들고 있던 TDK 쪽으로 고개를 돌렸다.

"내 말이 틀림없어. 이 부품들은 기계에 딱 맞아. TDK에서 나오는 소리를 이 기계가 스피커로 전달해 주는 거지. 기계와 TDK들은 틀림없이 이런 식으로 사용됐을 거야. 안에 소리가 그대로 남아 있는 TDK를 찾을 수만 있다면…….."

산야는 TDK의 플라스틱 표면을 손가락으로 톡톡 두드렸다. 집 안쪽에서 민야의 비명과 그런 민야를 달래는 키라 아줌마의 목소리가 어렴풋하게 들렸다. 나는 자그마한 검은 거미 한 마리를 눈으로 좇았다. 태양광 발전기 위쪽 모퉁이에 거미줄을 치고 있었다.

"혹시……. 혹시 말이야. 플라스틱 무덤 어딘가에 좀 더 있지 않을까?"

내가 넌지시 말했다.

"아니면 애초에 오래 못 쓰는 건지도 몰라. 과거 세계의 기계들은 하나같이 허술하잖아."

그때 산야의 표정이 바뀌었다. 마치 얼굴 윤곽이 점점 또렷해지는 느낌이었다. 산야는 기계 상판에 있는 네모난 뚜껑을 들어올리더니, 그 아래 움푹 들어간 둥근 부분을 손가락으로 만졌다. 그러고는 작업대 위에 열려 있는 내 궤짝을 바라보았다. 가운데에 구멍이 있는 은색 디스크에 산야의 시선이 붙박였다. 움푹 들어간 둥근 부분에 딱 맞아 보였다. 산야는 나를 바라보았다. 표정을 보아 하니, 나와 같은 생각인 것 같았다.

산야가 물었다.

"내가 할까?"

나는 고개를 끄덕였다.

산야는 궤짝에서 디스크를 꺼내, 움푹 들어간 부분에 끼웠다. 그 기계용인 게 분명했다. 움푹 들어간 부분 가운데의 둥근 꼭지가 디스크의 가운데 구멍에 딱 맞았다. 산야는 디스크를 꾹 눌렀다. 그러자 찰칵 소리를 내며 쑥 들어갔다. 산야는 뚜껑을 닫고 화살표 버튼을 눌렀다. 플라스틱 창을 통해 보니, 디스크가 돌아가기 시작했다.

우리는 기다렸다.

스피커에서는 아무 소리도 들리지 않았다.

나는 실망스러워하며 산야의 표정을 살폈다. 그때, 산야가 손을 뻗어 상판에 있는 스위치를 만지작거렸다. 첫 번째 스위치를 만지자, 반딧불이 같은 불빛이 꺼지면서 디스크의 회전 속도가 느려졌다. 그래서 산야는 그 스위치를 원위치로 돌려놓았다. 다른 스위치에서는 아무 일도 없었다. 세 번째 스위치를 움직이자, 스피커에서 치직거리는 소리가 아주 크게 들렸다. 우리 둘 다 소스라치게 놀랄 정도였다. 그리고 짧은 정적에 이어, 우리 말로 또박또박 말하는 남자 목소리가 들렸다.

"얀손 탐사대 일지. 4일째. 트뢰넬라그Trøndelag 남부. 예전에 트론하임Trondheim시로 알려진 지역 근처다."

목소리가 일, 월, 년을 쭉 들려주는 동안, 산야는 환호성을 질렀고 나도 함박웃음을 지었다. 목소리는 계속 이어졌다.

"우리는 도브레피엘Dovrefjell 지역 수질의 미생물 수준을 측정하는 것으로 하루를 시작했다. 결과는 아직 나오지 않았지만, 요툰하이먼Jotunheimen의 결과와 별 차이가 없을 듯하다. 이게 사실로 밝혀진다면, 이 지역에서 일어나는 자연발생적인 생물학적 회복과 복원 과정은 알려진 사실보다 훨씬 더 양호한 셈이다. 내일은 정제 박테리아를 물에 주입할 예정이다. 그런 다음 트뢰넬라그 북부 쪽으로 계속 이동할 것이다……."

햇빛은 두껍고 후끈한 외피처럼 작업실을 서서히 둘러쌌고, 말파리들은 방충망을 기어올랐다. 그리고 우리는 과거 세계의 목소리에 귀를 기울였다. 이따금 소리가 완전히 사라지다시피 하기도 하고 조금 건너뛰거나 갑자기 중지되기도 했지만, 언제 그랬냐는 듯 다시 소리가 흘러나왔다. 산야는 기계를 멈추지 않았다. 지루

한 부분이 나와도 건너뛰지 않았다. 그 이야기는 디스크에 담긴 채 수 세대를 기다려 왔다. 하마터면 플라스틱 무덤 속으로 사라질 뻔한 이야기였다. 우리는 아무 말도 하지 않았다. 산야가 무슨 생각을 하는지도 몰랐다. 하지만 나는 쉼 없이 흐르면서 세상 만물을 닳아 없애는 물과 세월, 정적에 대해 생각했다. 그리고 이 메마른 아침에 일어난 불가사의한 일들을 떠올렸다. 낯선 풍경과 사라진 세계에서 날아든 목소리, 알 것 같으면서도 거의 이해할 수 없는 그 말들이 우리 귀로 이끌려 온 일련의 일들을.

목소리는 수질 탐사, 미생물 측정, 박테리아 배양, 지형에 대해 이야기했다. 간혹 한동안 말이 중단되기도 했는데, 그런 부분을 기점으로 나뉜다는 걸 알아차리기 시작했다. 각 부분 초반에, 목소리가 새로운 날짜를 알려주었다. 녹음이 4일째에서 5일째, 6일째로 넘어갔다. 9일째부터 목소리가 완전히 사라졌다. 그다음을 기다렸지만 헛수고였다. 몇 분이 지났다. 우리는 서로 마주보았다.

산야가 말했다.

"애걔, 이걸로 끝이야. 게다가 그리 재밌지도 않네."

나는 말했다.

"우리 엄마 생각은 분명히 다를걸. 우리 엄마는 과학이라고 하면 사족을 못 쓴……."

그때 스피커에서 시끄러운 소리가 들렸다. 우리는 잔뜩 긴장한 채 귀를 쫑긋 세웠다. 이번에는 여자 목소리가 말했다.

"다른 사람들은 내가 이러면 안 된다고 생각하겠지. 하지만 그들이 알 필요는 없어."

여자는 말을 하다 말고 헛기침을 했다. 여자의 말이 계속 이어졌다.

"친애하는 청취자님. 당신이 군인이라면, 믿으셔도 됩니다. 당신 손에 들어가지 않도록, 이 녹음테이프들을 없애려고 별의별 짓을 다했다는 걸 말이죠. 그런데 당신이 이걸 듣고 있다면 아마도 내가 참패했다는 뜻이겠죠."

목소리는 잠시 뜸을 들였다.

"하지만 차후에는 그런 일이 없을 겁니다. 나는 지금 바로 어떤 이야기를 할 거고 당신은 눈곱만치도 좋아하지 않을 겁니다. 난 당신들이 한 짓을 알고 있어. 그리고 무슨 짓을 할 건지도. 내가 그 일에 대해 입이라도 뻥끗하는 날이면, 실제 무슨 일이 벌어졌는지 온 세상 사람들이 알게 되겠지. 왜냐하면……."

갑자기 말이 멈췄다. 디스크는 계속 돌아갔지만 이제 과거 세계 목소리는 사라졌다. 다시 부를 수가 없었다. 녹음이 끝난 것이다.

산야와 나는 물끄러미 서로를 바라보았다.

나는 물었다.

"뭐라는 거야?"

산야는 녹음된 것을 앞뒤로 돌려보고 심지어 디스크의 뒷면까지 작동시켜봤지만, 들을 내용을 다 들은 게 틀림없었다.

나는 물었다.

"처음에 남자가 몇 년도라고 했지?"

우리 둘 다 연도에는 관심이 없었다. 산야는 디스크를 다시 처음부터 돌리기 시작했다. 귀를 쫑긋 세우고 들으면서 산야의 표정을 살폈다. 나랑 같은 생각인 것 같았다. 두 번 생각할 것도 없이, 우리는 디스크가 과거 세계의 물건이라고 생각했다.

하지만 우리가 틀렸다.

"트와일라잇 세기의 물건이야."

나는 말했다.

"그럴 리가 없어."

산야는 우겼지만 자신 없는 목소리였다.

"그냥 꾸며 낸 이야기일 뿐이야. 책에나 나올 법한 얘기 같은 거. 아니면 전송장치로 한 번에 한 챕터씩 들으려고 구입하는 서스펜스 소설 같은 거야."

"그럼 어째서 처음 한 시간 동안은 따분한 과학 이야기만 주구장창 나오다가, 막판에야 흥미진진한 내용이 나오는 거냐고?"

산야는 어깨를 으쓱했다.

"글솜씨가 형편없는 모양이지 뭐. 전자책이라고 항상 재미있는 건 아니잖아. 우리 아버지도 몇 권밖에 없어."

"모르겠어."

나는 플라스틱 무덤 어디에서 디스크를 발견했는지 기억해 내려고 머리를 쥐어짰다.

산야는 다짜고짜 디스크를 기계에서 꺼내더니, 궤짝에 집어넣고 뚜껑을 꽝 닫아 버렸다.

"뭐가 됐든 상관없어. 우리는 여자가 무슨 얘길 하려고 했는지 절대 알 수 없을 거야. 어쨌든 기계는 작동시켜 봤잖아."

하지만 나는 미지의 겨울과 사라진 이야기들에 대해 생각하고 있었다. 내 마음속에 여전히 들끓고 있는 낯선 용어와 친숙한 말들이 떠올랐다. 플라스틱 무덤에 쏟아지면서 모든 걸 서서히 갉아먹는 비와 햇빛을 생각했다. 그리고 아직 남아 있을지도 모를 것들에 대해서도.

나는 디스크를 찾아낸 장소를 기억해 낼 수 있을 것 같았다.

"디스크를 발견한 곳에 가면 더 많이 찾을 수 있을 거야."

나는 산야에게 넌지시 운을 뗐다. 생각만 했을 뿐인데도 심장이 벌렁거렸다.

"우리가 그 이야기를 완성해 보는 거야. 그냥 꾸며 낸 이야기라 쳐도, 어떻게 끝나는지 알고 싶지 않아?"

"노리아……."

"내일 하루 종일 돌아다녀 보자. 먹을 것도 좀 챙겨서 가져가고 말이야. 그리고……."

"노리아."

산야가 내 말을 막았다.

"넌 차나 대접하고 플라스틱 무덤이나 쑤시고 다니는 것 말고는 할 일이 없을지도 몰라. 하지만 난 달라."

집 안 어디선가 민야가 울기 시작했다.

불현듯 우리 사이에 거리감이 느껴졌다. 엄마 손을 잡고 아슬아슬 첫 걸음마를 떼며 함께 마을 광장에서 걷는 법을 배웠던 그 후부터, 우리는 서로에 대해 모르는 게 없었다. 혹시 누군가 묻는다면, 부모님 빼고 나한테 산야만큼 가까운 사람은 없을 거라고 말했을 것이다. 하지만 산야는 가끔씩 나를 외면한 채 자신의 단단한 껍질 속으로 숨어 들어가, 내 손이 닿지 않는 곳으로 사라지곤 했다. 물에 비친 잔영이나 메아리처럼, 말과 손길이 닿지 않는 저 너머로 방금 전에 사라져 버린 아련한 흔적처럼 말이다. 나는 그런 순간들이 도저히 이해되지 않았다. 그렇다고 거부할 수도 없었다.

산야는 이제 내게서 멀어졌다. 비밀의 샘만큼, 낯선 겨울만큼이나 멀리 있었다.

"가야겠다."

나는 가방에 궤짝을 되는 대로 쑤셔 넣으며 말했다. 우리가 시공을 초월해서 미지의 세계로 들어가는 비밀의 문을 찾아냈다는 설렘은 온데간데없이 사라졌다. 햇빛이 그것을 까맣게 태워 버렸다.

나는 방충 모자를 푹 눌러쓴 채, 이글거리는 열기 속으로 발을 내딛었다.

집으로 가는 길에, 가방 끈이 어깨를 물어뜯었다. 짜증이 났다. 땀이 목과 등을 타고 흘러내렸고 방충 모자 아래쪽 머리카락이 맨살에 달라붙었다. 디스크에 녹음된 말들 때문에 마음이 뒤숭숭했다. 얀손 탐사대. 엄마의 옛날 책에서 언뜻 본 것 같다. 탐사일지 속에 몸을 숨긴 채, 숱한 시간을 흘러온 여자. 그녀는 제 이야기를 아주 중요시해, 비밀리에 녹음했다. 그리고 군의 손아귀에 넘어가지 못하도록 녹음한 걸 전부 없애려 했다.

나는 여자에게 그토록 중요한 게 뭐였는지 궁금했다.

그런데 저만치 집 바깥에 낯선 차량들이 보였다. 예고도 없이 다례원에 손님이 찾아왔는지도 모른다. 내심 아니길 바랐다. 아버지는 준비할 시간도 없이 갑작스레 손님을 맞는 걸 달가워하지 않는 데다, 그 후 며칠 동안 짜증을 내기 일쑤였다.

나는 태양광 자전거의 방향을 틀어 숲으로 향했다. 나무 사이로 정원 안을 들여다보았다.

그때 파란색 군복들이 보였다. 순간 목과 가슴 사이가 조여들면서 숨이 가빠 왔다. 한두 명이 아니라 떼로 몰려 있었다.

낯익은 태양광 차량 한 대가 해초 지붕 아래쪽 출입문 밖에 주차돼 있었다. 앞마당에 이르자, 군인 십여 명이 왔다 갔다 하며 복잡해 보이는 기계들을 옮기고 있었다. 몇몇 도구들을 보니, 엄마 책에서 봤던 사진이 떠올랐다. 다례원 주변에 바리케이드가 세워졌고 그 앞에는 허리에 칼을 찬 군인들이 보초를 섰다. 부모님은 베란다에 서서 장교 제복 차림의 키 큰 군인과 이야기를 나누고 있었다. 나를 등지고 선 군인이 내 발소리를 듣자, 뒤를 돌아보았다. 나는 방충 모자 아래 얼굴을 알아보았다.

"잘 있었나? 카이티오 양. 다시 만나게 되어 반갑군."

타로 사령관은 이렇게 말하면서 내가 고개 숙이길 기다렸다.

6

말로는 통상적인 조사라고 했지만, 느낌은 전혀 그렇지 않았다. 군인 두 명이 통상적인 조사를 실시했고 거의 몇 시간 동안 계속됐다. 그러더니 높은 계급의 한 장교가 군인 여섯 명과 함께 2주 동안 우리 집 마당에 머물렀다. 그중 두 명은 교대로 다례원을 감시했고 네 명은 집과 주변을 수색했다. 그들은 정원의 이쪽 끝에서 저쪽 끝까지 천천히 왔다 갔다 하며 샅샅이 살폈다. 조직적이고 치밀했다. 군인들은 납작한 스크린 장비를 들고 있었다. 그 위에 나타난 다양한 색상의 패턴은 언뜻 지도와 비슷했다. 패턴의 끝부분이 들쑥날쑥했고 갖가지 형태로 겹쳐진 모양새였다.

장비들이 어떻게 작동하는지, 엄마 책에서 얼핏 본 기억이 난다. 스크린이 인식한 땅에 전파를 내려보내면, 패턴이 나타나면서 토양의 밀도와 습도를 알려주었다. 또한 군인들은 땅을 뚫어서 측량할 수 있는 장비도 가지고 다녔다. 그들 중 얼굴에 표정이라곤 없는 여군이 한 명 있는데, 기다란 금속 봉 두 개를 엇갈려 든 채 걸어 다녔다. 이따금 눈을 감은 채로 멈춰 있다가, 한동안 금속 봉을 응시했다. 뭔가를 기다리는 눈치였다. 부모님은 다례원이 격리됐고 집중 조사가 이뤄지는 중이라고 내게 귀띔해주었다. 첫날, 여군이 가지고 있던 금속 봉이 베란다 위에서 땅바닥 쪽으로 확 당겨졌기 때문이란다.

군인들이 마룻바닥을 뜯어내는 동안, 아버지는 다례원 앞에 쌓여가는 널빤지 더미를 참담하게 노려보았다.

아버지는 입을 굳게 다문 채 웅얼거렸다.

"예전으로 돌아가긴 글렀군. 요새 어디서 저런 나무를 구하겠어. 게다가 이 한물간 마을에 다례원을 지을 만한 전문 기술자도 있을 리 없고."

당시 우리 부모님 사이에는 무거운 침묵이 흘렀다. 꼭꼭 숨겨 놨던 혼돈의 두려움과 입 밖에 낼 수 없는, 형언하기 힘든 감정들이 짙게 드리워져 있었다. 마치 잔잔한 수면 같았다. 극단적이고 부자연스러웠다. 단 한마디라도 그곳에 떨어지면, 바닥에 있는 돌멩이 하나라도 움직이면, 수면은 변할 것이다. 파문이 일고, 또 다른 파문이 잇따라 일어날 것이다. 그 사이 물에 비친 모습은 파문에 떠밀려 알아볼 수 없을 정도로 일그러지겠지. 우리는 지극히 일상적인 얘기 말고는 대화를 피했다. 군인들이 들이닥치면서, 우리 사이에 보이지 않는 벽이 생겼기 때문이다. 우리는 그것을 깰 용기가 없었다.

저녁마다 나는 군인들이 스크린 장비를 언덕으로 가져가지 않았다는 걸 몰래 확인한 후에야 잠자리에 들었다. 그리고 아침에 잠이 깨면, 혹시나 집과 정원 밖으로 조사 범위가 넓어졌을까 봐 간을 졸였고, 그렇지 않다는 사실을 확인한 후에야 겨우 아침을 먹을 수 있었다. 게다가 꿈속에서 바위 안에 숨어 있는 샘을 보고 가슴이 조여 와 한밤중에 깨기도 했다. 황당한 말 같겠지만, 왠지 언덕에서 집까지 샘물 소리가 들릴 것만 같았기 때문이다. 나는 한참을 미동도 없이 정적에 귀 기울이다가 다시 잠에 빠져들었다.

처음에 나는 엄마가 물 수색자들의 장비에 괜히 관심 있는 척 하는 줄 알았다. 체면도 세우면서 불안감도 감추려고 말이다. 하지만 며칠이 지나자 엄마의 그런 행동이 진심임을 알게 되었고, 엄마는 그것을 애써 감추려 했다. 엄마는 장비에 대해 두루 알고 싶어 했다. 직접 시험도 해 보고 작동 원리나 적용 방법에 대해서도 배우고 싶어 안달이 났다. 엄마는 뉴 피터버그 대학의 현장 연구원으로 일한 지 15년이 넘었다. 그러나 군사 기술 분야는 일반인들이 접할 수 있는 그 어떤 것보다 훨씬 선진화되어 있었다. 엄마는 군인들과 함께 걸으면서 기계 장비에 대해 이것저것 물어보았다. 엄마 표정을 보아 하니, 서재에 아무도 없을 때 기록해 놓으려고 내용을 암기하는 눈치였다. 아버지도 이를 알아채고는,

엄마를 멀리하며 무뚝뚝하게 굴었다. 그동안 말 못한 채 넘어간 모든 일들이 그물처럼 우리를 옥죄어 왔다. 얼른 해결 방법을 찾아내지 못하면, 우리를 질식시켜 뭉개 버릴지도 모른다.

나는 산야에게 이런 얘기를 털어놓고 싶었다. 그렇게 다짜고짜 작업실을 나오지 말았어야 했다. 나는 산야에게 메시지 세 개를 보내면서 집에 들러 달라고 부탁했다. 하지만 답이 없었다. 나는 이 상황을 어떻게 받아들여야 할지 난감했다. 사실 산야가 답을 하지 않는 일은 종종 있었다. 엄마는 여기저기 돌아다니며 군인들의 장비를 살폈고, 아버지는 다례원 옆을 지키고 서 있었다. 자신이 버티고 있으면, 군인들이 좀 살살 수색하지 않을까 하는 표정이었다. 부모님이 이러고 있는 동안, 나는 책들을 내 방으로 옮겨 막사를 세웠다.

은색 디스크에 녹음된 내용이 자꾸 마음에 걸렸다. 나는 늘 과거 세계의 모습에 대해 비교적 잘 알고 있다고 생각했는데, 실은 너무 모르고 있었던 것이다. 나는 겨울에 대한 헛된 몽상에 잠기거나 하얀 눈을 동경했다. 그렇다고 학교에서 배운 것과 책에서 읽은 내용을 의심해 본 적은 단 한 번도 없다. 사실이라고 간주되는 것은 실제로 사실이며 그 이외에는 아무것도 중요하지 않다고 여겼기 때문이다. 하지만 만일 그게 아니라면? 디스크의 나머지 이야기들이 암운을 드리우는, 일그러진 거울 파편이라면?

아니 한술 더 떠, 거울에 비친 모습을 바꾸려고 누군가 필사적으로 거울을 산산조각 낸 거라면?

디스크의 목소리는 말했다.

"난 당신이 한 짓을 알고 있어……. 내가 그 일에 대해 입이라도 뻥긋하는 날이면, 실제 무슨 일이 벌어졌는지 온 세상 사람들이 알게 되겠지."

나는 집안에서 모아온 책들을 방바닥에 펼쳐 놓고 살펴보다가, 드디어 큼지막한 세계 지도 두 개를 찾아냈다. 나는 지도를 나란히 놓고 비교해 보았다. 하나는 과거 세계, 추운 겨울 세상, 마천루의 도시들을 보여 주었다. 다른 하나는 현 세계를 보여 주었다.

나는 육지 모양과 해안선을 유심히 살펴보았다. 거의 딴판으로 변해 있었다.

소금과 물에 된통 당한 것이다.

나는 집에서 가장 가까운 곳으로 시선을 돌렸다. 백해White Sea. 우리 마을과 쿼로야비 동쪽에 위치한 이 바다는 육지에서 멀리 떨어져 있다. 지금처럼 우리와 이렇게 가깝지 않았다. 스칸디나비아 연합의 호수와 강들이 합쳐지면서 바다는 더 넓어지고, 예전 해안선은 오래전에 사라졌다.

그게 끝이 아니었다.

침수된 섬들과 해안 평야, 삼각지대강이 바다로 들어가는 어귀에, 강물이 운반하여 온 모래나 흙이 쌓여 이루어진 편평한 지형들은 소금에게 먹혀 버렸고,

대도시들은 이제 과거 세상의 말 없는 혼령이 되어 바다의 장막 속 여기저기를 떠돌았다.

옛날 지도에는 북극과 남극이 흰색으로 되어 있다. 나는 이것이 영구 빙설이라는 얼음을 상징한다고 생각했다. 결국 영구적이지 않다는 게 명백해졌지만 말이다. 과거 세계가 거의 막바지에 접어들 무렵, 지구는 온난해졌고 예상보다 훨씬 빨리 해수면이 높아졌다. 거센 폭풍이 육지를 할퀴고, 사람들은 고향을 떠나 공터나 마른 땅이 아직 남아 있는 곳으로 피신했다. 막판 석유 전쟁 중에 발생한 대규모 사고로, 옛 노르웨이와 스웨덴의 식수 보호구역 대부분이 오염되고, 이 지역들은 도저히 인간이 살 수 없는 지경이 돼 버렸다.

그다음 세기로 알려진 트와일라잇 세기. 이 기간 동안 세상, 아니 세상에 남아 있는 지역에 석유가 바닥나고 말았다. 이 때문에 과거 세계의 과학 기술 대부분은 서서히 자취를 감췄다. 목숨을 부지하는 거야말로 제일 중요한 일이 돼 버렸고, 생존에 필요 없는 건 모조리 사라졌다.

나는 디스크에 녹음된 이야기에 대해 생각했다. 남자 목소리는 트론하임, 트뢰넬라그, 요툰하이먼을 언급했다. 그 지역들은 스칸디나비아 연합의 오염 지역을 일컫는 '로스트 랜드'에 속했다. 만일 얀손 탐사대가 실제로 있었다면, 그들은 트와일라잇 세기에 로스트 랜드에서 대체 뭘 하고 있었던 걸까? 그들은 그곳에 어떻게 무사히 갈 수 있었을까? 나는 디스크에 녹음된 내용이 그저 지어낸 얘기라는 산야의 주장을 내심 믿고 싶었다. 이야기가 진짜 같으면서도, 정말 감쪽같이 잘 만들었다는 생각이 들었기 때문이다. 물론 지어낸 이야기라고, 믿지 말란 법은 없지만 말이다. 그런데 디스크에 대해 뭔가 영 개운치가 않았다. 그 안에 담긴 내용은 일부러 꾸며 낸 형태의 이야기가 아니었다. 생생하고 사실적이었다.

나는 책들을 덮어 책상에 올려놓았다. 물론 지도 페이지의 귀퉁이는 이미 접어놓은 상태로.

군인들이 들이닥친 지 엿새째 되는 날, 느닷없이 산야가 우리 집 앞에 나타났다. 마을에서부터 쭉 걸어온 산야는 빈 물주머니들을 끈으로 묶어 등에 메고 있었다. 몇 주 전 수리비로 산야에게 물을 담아 가져간 바로 그 물주머니들이었다.

"들어가자."

나는 산야에게 말했다.

산야는 집 안으로 들어가면서 말했다.

"아버지한테 들었어. 가택 수색을 당했다면서? 뭣 때문에 그러는 거야?"

산야는 방충 모자를 벗었다. 나는 산야를 도와 한 꾸러미의 물주머니를 등에서 내려, 출입문 벽 모자걸이에 걸었다.

"다례원 지하나, 뭐 그런 곳에 우물을 숨겨 뒀다고 생각하는 모양이야."

나는 대답했다. 예상보다 훨씬 차분한 목소리였다.

"네가 그 음흉한 비밀을 숨기고 있다는 걸 진즉에 알아챘어야 했는데."

산야는 이렇게 말하더니, 갑자기 한쪽 입 꼬리를 치켜 올리며 씩 웃었다.

"그렇게들 할 일이 없나? 아마 너희 아버지 때문에 열 받은 누군가가 너네 집을 쑥대밭으로 만들려고 군인들한테 터무니없는 말을 흘린 걸 거야."

나는 웃었지만 얼굴에는 긴장감이 어려 있었다. 산야는 전에 그 말다툼에 대해 말할 생각이 없는 모양이었다. 나 또한 그럴 필요성을 느끼지 못했다. 저절로 봉합되는 틈도 있기 마련이니까. 억지로 틈을 다시 벌어지게 할 이유는 없었다.

나는 물었다.

"바로 가야 해?"

산야는 고개를 저었다.

나는 부엌에서 아이스티를 만들었다. 연한 노란색을 띤 미지근한 음료를 도기 잔에 붓자, 잔에 있던 얼음 덩어리들이 지지직 소리를 냈다. 우리는 식탁에 앉았고, 나는 찬장에서 말린 무화과 열매를 꺼냈다.

산야가 차를 홀짝이더니 한숨을 내쉬었다.

"우리 집에도 냉장고가 있었으면. 작년에 고치긴 했지. 근데 딱 2주 만에 완전 맛이 가더라. 시내에 가서 예비부품을 사야 했지만, 그랬다간 두 달 치 식비가 날아갔을걸."

나는 물었다.

"이상하지 않니? 플라스틱 무덤에 과거 세계의 기계들이 여전히 많이 남아 있다는 게. 고치기도 쉽던데 말이야."

"그게 뭐가 이상해?"

"학교에서 늘 그러잖아. 과거 세계의 기계들은 허술하다는 둥, 이제 만들 수도 없다는 둥. 책에도 전부 그렇게 쓰여 있고."

"실제로도 그렇잖아. 플라스틱 무덤에 쌓여 있는 물건 중 대부분은 쓰레기야."

"근데 책은 왜 그런 거지?"

"책이 뭐?"

"과거 세계의 그 많은 책들은 어째서 지켜내지 못했을까?"

티 마스터의 집만큼 책이 많은 집은 마을 어디에도 없다. 시내에서도 거의 찾기 힘들다고 부모님한테 들었다. 종이 값이 비싼 탓에 책은 거의 출간되지 않았다. 주립 도서관이나 군 기록 보관소에 가지 않는 한, 과거 세계의 책들을 구하기란 사실상 하늘의 별 따기였다. 학교에서는 전자책만 사용했다.

"책 대부분이 대도시에 있었으니까. 바닷속에 잠긴 곳 말이야.

그러면서 해안선까지 변했잖아."

산야가 대답했다.

"맞아, 너 트와일라잇 세기 이전에 쓰인 역사책을 보았던 적이라도 있어?"

"트와일라잇 세기나 현 세계의 내용이 담기지 않은 역사책이 뭐가 중요해?"

"하지만 그런 책들이 전부 물속으로 사라질 리 없잖아. 도시가 물에 잠겼을 때, 어째서 과거 세계의 책들을 좀 더 많이 건져 내지 않았을까?"

산야가 기지개를 펴며 말했다.

"나도 몰라. 시간이 없었나 보지 뭐. 우선 사람들을 구해야 하잖아. 어쩌면……."

그때 밖에서 들리는 고함 소리에, 산야가 하던 말을 멈췄다. 나는 창문 쪽으로 걸어갔다. 작달막한 키에 안경을 쓴 군인 한 명이 다른 군인 두 명에게 손짓을 하자, 그들이 엉거주춤 달려가고 있었다. 무슨 말을 하는지 들리지 않았지만, 두 마디 정도 오가더니 세 사람 모두 다례원으로 향했다. 부엌 창문에서는 다례원이 보이지 않았다. 군인들은 이내 시야에서 완전히 사라져 버렸다.

"무슨 일이야?"

산야가 물었다.

"모르겠어."

나는 군인들이 뭘 발견했는지 궁금해서 미칠 지경이었다. 하지만 집이나 다례원, 정원에서 발견될 만한 건 전혀 없었다.

심장에 얼음처럼 차가운 물을 들이부은 것 같았다. 나는 부모님이 내게 해 준 말이 너무 없다는 생각이 처음으로 들었다. 혹시 다례원에 비밀의 샘 위치가 표시된 지도라도 있는 걸까? 그걸 군인들이 찾아낸 걸까? 아님 당대 티 마스터의 저서에, 샘에 대해 뭔가가 쓰여 있는 걸까? 연한 갈색의 두툼한 책장을 가득 메운, 또박또박 쓴 아버지의 필체. 나는 아버지가 지켜보는 가운데, 일부만 읽을 수 있었다. 아니면 거실 유리 장식장에 가지런히 정리해 둔, 돌아가신 티 마스터들이 다도에 대해 꼼꼼히 기록한 책에서 뭔가 발견됐나? 나는 도통 알 수가 없었다. 머리를 굴려가며 갖가지 상황을 부랴부랴 짜내 봤지만, 어느 것 하나 아귀가 맞아떨어지지 않았다.

나는 식탁에 잔을 내려놓고 방충 모자를 머리에 뒤집어쓴 뒤 밖으로 나가면서 산야에게 말했다.

"따라오기 뭐하면, 안 와도 돼. 아마 별일 아닐 거야."

어쨌든 산야도 나를 따라왔다. 잔디밭은 파헤친 구덩이와 흙더미로 가득 차서, 요리조리 피해 다녀야 할 판국이었다. 하지만 바위 정원과 그 옆의 차 농원에는 모래밭을 지나간 군화 자국만 있을 뿐 손도 안 댄 모양이다. 나는 파헤쳐진 땅 한복판을 뒤뚱거리며 걸었다. 길이 낯설었다.

다례원 모퉁이에 다다르니, 잔디밭에 뚫린 커다란 구덩이 가장자리에 부모님이 나란히 서 있었다. 서로 마주 보지도, 붙어 있지도 않았지만 그 순간 두 사람은 완벽하게 하나였다. 마치 오래된 건물의 돌기둥 같기도 하고, 수년 전 데드 포레스트에서 봤던 몸통이 한데 뒤얽힌 두 그루의 나무 같기도 했다. 타로 사령관은 발굴지 건너편에 서 있고 다른 군인들도 구덩이 주변에 모여 있었다. 나는 부모님으로부터 몇 발자국 떨어진 곳에 멈춰 섰다. 산야가 내 옆으로 다가왔다. 물론 산야를 보지도, 몸이 닿지도 않았지만 내 옆에 있다는 걸 직감했다.

구덩이가 워낙 깊고 가파른 탓에, 늦은 오후의 청회색 햇빛은 구멍 바닥까지도 가 닿지 않았다. 그럼에도 나는 분명히 보았다. 구덩이 안쪽에 사람이 만든 단단한 벽이 있고, 더 깊은 곳에 검은 물이 반짝이는 것을. 마치 대지의 눈에 고인 눈물 같았다. 나는 부모님의 표정을 읽어 보려 했다. 아주 짧은 순간이었지만 낯설게 느껴졌다. 부모님은 다 알고 있는 걸 나만 몰랐다. 부모님이 내게 얼마만큼을 말해줬는지도 모르겠다.

군인 하나가 망원경이 달린 금속 봉에 유리그릇을 붙여 구덩이에서 물을 퍼 올렸다. 진흙과 함께 사향 냄새가 났다. 타로 사령관이 그릇을 잡았다. 방충 모자를 들어 올리고 손가락을 물에 집어넣더니 손가락 끝을 핥았다.

타로 사령관이 아버지를 노려보며 말했다.

"당신 땅에 마실 물이 있는 것 같군. 당연히 이게 있다는 걸 몰랐을 테지?"

"알았다면, 당신에게 그 사실을 숨겼겠소?"

아버지는 사령관의 눈을 피하지 않고 대답했다.

"이제 당신과 당신 가족은 가도록 하지. 마스터 카이티오. 추후 진행 상황에 대해서는 알려드릴 테니 염려 말고."

타로 사령관이 말했다.

아버지는 자리를 뜨려고 천천히 몸을 돌렸다. 엄마를 보고 나를 보았다. 아버지의 표정이 변했다. 아버지는 돌아서더니, 발굴지 가장자리에 있는 타로 사령관에게 거침없이 걸어갔다. 군인 두 명이 아버지를 막아서자, 타로 사령관이 그냥 놔두라고 손짓했다. 아버지는 사령관 앞에 멈춰 섰다. 두 사람은 흙과 하늘, 다례원의 찢겨진 잔해를 등지고 섰다. 키 큰 장교는 푸른 군복 차림이고, 머리가 벌써 희끗희끗한 남자는 티 마스터들의 소박한 리넨 차림이었다.

아버지가 입을 열었다.

"모든 걸 다 가질 수 있다고 믿는군요. 당신의 힘이 어디든 닿을 수 있다고 말이죠. 하지만 인간이 만든 쇠사슬에 절대 굴복하지 않는 것들이 있소. 언젠가 나는 당신 무덤에서 춤을 출 겁니다, 타로. 내 몸이 이승에 없다면, 뼈로 된 새장에서 벗어나 내 영혼이라도 그렇게 할 거요."

타로 사령관은 머리를 살짝 흔들더니, 아버지에게서 눈을 떼지 않은 채 으름장을 놓았다.

"다시 생각해 보니 이왕 우리가 땅을 파헤친 거, 이참에 집을 옮기는 것도 좋겠군. 리우할라! 칸토!"

타로 사령관은 군인 두 명에게 지시를 내렸다.

"마스터 카이티오와 가족들 데려다 주고 수색 시작하도록 해. 샅샅이 뒤져."

군인들이 아버지 쪽으로 걸어왔다. 아버지는 꼼짝도 안 했다. 타로 사령관을 한 대 칠 기세였다. 하지만 한동안 사령관을 노려보더니 결국 돌아서고 말았다. 그리고 뒤도 안 돌아보고 집으로 향했다. 군인들이 아버지 뒤에 바짝 따라붙었다. 잠자코 그 모습을 지켜보던 엄마도 내 팔을 잡아당기더니 그들을 따라갔다.

엄마는 걸음을 늦추면서 우리 얘기가 안 들릴 정도로 거리가 벌어지자, 내게 나지막한 목소리로 말했다.

"두려워 할 거 없어, 노리아. 몇 번이나 땅을 살펴봤단다. 여기엔 샘이 없어. 아까 그건 콘크리트로 둘러싸인 오래된 우물에 고인 빗물일 뿐이야."

"그럼 왜 저 사람들에게 그 얘기를 하지 않았어요?"

나는 의아해하며 물었다.

"직접 알아내게 하는 편이 나아. 결국 얼굴도 못 들고 꽁무니를 뺄걸. 누군가는 사과까지 할지 모르지."

"사령관은 사과 안 할걸요."

나는 사령관의 얼굴 표정과, 표정 뒤에 감춰진 깐깐한 성품을 떠올렸다.

"그래. 그 사람은 안 하겠지."

엄마도 인정했다.

우리가 집에 들어갔을 때, 군인들은 이미 찬장과 서랍을 열어 그 안의 물건들을 빼서 바닥에 던지기 시작했다. 아버지는 부엌문 앞에 몸을 숙이고 있었다. 한 손으로 가슴을 부여잡은 채 힘겹게 숨을 내뱉었다.

엄마가 물었다.

"괜찮아요?"

아버지는 바로 대답하지 않았다. 하지만 잠시 후 등을 펴더니 고통스러운 표정을 싹 지운 채 이렇게 말했다.

"별일 아니야. 잠깐 숨이 가빴을 뿐이야."

나는 엄마 행동을 떠올렸다. 말투며 몸짓을 통해, 엄마가 한 말 그 이상은 엄마도 모른다는 사실을 확인하려고 말이다. 그러면서 또 한편으로는 아버지가 삶을 외면하기 시작했음을 엄마도 이미 눈치챘다는 단서를 찾아 그 생각을 뒤집으려 했다. 하지만 아무것도 알아내지 못했다. 어떤 식으로도 확인할 길이 없었다. 우리 사이에는 내가 절대 건널 수 없는 거리가 있었다. 세월과 변화, 돌이킬 수 없는 결과로 이뤄진 거리. 모습이 절대 변하지 않는 과거가 있었다. 나는 골짜기에 다리를 놓을 수 없기 때문에, 가장자리를 따라 걸으면서 어둠으로 가득한 틈들 중 하나를 내 인생의 일부로 받아들여야 한다. 어둠은 내가 거부할 수도, 그 안으로 빛을 가져갈 수도 없다.

엄마는 알면서도, 알지 못했다.

불현듯 산야가 생각났다. 몇 걸음 뒤에서 느릿느릿 걸어오던 산야. 지금은 문 밖에 있었다. 나는 문간에 서서 방마다 헤집고 돌아다니는 군인들을 빤히 쳐다보는 부모님을 놔 둔 채, 산야에게 가려고 문 쪽으로 발길을 돌렸다.

나는 베란다에 멈춰 섰다. 산야가 보이지 않았다. 하지만 이내 찾아냈다. 산야는 다례원으로 가는 길목에 서 있었다. 금발 머리 군인 한 명이 산야에게 말을 걸고 있었다. 나는 그 군인이 타로 사령관이랑 함께 있는 걸 자주 본 터라, 사령관과 아주 가까운, 하급 장교쯤으로 생각했다. 말소리가 잘 들리지 않았다. 산야의 얼굴도 방충 모자에 가려 잘 보이지 않았지만, 팔다리는 잔뜩 얼어붙어 있었다. 군인이 산야에게 뭐라고 하자, 산야가 어쩔 줄 몰라 했다. 나는 두 사람에게 다가갔다. 산야가 나를 보자, 움찔했다.

"나 가야 돼."

산야가 내게 말했다. 아니 어쩌면 군인에게 말한 건지도.

"너희 아버지한테 안부 전해 드려라."

군인은 이렇게 말하더니 다례원으로 걸음을 옮겼다.

"우리 아버지 옛날 학교 친구래."

우리가 대문 쪽으로 걸어가는 길에, 산야가 말했다.

"이상한 것만 묻더라."

그 모든 일이 일어난 후 이제야 산야를 떠올려 본다. 뜬금없이 눈앞에 나타난 두 가지 이미지 중 하나, 공연히 불러낸 다른 이미지들보다 훨씬 또렷하다. 산야가 대문 밖에 서 있다. 이마와 뺨으로 흘러내리는 검은 머리카락, 까칠한 리넨 옷감 안쪽에 자리한 가냘프고 앙상한 몸. 산야 얼굴에는 방충 모자의 그림자가 선명하게 드리워져 있고, 우리 주변에 뒤엉킨 나뭇가지들이 달콤하게 속살거리며 나한테서 산야를 천천히 데려간다.

나는 손 하나 까딱하지 않는다.

산야를 붙잡아 보려는 말 한마디 하지 않는다.

그저 산야의 등과 팔에 너울대는 나무 그림자를 지켜볼 뿐이다. 나는 조용히 잠자코 서 있다. 그리고 산야는 뒤도 돌아보지 않은 채 가 버린다.

이틀 후, 드디어 군인들이 장비를 챙겨 우리 집을 떠났다. 안경을 낀 작달막한 군인이 다가와서는 짤막하게 설명을 해 주었다. 그 물은 오래된 지하 우물에 고인 빗물로 밝혀졌단다. 우물은 사용하지 않은 지 수십 년이 된 거라고 했다. 계속된 수색에도, 집이나 정원에 합법적인 배수관 외에는 어떤 유수도 없다는 것이

밝혀진 셈이다.

마지막으로 군인들은 거실의 책장 자물쇠를 부수더니, 티 마스터들이 쓴 가죽 제본 책 서른여섯 권가량을 빼냈다. 그들이 책을 집 밖으로 옮기려 하자, 아버지가 펄쩍 뛰었다.

"당신들 거기에서 어떤 중요한 것도 찾지 못할걸. 그냥 개인적인 가족사일 뿐이니까. 게다가 당신들이 부탁했다면 열쇠도 내줬을 거라고."

아버지가 야멸스레 덧붙였다.

책을 옮기는 군인들은 그 말에 꿈쩍도 하지 않았다.

그들은 정원에 구덩이만 잔뜩 남겼고, 다례원의 훼손된 부분을 수리해 주겠다고 했지만 말뿐이었다. 아버지는 타로 사령관에게 다가가 따져 물었다.

"당신 정말 다례원을 이 상태로 놔둘 거요? 다시 복구할 사람을 찾는 일이 얼마나 힘든지 알기나 해요?"

타로 사령관의 검은 눈은 단호했다. 눈 하나 까딱하지 않았다.

"마스터 카이티오. 나는 뉴 키안의 책임자로서, 식수를 찾아낼 수만 있다면 그 어떤 가능성이든 조사할 의무가 있네. 결국 오해로 밝혀졌지만 그렇다고 내 잘못은 아니지."

그렇게 그들은 떠나 버렸다. 사과도, 보상도 없었다.

어쨌든 군인들이 떠났으니, 상황은 원래대로 돌아갈 거라고 생각했다. 하지만 낯선 침묵은 여전히 계속되었다. 이상하리만치 잔잔한 수면이 우리 주변을 감쌌다.

나는 돌멩이 하나라도 움직이기를 기다렸다.

하지만 막상 그렇게 됐을 때, 전혀 생각지도 못한 일이 벌어졌다.

수색이 있은 지 2주 후였다. 나는 다시 부모님이 부엌에서 이야기를 나누는 소리를 들었다.

"그 자들은 또 올 거예요. 포기하지 않을 거라고요."

엄마가 말했다.

"더는 그럴 이유 없어."

아버지가 대꾸했다.

엄마는 한참을 잠자코 있더니 결국 이렇게 말했다.

"난 결정했어요."

"노리아와 얘기해 봐야 해."

아버지가 말했다.

부엌에서 누군가 나오는 소리가 들렸다. 나는 방으로 돌아갈 시간이 없어, 나갔다가 들어오는 척했다. 돌아볼 필요도 없었다. 아버지의 걸음걸이를 알았으니까. 아버지가 내 뒤에 서 있었다.

"노리아."

아버지가 다정하게 불렀다. 나는 걸음을 멈추고 아버지를 쳐다보았다. 어스름한 복도에, 그림자들로 얽힌 거미줄이 아버지 얼굴에 내려앉았다. 청회색 빛 땅거미가 창문으로 새어 들어왔다.

"엄마가 너랑 얘기하고 싶어 하신다."

나는 아버지를 따라 부엌으로 향했다. 그곳에는 엄마가 빈 찻잔을 앞에 둔 채, 식탁에 앉아 있었다. 마치 나를 뒤쫓아 온 그림자들이 식탁 위에 매달린 커다란 반딧불이 전등 주위를 휘감은 듯, 불빛이 희미했다. 엄마 얼굴에 그림자가 보였다.

"노리아, 앉으렴."

엄마가 말했다.

나는 식탁에 앉았다. 아버지도 엄마 옆에 앉았다. 부모님은 다시 한 몸이었다. 발굴지 가장자리에 서 있던 두 개의 돌기둥, 몸통이 한데 뒤엉킨 두 그루의 나무처럼.

"아버지랑 내가 얘기를 해 봤어. 우리 둘 다 네가 안전하게 살았으면 싶은데, 그 방법에 대한 생각이 서로 달라."

엄마는 가만히 아버지를 쳐다보았다. 아버지가 말할 차례였다.

"노리아. 티 마스터가 될 생각이 없다면, 지금 말해라. 일단 우리 땅을 수색했으니, 타로는 분명 우릴 가만 놔둘 거야. 어쩌면 언덕에 있는 샘을 찾으려고 할지도 몰라. 혹시 그렇다 해도, 샘은 아주 꼭꼭 숨어 있으니 찾아낼 가능성은 없어. 우리는 여기가 안전해. 유감스럽게도 네 엄마 생각은 다르지만."

그러자 엄마가 말했다.

"타로는 자기가 시작한 일은 끝장을 볼 거야. 여기서 산다 해도, 예전으로 돌아갈 수 없어. 노리아, 그자들은 이미 네가 생각하는 것보다 훨씬 가까이 와 있단다."

"하지만 그 사람들 언덕 근처에는 얼씬도 안 했잖아요."

내가 말했다.

"네가 모르는 게 있어. 노리아에게 말해요. 미코아!"

엄마 말에, 아버지가 입을 열었다.

"우리가 다른 가정보다 물을 많이 쓴다는 건 너도 알지? 게다가 일부는 할당된 물이지만, 일부는 샘에서 끌어온 거라는 것도. 물맛의 차이를 알아챘을 거야."

다례에 사용되는 물맛은 언제나 신선했다. 마치 샘에서 갓 퍼올린 것처럼 말이다. 그것은 다도의 일부다. 아버지는 항상 차에 쓰는 물을 맛보게 하면서, 되도록 가장 신선하고 깨끗한 물을 선택하라고 가르쳤다. 그 외의 경우에는 배수관에서 나오는 물을 사용했다. 매달 초에는 물맛도 역하고 비린내도 약간씩 났다. 정화된 바닷물에서 흔히 있는 일이다. 그러다가 매달 말이 되면, 확실히 물맛이 좋아졌다. 대다수 가정과는 달리, 우리 집은 물을 모아두지 않았다. 물이 바닥난 적도 없고, 바가지요금을 주고 상인들에게 물을 살 필요도 없었다.

나는 물었다.

"매달 처음 몇 주 동안은 배급받은 물을 사용하다가, 다 쓰면 샘물로 바꾸잖아요? 그런데 어떻게 그 물들이 같은 배수관에서 나오는 거죠?"

엄마가 차근차근 설명했다.

"언덕에서 집까지 물을 옮기려면 무척 힘들겠지. 게다가 의심도 살 테고. 태양광 차량과 커다란 물통이 필요할 거야. 자꾸 들락날락하다 보면 머지않아 누군가에게 들키겠지. 티 마스터가 일주일에 몇 번씩 언덕에서 큰 통을 가지고 온다고 말이야. 이렇게 생각한 사람이 우리가 처음은 아니었단다. 배수관이 언제 만들어졌는지는 우리도 몰라. 할아버지 때에도 이미 거기 있었으니까. 티 마스터들의 책 어디에도 그런 기록은 없어. 누가 배수관을 만들었든, 그런 기록을 남기는 건 위험천만한 일이라 생각했겠지. 수법이 교묘해. 관은 언덕 안쪽 깊숙한 곳에서 나오고, 땅속에 숨겨졌지. 집에서 아주 멀리 떨어진 합법적인 배수관에 연결되어 있기 때문에, 티 마스터의 땅을 아무리 수색해도 찾아낼 수 없을 거야. 한 가지 위험한 게 있다면, 언덕에서 수동으로 열었다 닫았다 해줘야 한다는 거야. 군인들이 왔을 때는 닫혀 있었으니 망정이지, 정말 운이 좋았어."

"배수관은 샘만큼이나 꼭꼭 숨겨져 있단다. 위치도 모르고, 그걸 찾아낸다는 건 거의 불가능해."

아버지가 한마디 거들었다.

"그 자들은 수색에 도가 튼 사람들이예요. 기계도 정밀하고."

"그들이 다시 올 이유는 없어."

"안 올 이유도 없죠."

부모님 사이에 무거운 침묵이 흘렀다. 잠시 후, 아버지가 다시 입을 열었다. 나에게 하는 얘기였다.

"네 엄마는 티 마스터의 집이 더는 안전하게 살 만한 곳이 못 된다고 생각한단다."

아버지는 엄마를 빤히 쳐다보며 기다렸다. 엄마는 신중하게 할 말을 고르는 눈치였다.

"노리아! 엄마는 신징 대학 연구원 자리를 제안 받았어. 그리고 수락했단다."

나는 물었다.

"우리 신징으로 이사 갈 거예요?"

나는 그곳이 얼마나 먼 곳인지 잘 몰랐다. 하지만 뉴 키안 남부 해안까지 가는 데 오래 걸린다는 건 알고 있었다. 육지를 가로질러 갈 경우, 제일 빠른 기차로도 몇 주나 걸렸다. 아버지와 엄마는 서로 마주 보았다.

"너도 이제 성인이니까, 우리는 네 결정을 대신할 수 없단다. 엄마랑 신징에 갈래? 아님 아버지랑 여기 남을래? 지금 당장 결정할 필요는 없어. 하지만 난 달 축제 전에 떠나야 해. 한 달밖에 안 남았어."

엄마가 말했다.

나는 엄마를 쳐다보았다. 아버지도 쳐다보았다. 목구멍이 조여 오는 것 같았다. 동그라미 표시가 있는 집 근처에서, 군인들이 칼을 갈고 있었다. 애원하는 소리에도 아랑곳하지 않았다. 그들은 언제든 다시 우리 집 쪽으로 관심을 돌릴 수 있다. 설령 지금까지 우리가 그들의 안중에 없었다 해도 말이다. 부모님 중 누구 말이 맞는지 도무지 갈피를 잡을 수가 없었다. 머물 수도, 갈 수도 없었다. 쉽지 않은 선택이었다. 그리고 일단 선택하면 바꿀 수 없을까 봐 두려웠다. 하지만 어쩐지 침묵이 더 안 좋은 것 같았다.

나는 입을 열었다. 그리고 어떻게 할 것인지 말했다.

7

8월 8일 이른 아침, 우리는 엄마의 트렁크와 해초가방을 태양광 차량에 실었다. 아버지는 주카라 아저씨에게 식수를 좀 주는 대가로, 태양광 차량을 빌렸다. 부모님은 앞자리에 타고 나는 지붕의 반이 뚫린 뒷자리에 앉았다. 우리는 쿼로야비를 향해 달리기 시작했다.

주카라 아저씨의 태양광 차량에서 나는 이 냄새! 마음이 자꾸 싱숭생숭했다. 어린 시절로 돌아간 느낌이랄까. 마치 부모님이랑 도시에 갔던, 드물게 행복했던 그런 날 같았다. 낡아빠진 거친 의자 시트에 보랏빛이 도는 청색 얼룩이 묻어 있었다. 열한 살 때, 이 차를 타고 외출했다가 집으로 돌아오는 길이었다. 블루베리 아이스크림이 녹으면서 의자에 떨어진 적이 있었다. 나는 부모님한테 한소리 듣고는 의자를 박박 문질러댔지만, 다시 깨끗해지기는 힘들 것 같았다.

그 순간 나는 여러 겹으로 된 상자, 혹은 안쪽에 더 작은 여러 인형들이 차곡차곡 끼워져 있는, 과거 세계의 속 빈 나무 인형이 된 기분이었다. 어린 시절의 내가, 아니 살갗 아래 포개져 있는 몇 개의 내가 의자에 앉아 바닥에 닿지 않는 발을 흔들고 있었다. 부모님이 곁에 없을 거라는 건 생각도 못 한 채. 아니 생각은 했지만 마음속에서 황급히 지워 버렸다.

쿼로야비로 가는 길은 거의 세 시간이나 계속되었다. 바다에 가까워지면서, 풍경이 차츰 바뀌었다. 마을과 앨빈바라 언덕이 뒤로 물러나고 해안 지역의 숲도 지났다. 삐죽삐죽 튀어나온, 짙푸른 숲 끝자락이 저 멀리 왼쪽에 펼쳐진 하늘을 가로질렀다. 나는 도시로 가는 구간 중 이곳을 제일 좋아했다. 어렸을 때, 숲으로 차를 몰고 들어가서 높다란 나무 사이를 누비며 돌아다니는 꿈을 꾼 적이 있다. 주변의 시원한 나무 그늘이 따가운 햇살의 고마운 쉼터가 돼 주는 그런 꿈. 하지만 그럴 수 없다는 걸 일찌감치 깨달았다. 숲은 식량 농장이나 몇몇 호수처럼 감시를 받는 터라, 사람들은 얼씬도 할 수 없었다.

얼마 후 아치 모양 건물과 태양광 전지판, 눈부시게 너울대는 쿼로야비의 지평선이 어렴풋이 모습을 드러내기 시작했다. 그리고 바다 끝자락에 걸친 수평선 위로 담수화 시설이 보였다. 삭막하면서도 견고하고 거대한 모양새가 마치 쭉 늘어선 고대의 눈먼 돌 거인들 같았다. 이곳 경비는 지독할 정도로 삼엄했다. 이곳으로 연결된 도로마다 경비병들이 진을 치고 있는데, 듣기로는 이 시설에 가까이 갔다는 이유만으로 체포된 여행객도 있다고 한다.

아침나절, 우리는 도시로 들어가는 국경지역에 도착했다. 저 멀리 평소보다 많은 군인들이 보였다. 보통 때는 그저 전시용으로 출입문에 경비병을 세워 뒀을 뿐, 여행객을 멈춰 세우는 일은 별로 없었다. 하지만 그날은 달랐다. 차량 행렬이 길게 꼬리를 물며, 도시 쪽으로 느릿느릿 서행을 했다. 그 옆으로 두 줄은 약간 빨리 움직였는데, 도보 여행객들의 줄이었다. 우리는 차량 행렬 맨 끄트머리에 있었다. 출입문에 도착하자, 푸른 군복 차림의 경비병이 우리를 막아서며 물었다.

"도시에는 무슨 일로 가십니까?"

"신징으로 가려는 길이예요. 식구들은 기차역까지만 나를 배웅할 거고요."

엄마가 대답했다.

"신징까지요? 주 정부 일입니까?"

"네. 신징 대학 일을 맡았거든요."

"열차표와 패스포드, 그리고 당신이 대학과 연관 있다는 증서를 보여 주시겠습니까?"

엄마는 가방에서 중고 메시지 전송장치를 꺼냈다. 대학에서 엄마에게 지급한 것이다. 엄마는 화면에 손가락을 대서 패스포드 항목을 작동시켰다. 화면이 환해지더니, 기차표 예약 현황과 함

께 엄마의 아이디 정보가 떴다. 엄마는 전송장치를 경비병에게
건넸고 그는 확인했다. 엄마는 신징에서 보낸 종이 편지도 꺼냈
다. 경비병은 진짜 종이를 보고 놀란 듯했지만 아무 말도 하지
않았다. 그는 아버지와 내게 고갯짓을 했다.

"그리고 당신들, 신분증 있습니까?"

"미안하지만 없습니다. 전에는 도시로 들어갈 때, 패스포드가
필요 없었는데. 특별히 이러는 이유라도 있나요?"

"우리는 지시대로 하는 겁니다."

경비병은 이렇게 말할 뿐, 자세한 설명은 하지 않았다.

"지문을 찍어 주십시오."

경비병은 멀티포드를 우리에게 건넸다. 우리는 화면에 손가락
을 눌렀다. 우리 이름과 코드 번호가 뜨자 아버지는 포드를 돌려
주었고, 경비병은 포드 펜으로 화면에 두 문장을 갈겨썼다.

"당신과 가족은 가도 됩니다. 마스터 카이티오."

경비병은 잠시 엄마의 패스포드와 편지를 유심히 살핀 후 말했
다. 승인이라기보다는 명령처럼 들렸다.

"이제부터 당신과 따님은 도시를 나올 때, 반드시 경비병에게
통보해야 합니다."

그는 아버지에게 지시했다.

아버지는 입을 굳게 다문 채 고개를 끄덕이더니, 차를 몰아 출
입문을 통과했다.

기차역이라면, 예전에 몇 번 온 게 다였다. 쿼로야비는 대도시가 아니다. 스칸디나비아 연합으로 오는 차량 대부분은 배편을 이용해서, 저 멀리 남쪽 발트 해에 자리한 라도가 베이Ladoga Bay의 여러 항구로 들어오는 편이다. 기차선로도 네 개뿐이다. 기다란 기차가 문을 열어 놓은 채 승강장에 서 있었다. 다채로운 장식과 함께 '빛나는 장어Brilliant Eel'라는 명칭이 기차 옆면에 적혀 있었다. 군인 여행객과 부부, 가족 들이 열차 안에 트렁크를 싣고 작별인사를 했다. 우리는 엄마를 도와 짐 가방을 열차 객실 안으로 옮겼다. 열차가 출발하려면 아직 시간이 남았지만 엄마는 어서 가라고 재촉했다.

"기다리지 마요. 가세요. 뉴 피터버그에 도착하면 바로 메시지 보낼게요."

기차는 뉴 피터버그에서 우랄까지 갔다가, 거기서 다시 뉴 키안을 거쳐 신징으로 가게 될 것이다. 나는 엄마를 따라가지 않아 못 보게 될, 그저 소문으로만 듣던 것들을 떠올렸다. 연안 바다의 해조류 양식 지역과 공장들은 점차 사라지고 땔감과 고무나무 조림지, 반딧불이 농원, 항해선, 화려하게 장식한 도시의 큰 다례원이 모습을 드러낼 것이다. 그리고 과거 세계의 유령 도시도 생각났다. 유물처럼 아무 말 없이 서 있을 뾰족한 도시들. 구름 낀 하늘마냥 아치를 이루는 파도 속 어딘가에 있을 것이다.

엄마는 내게 작별의 입맞춤을 했다.

"편지할게. 새해가 몇 달 안 남았구나. 그때 보러 올게."

나는 할 말을 잊은 채, 한참을 엄마 품에 안겨 있었다.

마침내 엄마가 나를 놓아주었고, 나는 열차 밖에서 기다렸다. 엄마랑 아버지가 이야기를 나누는 모습이 창문으로 비쳤다. 두 입술이 움직이고 표정도 변했다. 하지만 두꺼운 유리창이 말소리를 덮어 버려, 아무 소리도 들을 수 없었다. 부모님은 포옹했다. 나는 도대체 두 분이 왜 떨어져 살아야 하는지 이해가 안 됐다.

나는 고개를 돌렸다.

표정이 어두운 남자가 커다란 해초 가방을 어깨에 메고 기차역으로 걸어 들어왔다.

군인 한 무리가 출입구 근처를 돌아다녔다. 군화는 돌들을 짓누르고, 손은 기다란 칼자루 위에 놓여 있었다.

파란 여름 원피스를 입은 귀여운 소녀가 줄넘기를 하며 노래를 흥얼거리고, 소녀의 엄마는 구운 해바라기 씨를 먹으면서 아이를 지켜보고 있었다.

드디어 아버지가 기차에서 내렸다.

"갈까?"

나는 엄마를 쳐다보았다. 차창 너머에 앉아 있는 엄마의 모습. 화창한 대낮인데도, 오래된 책의 빛바랜 그림처럼 생기 없고 흐릿했다. 우리가 돌아섰을 때 엄마는 나를 바라보았다. 내가 더는 돌아보지 않았을 때에도 엄마는 나를 계속 지켜봤을 것이다. 분명 그랬을 것이다. 어쩌면 마음이 바뀌어, 기차에서 내려 우리와 함께 집으로 돌아가고 싶었을지도 모른다. 하지만 엄마는 그렇게 하지 않았다.

집으로 가기 전에, 우리는 장을 보려고 키안 시장에 들렀다. 시장에 도착하자마자, 나는 목적지가 어디인지 대번에 알아챘다. 그곳에는 큰 키에 피부가 가무잡잡하고, 허리가 약간 굽은 아줌마가 물건을 팔고 있었다. 아줌마 이름은 이젤다. 나는 어릴 때부터 이젤다 아줌마를 봐 왔다. 아버지가 아줌마에게 최상급 차를 보여 달라고 하자, 아줌마는 작은 천 세 묶음을 가판대 위에 펼쳐 놓았다. 나는 아버지가 하나하나 살펴볼 줄 알았다. 그런데 그러기는커녕 내게 고갯짓을 하는 게 아닌가. 그동안 나는 아버지 지시 없이 차를 골라 본 적이 한 번도 없었다.

나는 묶음들을 하나씩 차례로 들었다. 첫 번째 찻잎은 짙은 녹색에 길쭉한 모양으로, 향기로운 냄새가 살짝 풍겼다. 두 번째 찻잎 색깔은 더 연한 녹색이었고 커다란 꽃봉오리가 달려 있어, 뜨거운 물을 부으면 꽃이 만개할 것이다. 향도 은은하고 싱그러웠다. 언덕 아래 샘물과 어우러지면, 독특한 향이 날 것만 같았다. 세 번째 녹색 찻잎은 은색 빛이 살짝 감돌고 방울 모양으로 꼬여 있었다. 결국 세 번째 차로 결정했는데, 이유는 향 때문이었다. 세 번째 차향은 물 흐르듯 번져 갔다. 이 말밖에 달리 표현할 길이 없다. 갓 딴 차의 향 같으면서도, 축축한 흙 내음과 바람이 관목을 스쳐 지날 때의 향기도 묻어났다. 물이나 그림자 위의 희미한 떨림처럼 너울댔다. 한순간 코끝에 강렬하게 다가오더니, 순식간에 거의 닿을 수 없는 곳으로 달아났다가 어느 사이에 다시 돌아왔다.

"이거요."

나는 아버지에게 세 번째 차를 건네며 말했다.

"얼마죠?"

아버지가 아줌마에게 물었다.

아줌마는 평소 차를 팔 때처럼, 1량_{중국의 중량 단위로 약 37g} 가격을 알려주었다. 가격을 들은 나는 아버지가 당연히 그냥 가자고 할 줄 알았다. 하지만 아버지는 표정 하나 안 바뀌고, 아줌마에게 더 싼 값을 불렀다. 흥정하는 데 시간이 꽤 걸리겠구나 싶었는데, 잠시 아버지를 살피던 아줌마가 이내 고개를 끄덕였다.

"반량 정도 살 겁니다. 그거면 수료식에 쓰기에 충분하겠죠."

아버지가 말했다.

아버지가 가방에서 텅 빈 천주머니를 꺼내자, 아줌마는 차의 무게를 재서 주머니 안에 넣었다. 그리고 평소에 먹으려고 저렴한 차를 2량 정도 더 샀고, 마을에서 구하기 힘든 향신료와 식료

품도 구입했다.

집으로 돌아오는 길에, 나는 태양광 차량의 빈 조수석을 보지 않으려 애썼다. 도시 쪽을 뒤돌아보았다. 먼지 긴 평원이 보였다. 그리고 수평선 위의 가는 실선 같은 바다도. 늦은 오후 햇살에 빛나는 모양새가 마치 시야에서 서서히 사라지는 거대한 용의 비늘 갑옷 같았다.

엄마가 떠난 후, 아버지는 달 축제 준비에 여념이 없었다. 마을에서 몇 사람을 구해, 다례원과 정원을 복구하는 걸 거들게 했다. 그중에는 산야 아버지 얀 아저씨도 끼어 있었다. 하지만 얀 아저씨의 관심은 온통 아버지가 마을에서 주문한 값비싼 목재나 몇몇고급 가구에만 쏠린 듯했다. 아저씨는 원래 실력 있는 건축업자지만, 작업에 쏠 만한 좋은 자재를 그동안 거의 구경도 못 해 봤기 때문이다. 아버지가 집수리를 감독하느라 정신없는 동안, 나는 집 안을 청소하고 수확물을 거두는 일을 맡았다. 군인들이 물수색을 한답시고 정원을 엉망으로 만들어 놓는 바람에, 딸기 덤불과 체리 나무들은 골병이 들었고 뿌리채소 밭 일부도 파헤쳐져 있었다. 그렇다고 전부 못 쓰게 된 건 아니었다. 나는 구스베리 잼을 만들고, 겨울에 먹을 체리와 자두도 말리고, 해바라기와 아마란스에서 씨를 톡톡 두드려 자루에 담고, 아몬드도 따고, 당근도 캐느라 정신없이 바빴다. 게다가 빵집에 축제용 케이크를 주문하고, 물주머니를 점검하고, 마을 양복점에서 내 티 마스터 예복을 찾아오고, 하루에 한 번씩 아버지와 함께 다례를 치러야 했다.

아버지는 집을 떠난 엄마에 대해 한마디도 안 할 작정인 모양이었다. 엄마가 떠난 지 닷새째 되는 날, 나는 부지런히 집안 청소를 하고 있었다. 물동이와 수세미, 젖은 걸레를 들고 엄마 서재 쪽으로 가는데, 그런 내 모습을 아버지가 보게 되었다. 내가 청소도구를 바닥에 내려놓고 서재 문을 여는 순간, 아버지가 소리쳤다.

"하지 마!"

나는 아버지를 쳐다보다가 이내 고개를 돌려버렸다. 아버지 얼굴이 보고 싶지 않았기 때문이다.

"그대로 놔둬."

아버지가 말했다.

"그렇게 말씀하시면 뭐."

말은 그렇게 했지만, 나는 도저히 그럴 수 없었다. 설령 아버지가 내버려 두길 원하고 나도 그러고 싶다 해도, 그건 아니었다. 선반 다리 주변으로 먼지가 켜켜이 쌓여 갈 테고, 거미들은 구석구석 집을 짓고, 겉표지 사이의 말 없는 책장들은 누렇게 바래져 갈 것이다. 비록 우리 눈에는 보이지 않지만, 창문 유리는 느린 빗줄기처럼 천천히 아래쪽으로 움직이고 있다. 바깥 풍경도 날마다 변한다. 매번 다른 각도에서 빛이 내리쬐고, 바람은 살랑살랑 혹은 거세게 나무들을 잡아당긴다. 나뭇잎의 푸르름도 서서히 바래 가고, 개미 한 마리가 나무 위를 걸어간다. 지금 당장 우리 눈에는 보이지 않더라도, 전부 일어나고 있는 일이다. 우리가 그 방과 풍경을 오랫동안 외면한다면, 언제가 그곳을 다시 본다 해도 영영 알아보지 못할 것이다. 엄마가 떠난 후 이 집은 달라졌다. 아버지와 나 둘 다 그 사실을 알고 있다.

엄마는 여행 중에 메시지를 보냈다. 큰 세상의 경이로움에 마음이 들뜬 듯했다. 다음은 뉴 피터버그에서 보낸 메시지다.

평생 이렇게 큰 항구는 본 적이 없단다. 지난 15년 동안 몰라보게 발전했더구나. 그리고 열차에 탄 그 사람들을 네가 봤어야 하는데! 어제 나는 한 가족과 함께 저녁 식사를 했단다. 그 가족 다섯 명은 배를 타고 멀리 피레네에서 우랄 쪽으로 가는 중이었어. 군인들이 있었으니 망정이지, 안 그랬으면 그 말썽꾸러기들 때문에 기차가 탈선하고 말았을걸. 계속 네 생각한단다. 포옹을 담아서, L.

'우리가 엄마 생각하는 만큼은 아닐걸요.'
나는 속으로 말했다.
'엄마는 우리의 발자국에 의해 망가지지 않은 온전한 세상에 가 있겠네요. 그래도 그 발자국들이 엄마 눈앞에서 조용히 사라지는 일은 없었죠? 우리에게 남은 거라곤 이 집과, 엄마의 빈자리뿐이에요. 우린 엄마가 남긴 흔적을 지킬 거예요. 그래야 그 흔적이 여기 좀 더 오래 머물 테니까요. 그래야 엄마가 돌아왔을 때, 그게 엄마 거라는 걸 알아볼 수 있을 테니까. 엄마가 돌아온다면 말이죠.'

달 축제 날, 나는 아침 일찍 일어났다. 티 마스터 예복은 창문 앞쪽 커튼 기둥에 걸려 있었다. 창문이 조금 열려 있어, 예복이 바람결에 흔들렸다. 옷을 갈아입기에는 아직 이른 시간이었다. 어제 아버지는 아침식사 후 언덕으로 산책을 갈 거라고 했다. 아무래도 수료식 때 쓸 물을 샘에서 길어 오실 모양이었다. 하지만 다른 뭔가가 있는 눈치였다. 안 그랬다면, 아버지가 내게 같이 가자고 했을 리 없다. 나는 수수한 평상복 차림에 튼튼한 트레킹 신발을 신은 뒤, 수수로 만든 오트밀을 먹었다. 아버지가 나 먹으라고 탁자에 남겨둔 거였다. 나는 작은 물주머니에 물을 채워 어깨에 멨다. 그리고 해바라기 씨 케이크 두 조각을 주머니에 넣었다. 나가는 길에, 입구에 있는 걸이에서 방충 모자를 집어 들었다.

아버지가 바위 정원에서 갈퀴질 하는 모습이 보였다. 고용한 건축업자와 정원사들은 눈이 휘둥그레질 정도로 일솜씨가 훌륭했다. 잔디에 파헤쳐진 흔적도 많이 사라지고, 바위 정원은 예전 모습을 되찾아갔다. 단, 물결 모양을 이루던 모래들은 솔로 털어

낸 상태다.

다례원은 참담할 정도로 망가졌다. 바닥 일부는 다른 나무로 교체해야 했는데, 기존 널빤지와 새로 깐 널빤지가 확연히 달랐다. 그래도 꽤 쓸 만해졌다. 나는 불완전과 변화도 다도의 일부이며, 온전함과 영구성만큼 그 가치를 인정받아야 한다고 아버지에게 말했다. 그 말에 아버지는 나를 빤히 쳐다보았다. 깜짝 놀란 눈치였다.

"넌 지금 내가 생각하는 것보다도 더 훌륭한 티 마스터가 될 것 같구나."

아버지가 칭찬을 했다.

아버지는 바위 정원에서 나와, 여기저기 난 발자국을 갈퀴질로 없앴다. 조악한 돌들 사이에 모래가 깔려 있는 모습이 마치 황량한 해저 같았다.

아버지가 말했다.

"가자. 긴 하루가 될 거야."

우리는 언덕으로 향했다. 아버지가 나를 처음으로 샘에 데려간 바로 그 길을 따라 걸었다. 그런데 언덕 쪽 거대한 바위 정원에 이르기 직전, 아버지가 다른 쪽으로 방향을 틀었다. 잠시 후 아버지는 걸음을 멈추고 저 멀리 아래쪽 비탈길을 가리켰다. 수로처럼 생긴 긴 고랑이 두 갈래로 갈라졌고 바닥에 있는 돌멩이는 모래에 쓸려 반들반들하게 마모된 상태였다. 그곳 암벽에는 이끼가 잔뜩 끼어 있었다.

아버지가 물었다.

"저게 뭔지 아니?"

물론 알고 있었다. 전에도 여러 번 봤다.

"말라 버린 물길이요. 저곳에 물이 마른 지가 수십 년이 됐대요. 암벽 위에 이끼가 너무 많아서 그래요."

나는 대답했다.

"지형을 잘 읽는구나. 하지만 네가 알아야 할 게 더 있단다. 티마스터 본연의 비밀 임무에 대해 진작 말해 줬어야 했는데. 하지만 제자가 새로운 마스터가 될 때까지 스승은 제자에게 그 지식을 전하지 않는 게 관행이란다. 샘에 도착하면, 내 말이 무슨 뜻인지 알게 될 거다."

아버지는 말했다.

우리는 원래 가던 길로 되돌아갔다. 아버지는 자기 도움 없이 고양이 머리처럼 생긴 동굴 입구까지 가는 길을 찾으면, 알려 달라고 했다. 그 길은 어렸을 때부터 내게 익숙한 터라, 쉽게 찾을 수 있었다. 나는 아버지의 귀띔 덕에 동굴 위쪽에 숨겨 둔 레버를 찾아, 천장의 해치를 열었다. 그런 다음 아버지보다 먼저, 샘으로 통하는 굴로 기어 들어갔다. 뒤따라오던 아버지가 반딧불이 전등 두 개 중 하나를 내게 건넸다. 불빛이 어둠을 밝혀 주었다. 웅웅대는 샘 쪽으로 걸어가자, 굴의 벽에 물기가 잔뜩 배어 있었다.

드디어 동굴 안에 도착했다. 눈부신 물줄기들이 어두운 벽에서 뿜어져 나와 샘터로 흘러들더니 다시 언덕 안쪽으로 사라졌다. 나는 샘터 가장자리에 멈춰 섰다. 아버지는 맞은편으로 걸어가서 반딧불이 전등을 물 가까이에 내려놓았다. 돌들 위에 희미한 얼룩이 보였다. 얼핏 첫 방문 때 봤던 기억이 났다. 흔들리는 수면 위쪽으로 약 50cm 되는 지점에, 튼튼한 금속 쐐기가 바위 안에 박혀 있었다. 오래됐는지, 흰색 페인트칠이 벗겨졌다. 희뿌연 어스름 속에 금속 쐐기가 희미하게 빛났다.

아버지가 말했다.

"바로 이곳에 티 마스터의 비밀 임무가 있단다. 고대 이후, 티 마스터들은 물의 파수꾼이었지. 과거 세계에 살았던 티 마스터들은 다들 자기 땅에 샘을 만들어 놓고 직접 관리를 했다는 구나. 샘마다 특성도 가지각색이었지. 치유력이 있는 샘물이 있는가 하면, 장수에 특효가 있거나 마음의 안식을 주는 샘물도 있었단다. 게다가 물맛도 천차만별이었어. 사람들은 명성이 자자한 샘물로 만든 차를 마시기 위해 먼 길도 마다하지 않았단다. 샘을 청결하게 유지하고 남용하지 않도록 살피는 게, 바로 티 마스터의 임무란다."

아버지 얼굴이 햇볕에 푸석푸석해진 종이 같았다. 그 얼굴 위에서, 동굴 그림자와 전등 불빛이 서로 자리를 차지하겠다고 아옹다옹 다퉜다.

"너도 알다시피, 과거 세계의 샘이란 샘은 거의 말라 버렸어. 그나마 남아 있는 것도 군이 다 차지해 버렸고. 이런 비밀의 샘이 다른 곳에도 있을 수 있겠지만, 들은 적은 없단다. 여기가 마지막일 가능성이 높아."

아버지의 말과 그 안에 감춰진 모든 것에 대한 부담감이 우리 사이를 짓눌렀다. 아버지는 전등을 샘의 표면에 직접 비추며 물을 가리켰다. 수면 아래쪽 바닥 근처에 흰색 페인트칠이 된 쐐기가 하나 더 보였다. 물 때문에 거의 보이지 않을 정도로 희미했다.

아버지가 물었다.

"저 표시 보이니?"

나는 고개를 끄덕였다.

"수면이 저것보다 밑으로 내려가면 물을 너무 많이 빼냈다는 뜻이야. 샘이 휴식을 취하고 힘을 모아야 할 때인 거지. 이런 걸 살피는 게, 티 마스터의 임무란다."

나는 물었다.

"얼마 동안요?"

"몇 개월 정도. 길면 길수록 좋아. 나 때는 그렇게 깊이 내려간 적은 없었어. 하지만 할아버지 때 두 번 정도 그런 일이 있었단다. 두 번 다, 거의 1년 정도 샘을 쉬게 놔두었더니 완전히 복원되었지."

아버지가 대답했다.

나는 수면 위의 바위에 박힌 쐐기를 가리키며 물었다.

"저 표시는 뭐예요?"

"저것도 중요하단다. 지속적인 감시가 필요해. 물 높이가 저것보다 높아지면 평소보다 더 많은 물을 서둘러 송수관으로 보내야 한단다. 안 그랬다간, 지하에 있는 물이 밖에 보이는 마른 수로로 흘러나올 수 있어. 나 때는 그런 일도 없었단다. 하지만 매달 샘물을 사용하지 않으면, 충분히 있을 수 있는 일이야."

"얼마나 안 쓰면요?"

"정확히는 모르지만 두 달 정도."

아버지가 왜 그렇게 자주 언덕에 갔는지 그제야 이해가 됐다.

"노리아, 너도 수위를 조절하고 송수관을 사용하는 법을 배워야 해. 아직은 너에게 임무를 완전히 넘기진 않을 거다. 일단 오늘부터 이 마을의 티 마스터 책임을 우리가 함께 나누게 될 거야. 하지만 언젠가는 네가 맡게 되겠지. 그래서 지금 가르쳐 주는 거란다."

아버지는 동굴 벽 쪽으로 몇 걸음을 내딛었다. 아버지가 전등을 들어 올리자, 왼쪽으로 향한 레버가 보였다. 아버지가 가까이 오라고 손짓했다.

"이건 집에서 사용하는 관으로 흘러가는 물의 흐름을 조절하는 거란다. 지금은 잠겨 있어. 이번 달 물 배급량이 조금 남아 있거든. 수위가 유난히 높지도 않고. 지금이 송수관을 열기에 딱 좋은 시기지. 네 수료식에 사용할 생수도 필요하고, 한 달의 반이 지났으니까. 네가 해 보렴."

나는 레버를 잡고 오른쪽으로 돌렸다. 불안해하는 동물처럼, 샘물이 부들부들 몸서리를 쳤다. 소용돌이가 크게 달라 보이는 건 아니지만, 웅웅거리는 소리와 함께 약간 다른 소용돌이가 보이는 듯했다.

"여기를 다시 잠글 때까지 언덕에서 나오는 물은 이제 우리 집 수도관으로 흘러들 거야. 평소 2주 정도 지나면 잠갔다가, 2~3주 기다렸다 다시 열곤 했단다. 제일 중요한 건, 매주 이곳에 와서 수위를 체크하고 그에 맞게 물 사용량을 조절하는 일이지. 다음 주에는 네가 할 거야."

아버지는 들고 온 물주머니 두 개에 샘물을 잔뜩 채웠다. 우리는 각자 물주머니 한 개를 등에 멨다.

"만일 샘이 말라서, 평소대로 돌아오지 않으면 어떻게 돼요? 물 공급이 완전히 멈추면 어떻게 되는 거죠?"

우리가 무사히 동굴 밖으로 나와 집으로 가는 길에, 내가 묻자 아버지가 대답했다.

"그럼 배급받는 물로 살아야지. 다른 사람들처럼. 그거로도 충분할 거야. 정원 때문에 골치가 좀 아프겠지만 그런 대로 괜찮을 거야."

아버지는 잠시 말이 없었다. 가을로 접어들면서 벌써 힘이 다

빠졌는지, 태양은 느릿느릿 하늘을 기어 다니고 있었다. 하지만 햇볕만큼은 여전히 뜨거웠다. 나는 소매를 내렸다. 그래야 벌레에 덜 물린다. 아버지는 수평선을 바라보고 있었다. 내게 뭔가 말하고 싶은 눈치였다.

아버지가 조용히 말했다.

"과거 세계의 티 마스터들이 아는 이야기들은 대부분 잊혔어. 하지만 우리 집에 있는 티 마스터들의 책마다 적혀 있는 이야기가 하나 있단다. 그 이야기에 따르면, 물에 의식이 있어서 이 세상에 일어난 온갖 일을 기억 속에 간직한다는 거야. 인간이 생겨나기 이전부터 지금 이 순간까지의 모든 일들이 물이 지나가는 순간 물의 기억 속으로 이끌린다는 거지. 물은 세상의 동태를 파악해서 자기가 언제 어디에 필요할지 알아낸단다. 간혹 샘이나 우물이 아무 이유 없이, 원인도 모르게 마르는 경우가 있는데, 마치 다른 수로를 찾기 위해 물이 자진해서 빠져나와, 땅속 피난처로 숨어드는 것 같다니까. 티 마스터들은 물도 때로는 눈에 안 띄고 싶을 때가 있다고 생각한단다. 물이 제 본연의 특성에 반하는 방식에 얽매이게 될 거라는 걸 느낀다는 거지. 혹시 샘이 말랐다면, 나름 목적이 있을지도 모르니 절대 맞서지 마라. 세상만물이 전부 인간의 것은 아니란다. 차와 물도 티 마스터의 것이 아니지. 하지만 티 마스터는 차와 물의 것이란다. 우리는 물의 파수꾼이기도 하지만, 물의 종이기도 하단다."

우리는 조용히 발길을 옮겼다. 발아래에서 조약돌이 자박거렸다. 마을에서 난로에 불 때는 냄새가 피어올랐다.

집에 도착하자 아버지가 말했다.

"행복해 보이는구나! 맞아. 오늘은 네게 행복한 날이지."

아버지가 내게 웃어 보였다.

"우리가 나간 사이에, 빵집 점원이 대문 앞에 축제용 케이크를 두고 갔나 보구나. 부엌에 갖다 놔 줄래?"

나는 고개를 끄덕인 뒤 대문을 향해 걸었다. 그곳에는 케이크 상자 세 개가 겹겹이 쌓여 있었다. 뒤를 돌아보자, 아버지가 선 채로 허리를 굽히고 있었다. 아버지 자세가 왠지 뻣뻣하고 힘들어 보였다. 하지만 날씨는 화창했고 내 마음은 딴 곳에 있었다. 갓 구운 케이크 냄새가 바람결에 실려 왔다. 나는 아버지 쪽을 다시 돌아보지 않았다.

8

기억은 그 나름의 형태를 지니고 있다. 그리고 늘 삶의 모습을 하고 있는 건 아니다. 지금 나는 과거 그날을 회상하면서, 그 이후 일어난 일들에 대한 조짐과 징후들을 찾아본다. 사실 가끔씩 그런 걸 본 것 같기도 하다. 오랫동안 한 번도 느껴 본 적 없는, 낯설고도 공허한 편안함. 과거 세계의 예언자들은 찻잎을 읽어 미래를 점치곤 했다. 하지만 찻잎은 그저 찻잎일 뿐, 지나간 것들의 어두운 잔해에 불과하다. 그리고 자신 외에는 어떤 모양도 될 수 없다. 하지만 기억은 스르르 빠져 나가 미끄러지듯 움직이면서 흩어진다. 그 모양은 믿을 게 못 된다.

방에 서 있는 내 모습이 떠오른다. 목욕을 해서 머리는 흠뻑 젖었고 물이 좁은 실개천을 이루며 가슴으로, 어깨 죽지 사이로 천천히 흘러내렸다. 솔기가 뜯어질 때까지 다례복으로 사용하게 될, 내 수료식 예복이 침대에 놓여 있었다. 후줄근한 모양새가 마치 아직 벗겨지지 않은, 아니 이미 벗겨진 허물이 여러 의미와 변화로 채워지길, 그 속에 파묻히길 기다리는 듯했다. 그날의 기억 중, 아주 날카로운 칼날처럼 각인된 모습이 있다. 바로 창문 맞은편에 보이는 햇빛의 광채다. 빛으로 가득 찬, 이글거리는 불길이 그 어느 때보다 찬연히 빛났다. 일몰에 뒤덮이면서 세상이 변하기 전, 하늘이 온통 불길에 휩싸여 터져 버릴 것만 같았다. 물론 그런 일이 일어날 리 없다. 나는 그 후로도 종종 반짝이는 햇빛에 눈길을 줬고, 햇빛은 비정상적일 정도로 눈부신 칼날 같은 광채를 내뿜었다. 하지만 그 날의 햇빛은 기억 속에 깊게 각인되었다. 지금 그날에 대해 생각나는 모습은 그것뿐이다. 햇빛의 원래 그대로의 모습은 더 이상 내 손에 닿지 않았다.

티 마스터 예복을 입은 기억이 난다. 왠지 어색하고 뻣뻣한 느낌이었다.

나는 머리를 뒤로 잡아당겨 커다란 바늘로 고정했다. 긴 머리카락 사이에 남아 있는 물기 때문에 무거웠다.

다례원으로 갔는지는 기억나지 않지만 분명 그랬을 것이다. 그 외에 내가 갈 만한 곳은 아무 데도 없었으니까.

뭔가 아버지 마음에 안 드는 게 있는 모양이다. 아버지가 손님용 출입문을 통해 다례원으로 기어 들어와서 주변을 둘러볼 때, 나는 바로 알아챘다. 혹시 내가 모르는 어떤 실수가 있었나 싶었다. 하지만 식은 이미 시작되었고 더 지체돼선 안 됐다. 쿠사모에서 모셔 온 마스터 니라모가 벽 근처에 놔둔 방석 위에 자리를 잡더니 방충 모자를 벗었다. 나는 아버지가 그 옆자리에 앉아 계속 진행하기를 기다리는 수밖에 없었다.

니라모 선생님을 모신 이유는 관례 때문이다. 수료식에는 연륜 있는 티 마스터 두 명, 즉 수료생의 선생님과 외부에서 초빙한 다른 마스터가 참석하게 돼 있다. 니라모 선생님은 쿠사모에서 다례를 진행했고 그 지역 군 수뇌부와도 사이가 좋았다. 아버지는 그를 존경하진 않지만, 달 축제 기간에 티 마스터가 시내를 떠난다는 건 쉽지 않은 일이었다. 전통적으로 이 기간에 다례를 많이 즐기기 때문이다. 니라모 선생님을 설득할 수 있었던 건, 바로 볼린 대령 덕분이었다.

비스듬히 기운 빛이 난로 위의 채광창으로 내리비치면서, 아버지 얼굴에 또렷한 그림자를 드리웠다. 나는 연기와 나무, 물 냄새를 들이마셨다. 내 무릎이 바닥과 맞닿은 곳에 마루 이음매가 보였다. 반질반질하게 닳은, 지저분한 낡은 소나무 널빤지 옆으로 새로 간 연한 색 널빤지가 있었다. 부서지거나 긁힌 자국 하나 없이 매끈했다. 그때 아버지와 니라모 선생님이 나를 보고 있다는 걸 깨달았다. 두 사람은 여기 내 손님이 아닌 심사위원으로 온 것이다. 니라모 선생님은 날 처음 봤을 때 깜짝 놀란 눈치였다. 그리고 지금은 나를 뚫어지게 쳐다보며 약간 못마땅한 표정을 짓고 있었다. 그렇게밖에 보이지 않았다.

첫 차를 준비하기 시작했다. 내 움직임 하나하나가 돌에 새겨지는 느낌이었다.

나는 이 행사를 위해 직접 고른 다기를 바라보았다. 투박하고 낡은 도기잔과 접시들. 유약을 바른 표면에 금이 가 있고, 장식이라고는 전혀 찾아볼 수 없었다. 집에서 가장 오래된 이 그릇들은 과거 세계의 또 다른 잔재였다. 바다가 섬과 해안을 삼켜 버리기 훨씬 이전에, 우리 선조들이 옛날 자기 집에서 사용했을 것이다. 연한 찻잎 색깔이 흙빛으로 변하자, 마음이 편안해지면서 나보다 훨씬 노련하고 강한 뭔가의 굴레에 사로잡혔다. 나는 수 세기를 지나온 어느 길 위에 서 있었다. 그 길은 예나 지금이나 똑같다. 삶의 결이 변해도, 호흡이나 심장 고동처럼 그 길은 흔들림 없이 항상 적응해 나갔다.

큰 솥 바닥의 거품을 세고 주전자와 찻잔에 물을 붓는 순간, 선배 마스터들의 행동이 고스란히 반사되어 내게 파문처럼 번졌다. 나는 세상 기억 속에 각인된 그들의 흔적에 대해 생각했다. 내 행동과 흡사한, 물 흐르듯 흐르는 그들의 동작 하나하나. 내가 말하면서 인용한 그들의 말들. 그들이 돌밭과 잔디 위를 걸어 다닐 때 땅과 공기 속으로 흐르던 물. 해변으로 모래를 밀어 올리고 소리 없이 하늘에 맞닿아 있던 바다. 파문은 시간과 기억을 휘감아, 샘의 수면 위에 동그라미처럼 퍼져 나갔다. 똑같은 모양을 끊임없이 만들어 내면서. 이 신기한 느낌은 이내 나를 사로잡아 버렸다.

나는 쟁반을 들고 니라모 선생님 앞에 무릎을 굽혔다. 니라모 선생님이 찻잔을 들려고 손을 뻗자, 땀내 섞인 향유의 강한 향이 퍼져 나왔다. 선생님의 피부는 좋은 편이었다. 차림새는 소박하지만, 값비싼 천에다 단추도 보기 드문 귀한 금속 제품인 듯했다. 살집도 있어 보였다. 나는 고개를 숙이고 아버지에게 다음 잔을 건넸다.

텅 빈 구석자리를 둘러보았다. 엄마가 여기 계셨다면, 저곳에 앉아 계셨을 텐데. 엄마는 얼마 전 음성 메시지를 보내왔다. 엄마가 탄 기차가 곧 아랄 베이Aral Bay를 지날 거라며 내게 행운을 빈다고 했다. 나는 엄마를 스쳐 지나가는 풍경을 상상해 보려 애썼다. 순간 기차 객실의 푹신한 의자에서 먼지 냄새가 폴폴 났다. 좁은 복도 아래로 뛰어가는 아이들 목소리며 발소리도 들리는 듯했다. 내 아래쪽 바닥이 쉴 새 없이 움직이는 느낌이었다. 하지만 차창 밖을 내다보자 평원의 색깔은 불분명했고, 지평선 모습도 흐릿하더니 어느새 낯선 하늘로 변해 버렸다. 경치는 여전히 보이지 않고, 방 안 텅 빈 공간에 엄마의 모습만 나타났다. 그림자처럼 집요하게.

내 수료식은 보통의 수료식보다 더 오래 걸렸다. 차와 다과 외에도, 간단한 식사가 곁들여졌기 때문이다. 몇 시간이 걸릴 수도 있었다. 대화는 거의 없었다. 나는 생전 처음 경험하는, 느긋한 리듬 속에 젖어 들었다. 바다가 익사한 사람들의 사지를 놓아준다면, 그들도 분명 이런 리듬 속에 젖어 들 것이다.

나는 물이라는 보드라운 덮개로 뒤덮인 방을 상상했다. 느릿한 동작들, 먹먹한 소리. 구석구석 나를 깨끗이 씻어 내고, 모든 것이 점점 사그라져 무너져 내린다.

물먹은 나무로 만든 아버지의 얼굴과, 니라모 선생님의 돌상이 모래 속으로 사라진다. 파도 속에서 너울대는 해초 줄기처럼 내 몸이 이리저리 움직인다. 이 모든 것은 이미 내 손이 닿을 수 없는 곳에 있었다. 아무리 애를 써도, 도저히 막아설 수도 앞지를 수도 없었다.

나는 그것들이 떠내려가게 내버려 두었다.

달이 점점 커지면서 조수의 변화를 일으키듯, 내 근육도 긴장이 서서히 풀어지고 경직된 표정도 사라졌다. 호흡도 훨씬 편해졌다. 긴장감은 여전했지만, 그래도 저만치 떨어져 있었다. 내 몸에 두른 갑옷도 더 이상 나를 옥죄지 않았다.

난로에서 내뿜는 열기와 솥에서 피어오르는 증기 탓에, 방 안이 후덥지근했다. 공기는 아주 평온했다. 이마 언저리의 머리카락이 축축하게 젖었고 수료복 안감이 내 겨드랑이며 허벅지에 찰싹 달라붙은 느낌이었다. 니라모 선생님 이마에도 땀방울이 송골송골 맺혔다. 아버지 얼굴은 붉게 달아올라 있었다. 수료식 전에, 나는 입구에 있는 작은 창문을 열어 두었다. 하지만 신선한 바깥 공기는 안으로 흘러드는 법을 모르는지, 되레 창문을 막아 버린 듯했다. 나는 방석에서 일어나, 맞은편 벽에 있는 약간 더 큰 창문을 열었다. 날씨는 화창했지만, 바로 찬바람이 들어왔다. 찬 공기가 다시 방 안 전체로 흐르기 시작했다.

그때 니라모 선생님이 찻잔을 내려놓고 나를 쳐다보았다.

"카이티오 양. 창문을 둘 다 열 필요가 있을까?"

아버지가 안절부절못하는 모습이 곁눈으로 보였다.

"신선한 공기에, 방안이 한결 상쾌해진 것 같지 않으세요?"

내가 말했다.

"노리아! 니라모 선생님은 창문을 닫아야 한다는 의도로 말씀하신 거란다."

아버지가 끼어들었다. 아버지 얼굴을 가로지르던 그림자는 이제 살짝 옆으로 이동해서, 목 위에 드리워져 있었다.

니라모 선생님은 나를 뚫어져라 쳐다보았다. 웃는 건지 아닌지 갈피를 잡을 수가 없었다.

"자네는 본인이 최선이라고 생각한 대로 하면 되네."

나는 창문을 그대로 열어 둔 채, 니라모 선생님에게 목례를 했다. 그러고는 다시 난로 옆 내 자리에 앉았다. 니라모 선생님은 더는 말이 없었지만 분명 미소를 짓고 있었다. 마치 부자 상인이 물건을 훔친 배달꾼을 잡고 나서 지을 만한 그런 미소라고나 할까. 식사하는 내내, 아버지 얼굴에서는 어두운 기색이 가시질 않았다. 몰래 니라모 선생님의 눈치를 살피는 것 같기도 했다.

나는 그들이 식사를 마치고 접시를 한데 모을 때까지 기다렸다. 그리고 그릇을 준비실로 가져간 다음, 다과 그릇 위에 덮어 둔 리넨을 걷어 낸 뒤 다과를 방으로 가져왔다. 나는 두 사람에게 한 차례 더 차를 대접했다.

솥에는 더는 물이 없었다.

이제 평가할 시간이라는 뜻이다.

"노리아 카이티오."

니라모 선생님은 고개를 숙이며 말했다.

"자네 자리로 가 있게."

나는 고개를 숙여 답했다. 그리고 준비실로 들어가 손을 뒤로 해서 미닫이문을 닫았다.

준비실에는 창문이 없다. 물과 쟁반, 국자, 솥, 찻주전자를 보관하는 곳이다. 어느 방향으로 손을 뻗든, 벽이며 다구에 손이 닿을 정도로 좁았다. 머리카락처럼 가느다란 빛줄기가 미닫이문과 맞은편 벽 쪽의 티 마스터 전용 출입문을 에워쌌다. 천장에 매달린 전등 안의 반딧불이들이 유리 감옥에 갇혀 무기력하게 날아다니고 있었다. 그림자도 물에 떠다니는 그물처럼 벌어졌다 오므려졌다 굽이치다 다시 움츠러들었다 하면서 벽 위를 맴돌았다. 니라모 선생님과 아버지가 조용히 이야기를 나누는 소리가 들렸다.

다시 엄마 생각이 났다. 엄마의 여행은 내 여행일 수도 있었다. 또 다른 인생. 나는 그 인생을 두 번째 피부로 받아들이는 대신, 티 마스터 예복으로 덮어 버렸다. 깨끗한 거울에 비친 모습마냥, 내 모습이 또렷하게 보였다. 새 언어를 배우는 사람처럼, 낯선 도시의 건물들 사이로 이어진 익숙지 않은 거리를 걸으며 그 자취와 굽이 길을 터득해 가고 있는 내 모습이. 그리고 그 너머로 나 자신의 풍경이 보였다. 우리 집에서 내가 발견하고 만들어 갈 풍경 말이다.

방에서 발을 끌며 걷는 소리가 들렸다. 이어 베란다 바깥에서 발소리가 나더니 손님 전용 입구의 미닫이문을 조용히 밀어서 닫는 소리가 들렸다. 니라모 선생님이나 아버지 ― 아니면 두 분 다 ― 가 베란다에 뭔가 가지러 가신 모양이다.

도시와 풍경이 사라졌다. 거울 안쪽에는 어둠만 있을 뿐, 살아 있는 거라곤 아무것도 없었다.

방에서 은은한 종소리가 들렸다. 내가 다시 들어갈 시간이었다. 나는 머리를 쓸어 넘긴 다음 미닫이문을 열었다. 내 생각이 맞았다. 두 분 중 적어도 한 분은 베란다에 다녀오신 눈치였다. 니라모 선생님은 두루마리를, 아버지는 가죽으로 장전된 두툼한 책 한 권을 들고 계셨다.

"노리아 카이티오."

니라모 선생님이 입을 열었다.

나는 고개를 숙였다.

"나는 티 마스터 심사위원으로서 수료식을 치르는 동안 자네가 저지른 실수를 지적해야겠네."

니라모 선생님은 잠시 뜸을 들였다. 나는 기다렸다. 방 안을 포근하게 감쌌던 물의 장막은 물러가고 돌투성이의 건조한 사막, 거의 숨도 쉴 수 없는 불 탄 공기층만 남았다.

"자네가 다례의 예법을 제대로 알고 있다는 건 분명해."

니라모 선생님은 계속 말했다.

"하지만 또 한 가지 분명한 사실은, 바꿔 봐야 득 될 게 없는 경우에도 자네 뜻을 밀어붙인다는 거야."

선생님은 아버지를 바라보면서 아까 그 부자 상인의 미소를 지어 보였다.

"다례를 치르는 동안 다례원 창문은 하나만 열어 놔야 한다는 규칙을 자네도 알고 있을 텐데?"

"네. 니라모 선생님. 그 규칙은 잘 알고 있습니다."

"그런 규칙이 왜 있는지 우리에게 말해 주겠나?"

나는 배운 대로 정확히 대답했다.

"그렇게 하면 손님들이 차향과 더불어, 물이 만들어 낸 습한 기운을 즐길 수 있습니다. 다례원에서 찬바람은 향과 습기를 몰아내기 때문입니다."

"그 규칙을 자네 맘대로 깨버린 이유도 듣고 싶군."

나는 이런 어리석은 질문에 답해야 한다는 게 짜증났지만, 다시 고개를 숙였다.

"현실적인 이유 때문입니다, 선생님. 다례원의 열기에 숨이 막힐 지경이었으니까요. 주인으로서 저는 손님의 편안함을 먼저 생각했습니다."

니라모 선생님은 나를 뚫어져라 쳐다보았다. 나는 시선을 피하지 않았다.

"이유야 어찌됐건, 그건 관례에 어긋나는 일이고 엄밀한 의미에서 실수라고 할 수 있지."

나는 잠자코 있을 수밖에 없었다. 니라모 선생님의 말은 계속 이어졌다.

"실수가 한 가지 더 있는데, 자네 아버지도 분명 동의할걸세. 저런 다기를 선택했다는 게 실수야."

나는 찻잔과 접시를 떠올렸다. 변형과 세월 탓에 금이 가 있는 그릇 표면. 내 손 닿는 곳에 있는 한결같은 모습들. 나를 과거 세계와 이어주는 존재.

나는 물었다.

"어째서 그게 실수라는 거죠?"

니라모 선생님의 미소에 경련이 일더니, 번들거리는 살찐 얼굴 속에 묻혀 버렸다. 마치 가늘고 긴 구더기가 과일의 썩은 부분으로 파고드는 것 같았다.

"자고로 이런 행사를 준비하는 티 마스터라면, 쓸 만한 것 중 가장 귀한 다기를 골라야 하네. 그건 손님에 대한 예우이자, 티 마스터가 선택받은 직업이라는 인식을 보여 주는 거지. 내가 알기로는……."

이때 니라모 선생님이 아버지에게 눈길을 돌렸다.

"자네 아버지도 볼린 대령의 도움을 많이 받는 것 같던데. 자네 집과 정원을 보면 알 수 있지. 상당히 부자라는 걸 말이야. 당연히 더 좋은 다기가 있겠지. 이 행사에 어울릴 만한 최신 다기 세트가 분명 있을 텐데. 그걸 사용했더라면 좋았을걸."

"하지만 니라모 선생님……."

내가 허락 없이 끼어들자, 촉촉이 젖은 이마 위로 그의 눈썹이 치켜 올라갔다. 아버지는 곤혹스러운 눈치였다. 나는 말을 멈추고 머리를 숙였다. 말할 수 있게 해 달라고 부탁하기 위해서였다. 이것은 사제간의 위계질서와 관련된 행동이다. 니라모 선생님은 고개를 끄덕였다.

"니라모 선생님. 다례는 부를 과시하는 게 아니라, 변화를 포용하고 우리 주변 세상의 무상함을 받아들이기 위한 거라고 생각합니다. 그것이 제가 이 일을 하려는 목적이고요."

니라모 선생님은 여전히 미소를 지었다. 땀방울이 그의 뺨을 타고, 전문가의 손길이 느껴지는 옷깃 쪽으로 흘러내렸다.

"지금 나한테 다례가 뭔지 가르치고 있는 건가?"

먼지도 불사를 듯, 내 목구멍까지 부아가 치밀어 올랐다.

"들은 적이 없으시다면 선생님도 아셔야 해요."

막을 새도 없이, 이 말이 입 밖으로 튀어나왔다.

"노리아!"

아버지가 말렸다.

그때 니라모 선생님은 낮은 소리로 천천히 웃기 시작했다. 작은 땀방울이 부들부들 떨리는 뺨을 타고 상의 옷깃으로 흘러내리더니, 옷감으로 스며들었다.

"아주 재미있군. 카이티오 양. 아는 게 참 많아. 다례에 대해서도, 세상물정에 대해서도. 세월이 흐르고 경험이 쌓이면 알게 되겠지. 30년 후, 자네도 다른 젊은 티 마스터의 수료 성과를 평가하게 될 텐데. 그때 그 친구가 다례란 부를 과시하는 게 아니라고 하면, 자네도 웃음이 나올걸세."

니라모 선생님이 비아냥댔다.

'절대 안 그럴걸. 이번 생애에도, 만 년 후 다음 생애에도 안 그럴 거야.'

웃음소리가 천천히 잦아들었다. 니라모 선생님은 나를 쳐다보았다.

"게다가 자네 성별도 유감스럽군. 자네 아버지가 진작 얘기해 줬더라면 좋았을걸. 여자가 티 마스터 직업을 성공적으로 수행할 수 있다고 생각하는 이유를 듣고 싶네."

그제야 나는 니라모 선생님이 날 처음 봤을 때, 그토록 놀랐던 이유를 알게 되었다. 볼린 대령은 이 일로 니라모 선생님과 이야기를 나눴을 때, 내가 여자라는 사실을 일부러 언급하지 않은 걸까? 아버지를 쳐다보았지만 아버지도 날 도와줄 수 없었다. 이것은 나 혼자 해결해야 할 싸움이었다.

나는 물었다.

"니라모 선생님. 그럼 바꿔서 여자가 티 마스터로서 부적합하다고 생각하는 이유를 여쭤 봐도 될까요?"

"오래된 경전에 그렇게 쓰여 있네. 리 송이 말했지. '여자들이 여자로서의 삶을 쉽게 포기할까 봐, 티 마스터의 길을 걸어선 안 된다'고 말이야."

나는 그 인용문이 티 마스터가 되려는 여성의 권리를 막는다고 생각하지 않았다. 하지만 그것에 대해 가타부타 말하는 대신 이렇게 말했다.

"속을 움푹 파내도, 겉모습을 그대로 유지할 수 있잖아요. 마찬가지로 사물의 본질은 온전히 유지하면서 겉모습을 바꿀 수 있다고 생각해요."

니라모 선생님은 아무 말이 없었다. 내가 너무 멀리 간 건지도 모른다. 방 안에 정적이 감돌았다. 밖에서는 풍경 소리가 한 번, 두 번, 세 번 울렸다.

드디어 니라모 선생님이 입을 열었다.

"이걸 알아주길 바라네. 자네가 도시의 지원자였다면, 재시험을 치러야 한다고 했을 거야. 하지만 이 시골 벽지에 똑같은 시험기준을 적용할 순 없지. 물론 여성 지원자가 아니라도 말일세. 자네는 아버지한테만 다례를 배웠을 뿐, 다른 선생님의 방법이나 지식을 접할 기회가 전혀 없었어. 오늘 수료식에서 자네에게 티 마스터 직위를 부여하는 데 아무런 문제가 없다고 보네. 물론 다른 상황이었다면, 기준에도 못 미칠뿐더러 그리 자애로운 마스터도 아니라는 평가를 받았겠지만. 대신, 앞으로 예법에 대해 좀 더 조심하라는 조언은 해야겠네. 특히 도시 사람이나 군인들을 손님으로 맞을 때는 더더욱 조심해야 하네."

나는 뭐라고 말하고 싶었다. 하지만 아버지 표정을 보니, 이젠 곤혹스러움을 넘어 절망에 가까운 얼굴이었다. 그래서 나는 잠자코 있었다.

니라모 선생님이 물었다.

"준비됐나?"

나는 머리를 숙였다.

니라모 선생님은 두루마리에 적힌 글을 읽었다.

"노리아 카이티오, 당신은 오늘 뉴 키안 시대의 코이 피쉬Koi Fish해 8월 15일자로 현직 티 마스터 직위를 수여합니다."

니라모 선생님은 계속 읽어 내려갔다. 그리고 내게 두루마리를 건넸다. 글 아래 니라모와 아버지의 서명이 있었다. 니라모 선생님이 옆으로 움직이자, 아버지가 내 앞으로 걸어 나왔다. 나는 아버지가 주신 가죽 장정 책을 받아들고, 암기한 서약문을 낭독했다.

"나는 물의 파수꾼이다. 나는 차의 종이다. 나는 변화의 양육자다. 나는 성장하는 것을 구속하지 않을 것이다. 나는 사라지는 것에 연연하지 않을 것이다. 차의 길이 나의 길이다."

나는 정중하게 인사를 했고 아버지도 머리를 숙였다. 내가 고개를 들었을 때, 아버지 눈이 촉촉이 젖어 있었다. 아버지는 입을 열었지만, 목소리가 목에 잠겨 버렸다.

"깜박 잊고 있었네."

니라모 선생님이 침묵을 깨트렸다.

"타로 사령관님이 축하 인사를 전하더군. 사령관님 말이 맞았어. 자네 집, 물의 향이 유난히 좋은 것 같아."

"다기에 대해 미리 주의를 줬어야 했는데."

부엌에서 아버지가 말했다. 그때 우리는 마스터 니라모에게 선물로 주려고, 다례에 사용한 찻잔 두 개를 천에 싸는 중이었다. 그것이 관행이었다.

"니라모가 그걸 걸고넘어질 줄 알았어. 난 그의 말에 동의하지 않아. 하지만 이젠 두 번 다시 볼 일 없으니까."

아버지는 내 행동에 대해 꾸중을 하려다가 생각을 바꾼 모양이었다.

나는 아버지에게 물었다.

"달 축제에 가실 거예요?"

아버지는 고개를 저었다.

"볼 만큼 봤어. 지금은 축제보다 잠이 더 당기는구나."

집을 떠나기 전에, 나는 두루마리와 밋밋한 티 마스터 책을 내 방으로 들고 와 침대에 내려놓았다. 거울에 비친 내 모습을 물끄러미 바라보았다. 수료식 때문에 얼굴은 여전히 벌겋게 달아올라 있었고, 마스터 예복 겨드랑이 부분이 땀에 젖어 거무스름하게 얼룩져 있었다. 나는 깨끗한 옷으로 갈아입고 침대 위 책 옆에 예복을 펼쳐 놓았다.

그런데 책을 책상에 놔두려고 돌아설 때였다. 얇은 흰색 소포가 눈에 띄었다. 책상의 검은 나무 표면 위에 흐릿하게 반짝이는 모양새가 마치 달 같았다. 소포에 쓰인 내 이름의 글자체가 엄마 필체라는 걸 한눈에 알아보았다. 수료식 전에 아버지가 내 방에 가져다 놓은 게 틀림없다.

큼지막한 봉투였다. 해초로 엮은 뻣뻣한 편지 주머니가 아닌, 진짜 종이로 만든 봉투. 그 안에는 고급 울 소재의 커다랗고 얇은 숄 하나가 들어 있었다. 우리 마을에서 구했을 리도 없고, 스칸디나비아 연합에서도 찾기 힘들 텐데. 아주 거친 울 말고는 구하기 어려웠다. 보나마나 엄마는 멀리 떨어진 도시에서 숄을 주문했을 것이다. 나는 메모지를 찾아보았다. 봉투 안에 작은 흰 종이 하나가 잡혔다. 나는 종이를 꺼내 읽었다.

새로운 티 마스터 노리아에게. 너를 자랑스러워하는 엄마로부터. 행복한 하루가 되길!

나는 숄을 얼굴 가까이에 댔다. 엄마의 샴푸 향기와 향유 냄새를 기대했지만, 그저 희미한 울 냄새와 종이 냄새뿐이었다. 엄마의 흔적은 어디에도 없었다.

나는 숄을 대충 둘러보았다.

나는 마스터 예복을 옷걸이에 정리해서, 커튼 봉에 걸었다. 그런데 그때 얼핏 창문 밖을 내다보다가, 니라모 선생님이 바깥 잔디밭에 서 있는 게 보였다. 태양광 차량이 도착하기를 기다리는 모양이었다. 얼굴에 고단함이 묻어 있고 눈은 감겨 있었다. 손수건을 이마로 가져가더니, 가볍게 눌러 땀을 닦았다. 어깨도 축 늘어졌다. 마치 전부터 도사리고 있던 지독한 피로감이 그를 덮친 듯했다.

나는 가방에 작은 물주머니를 밀어 넣은 다음, 어깨에 멨다. 그리고 책상에서 반딧불이 전등과 축제용 케이크 상자를 들고 방을 나섰다.

내가 산야 집에 도착했을 때, 산야는 이미 밖에서 날 기다리고 있었다. 형편이 좋았을 때 봤던 팔걸이의자에 앉아 있었다. 민야는 씨앗이 잔뜩 든 천 주머니를 입에 문 채, 산야 품에서 꾸벅꾸벅 졸고 있었다. 산야는 나를 보자마자 벌떡 일어섰다. 그 바람에 민야도 잠에서 깼다.

산야가 물었다.

"어떻게 됐어?"

"그대는 내 다례의 평생 초대권에 당첨되셨습니다!"

나는 우쭐댔다.

"축하해!"

산야가 환호성을 지르며 함박웃음을 지었다.

"하지만 사양한다. 난 그런 곳에 가 본 적도 없고 어떻게 해야 하는지도 몰라."

산야가 나를 껴안았다. 산야 팔에 달라붙어 있던 민야가 우리 사이에 끼자, 소리를 지르며 버둥대기 시작했다.

"잠깐, 금방 갔다 올게."

산야는 민야랑 집 안으로 사라졌다가, 잠시 후 천으로 덮은 바구니를 들고 나왔다. 민야는 같이 오지 않았다. 아마 키라 아줌마랑 함께 있을 것이다.

"네 거야."

산야가 말했다.

바구니를 받아든 나는 천을 들어올렸다. 안에는 상자 하나가 들어 있었다. 보나 마나 산야가 직접 만들었을 것이다. 난 꿈도 못 꾸는 일을 해내는 산야의 능력에, 또 한 번 감탄했다. 나는 문장을 인용하거나 여러 동작을 취하거나 손님 앞에서 고개를 숙이는 데 일가견이 있지만, 산야는 물건을 분해하고 다른 방식으로 다시 조립해서, 신통방통한 뭔가를 만드는 손재주가 뛰어났다. 산야는 쇳조각과 플라스틱, 나무토막을 이용해서 네모 모양의 화려한 상자를 만들었다. 윤이 나는 거친 표면에는 포도덩굴 모양이 옆면과 뚜껑을 타고 올라 뒤엉키더니 소용돌이치며 다시 시야에서 사라졌다.

"맘에 들어?"

평소보다 약간 상기된 표정으로 산야가 물었다. 평소답지 않게 쑥스러워하는 산야 모습이 무척 낯설었다.

"차 보관용이야."

"너무 멋져. 고마워!"

나는 산야를 안아 주었다. 그런 다음 상자를 가방에 넣고, 바구니를 도로 건네며 말했다.

"갈까?"

산야가 고개를 끄덕였다. 우리는 마을의 중앙광장 쪽으로 걷기 시작했다. 하늘에는 투명한 유리처럼 별들이 반짝였고, 저 높이 짙푸른 저녁 하늘을 가로지르는 보름달이 은은하게 빛났다.

"봐!"

산야가 하늘을 가리키며 말했다.

처음에는 내가 뭘 보고 있는지 몰랐다. 그러다가 이내 알아차렸다. 금속 같은 달빛 외에, 나풀대는 물고기 오로라가 어둑한 언덕 능선을 스치듯 지나갔다. 마치 잔잔한 수면에 펼쳐진 듯, 천천히 너울거렸다.

"이건 시작일 뿐이야."

산야가 말했다.

마을을 걷다 보니, 달 축제를 환영하는 소리와 냄새가 주변을 맴돌았다. 집집마다 형형색색의 반딧불이 전등으로 뒤뜰을 장식하고 이따금 요란스레 폭죽을 터트리며 지붕 위로 광채를 내뿜었다. 생선 튀김과 채소, 케이크 냄새도 진동했다. 사람들은 수확한 곡식과 음료를 식탁에 옮기고 음악소리와 웅성대는 소리가 마당에 넘쳐났다.

저 멀리, 달 축제 행렬이 마을 광장 주변을 돌아다녔다. 폐플라스틱과 꼬아 놓은 갈대, 폐목재로 만든 해룡이 은백색 빛을 내며 반짝였다. 무용수들이 그것을 높이 쳐들고 움직이자, 해룡이 드럼과 노래의 리듬에 맞춰 하늘에서 헤엄을 쳤다. 물고기나 그 밖의 다른 바다 생물로 변장한 아이들은 용의 꽁무니를 따라다녔고, 짙게 깔린 어둠 속에서 물고기 떼의 폐플라스틱 비늘이 반짝반짝 빛을 냈다. 나는 우리가 봐 온 물고기 오로라가 실지로도 물고기 비늘 때문에 반짝이는 거라고 생각했다. 전해 내려오는 이야기에도, 물고기들이 해룡과 함께 헤엄치는 모습이 하늘에 반사된 거라고 나와 있다. 광장 한가운데에는 나무를 색칠해서 만든 커다란 보름달이 광장 전체가 내려다보이는 높은 지지대 위에 세워져 있었다. 해룡에게 좀 더 다가가니, 용의 눈에서 노란 빛이 반짝였다. 불현듯 용머리 속에 반딧불이 전등이 들어 있는 게 아닐까 싶었다. 희뿌연 연기 속에 어렴풋이 보이는 기다란 용의 형체가 흡사 지나가는 혼령 같았다. 온갖 소리와 움직임을 초월한 딴 세상에서 온, 말없이 떠도는 혼령 말이다.

나는 맘껏 즐기기 시작했다. 달 축제에 빨려드는 느낌이었다. 산야는 인파를 뚫고 음식 가판대 쪽으로 나를 끌고 갔다. 우리는 구운 아몬드와 말린 해초 과자를 샀다. 내가 값을 치르는 동안, 산야가 몸을 비틀면서 발을 동동 구르는 게 보였다. 다음으로 산야가 가고 싶은 곳이 어딘지 짐작이 갔다.

"저거 먹어 보자."

산야는 광장에서 조금 떨어진, 어느 골목 입구 근처의 또 다른 가판대를 가리키며 말했다. 우리는 군중 사이를 헤치며 걸어갔다. 그런데 그때 초조한 듯 심각한 목소리로 대화를 나누는 한 무리의 마을 사람들 옆을 지나게 되었다. 그중 한 사람은 전송장치에 귀를 기울이고 있었다. 누군가 말하는 소리가 들렸다.

"분명히 꾸며 낸 얘기일 거야. 뉴스에서도 아무 얘기 없던데."

다른 사람이 끼어들었다.

"뉴스가 어떤지 몰라서 그래? 연합주의자 놈들이라면 능히 그러고도 남지. 우리 처남도 그런 사람 몇 명 알고 있다던데. 게다가."

"우리 사촌이 봤대."

전송장치를 들고 있던 남자가 말했다.

"현장에 있었는데, 완전 아수라장이었다는 구만."

훗날 이 대화가 생각날 것이다. 하지만 당시 나는 딴 생각에 빠져 있었다.

산야 말이 맞았다. 가판대의 캔버스_{텐트·돛·화폭 등을 만드는 데 쓰이는 질긴 천} 천막 가장자리에, 앙증맞은 파란 요정 그림이 그려져 있었다. 그게 뭘 상징하는지 다들 알고 있었다. 엄밀히 말해 불법은 아니지만, 자존심 있는 상인이라면 대부분 그걸 팔려고 하지 않았다.

"블루 로터스_{고대 이집트에서는 생명의 기원, 영원불멸을 상징하는 신성한 꽃으로, 그 열매를 먹으면 황홀경에 빠져 집이나 친구를 잊어버리게 된다는 전설도 있다} 케이크 네 개 주세요."

산야가 상인에게 말했다. 얼굴에 큼직한 갈색 점이 있는 할머니였다.

"그걸 사기에는 좀 어리지 않니?"

할머니가 한마디 했지만, 산야는 못 들은 체하며 돈을 건넸다.

그러자 할머니도 더는 묻지 않고 산야가 건넨 천주머니에 케이크를 넣었다.

나는 하늘을 올려다보았다. 물고기 오로라가 점점 넓어지면서 얇은 베일이 밤하늘 전체에 쫙 펼쳐지고 있었다.

"'부리' 쪽이야. 그곳에서 보는 경치야말로 최고지."

'부리'는 플라스틱 무덤 근처의 야산 가장자리에 튀어나온 뾰족한 절벽이다. 마을 언저리에서부터 그곳까지 좁은 계단이 쭉 이어져 있었다. 물고기 오로라를 보기에 최적의 장소였다. 우리가 다례원으로 갔다가 거기서 언덕으로 갈 생각이 아니라면 말이다.

'부리'에 도착하니, 우리만 그런 생각을 한 게 아니었다. 20명이 넘는 사람들이 삼삼오오 모여 있거나 커플끼리 앉아 있었다. 아는 학교 친구들이 몇 명 있어서 인사를 하려는데, 산야가 조용히 속삭였다.

"더 올라가보자. 저쪽에 사람들이 덜 북적대는 곳이 있을 거야."

얼마 후 우리는 평평한 바위 하나를 발견했다. 하늘이 한눈에 보였다. 산야는 낡은 숄을 바닥에 깔았다. 우리는 그 위에 반딧불이 전등을 올려놓은 다음, 아몬드와 케이크 같은 소풍 음식을 준비했다. 위쪽에서 너울대는 물고기 오로라가 하늘 전체로 뻗어나갔다. 드높은 주름들이 파도처럼 잠잠했다가 다시 솟아올랐다.

우리는 많은 이야기를 나누지 않았다. 하지만 우리 사이를 수놓은 침묵은 분리나 공허가 아닌 연결의 침묵이었다. 나는 그 속

158

에서 편안함을 느꼈다. 산야는 손목에 묶은 색색의 해초 끈들을 만지작거렸다. 나는 산야의 셔츠 소매단과 긴 치맛단에 장식용 리본이 달려 있는 걸 알아챘다. 전에 어디선가 본 적이 있다. 산야의 입학시험 축하잔치 전에 산야 엄마가 식탁보 가장자리에 그 리본을 달던 모습이 생각났다. 당시에도 리본은 이미 좀 낡아 보였다. 아마도 남루한 모습을 숨기려고 소매단과 치맛단에 리본을 단 모양이다.

나는 블루 로터스 케이크를 베어 먹으며, 무기력한 나른함을 기다렸다.

"해룡이 돌아다닌다는 건, 세상이 바뀌고 있다는 의미래."

나는 말했다.

산야는 구운 아몬드를 씹어 먹고는 물주머니의 물을 마셨다.

"그냥 꾸며 낸 이야기일 뿐이야, 노리아. 물고기 오로라는 근처에 있는 북극 때문에, 입자들이 충돌하는 거잖아. 전자기적 반응이라고. 전구나 반딧불이처럼 신기할 게 하나도 없는 거란 말이야. 바다에도 용은 안 살아. 용을 따르는 물고기 떼며, 깜깜한 하늘에 반짝이는 비늘 같은 것도 없다고."

산야는 블루 로터스 케이크 한 조각을 먹으며 말했다.

"작년 게 맛있었는데."

"나도 물고기 오로라가 뭔지 알아. 그래도 여전히 용이 보이는데, 넌 안 그래?"

내가 물었다.

산야는 한동안 하늘을 물끄러미 쳐다보았다. 나는 그런 산야를 바라보았다. 물고기 오로라의 담녹색 불빛 아래 있으니, 산야 얼굴이 다른 빛을 받았을 때와 달라보였다. 마치 바닷말에 덮인, 껍질이 반들반들한 조가비 같았다. 손은 어둠의 심연 속에 사는 두 마리의 불가사리 같았다. 녀석들이 바다 속을 떠다니다가 바위투성이 미로 속으로 들어가는 모습을 상상했다. 빛도 들지 않는 그곳에서, 반투명한 이 눈먼 생물들은 소리를 내지도, 다른 세상을 꿈꾸지도 않는다.

"그래. 나도 보여."

산야가 오랜 침묵 끝에 입을 열었다.

그녀는 내 팔에 손을 올렸다. 내 얇은 튜닉 사이로 온기가 전해졌다. 마치 햇빛이 산야 손가락 하나하나의 윤곽을 내 피부에 그려 놓은 듯했다. 반딧불이들이 전등 안에서 조용히 빛났다. 해룡은 떠돌아다니고, 세상은 아무도 모르게 멈추지 않고 서서히 변해 갔다.

쥐 죽은 듯 조용한 새벽녘, 나는 엄마가 보내 준 숄을 단단히 둘러매고 집으로 향했다. 마을에서 다례원까지 길은 그리 멀어 보이지 않았다. 나무 그림자도 안 켜 보였다. 나는 대문을 지나, 소나무에 매달린 풍경을 손끝으로 가볍게 건드려 소리를 냈다.

입안에서는 전날 낮과 밤에 먹은 음식 맛이 여전히 났다. 박하 잎을 씹고 싶었다. 나는 곧장 집으로 들어가는 대신 바위 정원으로 발길을 옮겼다.

발목을 스치던 잔디, 피부에 와 닿던 새벽 시간의 싸늘하고 축축한 기운이 생각난다.

기억은 아무도 모르게 슬그머니 사라진다. 그렇기 때문에 믿을 게 못 된다.

하지만 나는 기억한다.

나는 그걸 보고는 걸음을 멈췄다.

차나무 옆, 바위 정원의 언저리에서 가만히 서 있던 가느다란 검은 형체.

내 심장 주변의 뼈와 살들이 돌처럼 딱딱하게 굳어 버렸다. 한 발짝도 움직일 수가 없었다.

검은 형체가 몸을 돌려 차나무 뒤로 사라졌다. 그러면서 스치고 지나간 나뭇가지들이 잠시 흔들렸지만, 이내 잠잠해졌다.

나는 무거운 다리를 움직여 집으로 내달렸다.

현관 천장에 매달린 반딧불이 전등에는 불빛도, 움직임도 없었다. 눈이 어둠에 적응하는 데 잠시 시간이 걸렸다.

아버지가 바닥에 쓰러져 있었다. 얼굴은 고통으로 일그러졌고 숨쉬기도 버거워 보였다. 아버지 옆에는 터진 물주머니가 있었다. 바닥에 물이 흥건했고 아버지 옷도 젖어 있었다.

나는 아버지를 일으켜 세우며 물었다.

"무슨 일이에요?"

아버지는 힘겹게 일어섰지만, 몸을 펴지는 못했다.

"아무 일도 아냐. 그냥 피곤해서."

"의사한테 전화할게요."

나는 아버지를 침실로 옮긴 후 이불을 덮어 주었다. 잠시 후 아버지가 점점 불안해하며 말했다.

"부엌에서 물 좀 먹어야겠다. 입이 바짝 마르는구나."

"제가 가져올게요."

나는 아버지를 말렸지만, 아버지는 부득부득 일어나더니 부엌으로 가서 물을 들이켰다.

그것이, 도움 없이 침대 밖으로 나온 아버지의 마지막 모습이었다.

2장

적막한 공간

'Not one grain of sand stirs without a shift
in the shape of the universe:
change one thing,
and you will change everything.'

—Wei Wulong, 'The Path of Tea'
7th century of Old Qian time

"우주의 모습이 바뀌지 않는다면,
모래 한 알이라도 움직일 수 없다.
한 가지만 바꿔라.
그러면 당신은 모든 걸 변화시킬 것이다."

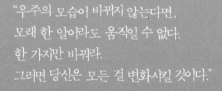

- 웨이 우롱, '차의 여정'
고대 카얀 시대의 7세기

9

우리는 물의 자식이고 물과 죽음은 친하다. 둘은 떨어질 수 없는 사이다. 그리고 우리와도 떼려야 뗄 수 없는 관계다. 우리는 물의 다재다능함으로 만들어지고 죽음과도 가깝기 때문이다. 둘은 세상 속에서, 그리고 우리 안에서 늘 함께 간다. 그러다가 물이 말라 버리는 시기가 올 것이다.

과정은 이렇다.

흙은 물이 있는 곳에 정착한다. 인간의 피부나, 모래에 싹을 피운 푸른 나뭇잎 위에 터를 잡고 먼지처럼 퍼져 간다. 나뭇잎, 피부, 동물 가죽은 서서히 흙의 모양과 색깔로 변해 간다. 시작과 끝이 어디인지 분간할 수 없을 때까지.

메말라 죽는 것들은 흙이 된다.

흙은 메말라 죽는 것들이 된다.

우리가 밟는 대부분의 토양은 한때 성장하고 숨을 쉬었다. 그리고 오랜 옛날에는 생명의 모습을 지니고 있었다. 훗날 우리를 기억 못 하는 누군가가 우리의 피부와 살, 뼈 위를, 우리가 남긴 먼지 위를 걸어 다닐 것이다.

먼지로부터 우리를 떼어 놓을 수 있는 건, 바로 물뿐이다. 물은 한 곳에 가둬 둘 수 없다. 그것은 손가락 사이로, 숨구멍 사이로, 육신 사이로 미끄러지듯 흘러간다. 우리가 쪼그라들수록, 점점 더 우리를 떠나고 싶어 한다.

물이 마르면, 우리는 외로이 흙이 된다.

나는 바위 정원 언저리의 차나무 아래쪽 자리를 골랐다. 하늘에는 구름이 잔뜩 끼었고 어슴푸레한 빛이 겨울 채비가 한창인 잔디 위를 짓눌렀다. 마치 물속에서 보는 바다 위쪽 풍경 같았다. 그 빛이 내 몸까지 구부러뜨리자, 대지가 내 쪽으로 비스듬히 다가왔다. 나는 미동도 않는 흙에 대해 생각했다. 하지만 공기와 물은 내 피부 속을 유유히 흐르고 있다. 나는 햇빛이 비치는 그 짧은 시간을 활용해야 했다.

나는 겉옷을 벗어 삽 옆에 놓은 후, 괭이를 집어 들었다.

차나무 뿌리가 상하지 않도록 주의했다. 괭이질에 삽질까지 하다 보니, 근육이 욱신욱신 쑤셨고 입도 말라갔다. 그날 첫 번째 반딧불이들이 구스베리 덤불에서 빛을 내기 시작할 즈음, 발아래 구덩이도 그런대로 큼지막해졌다.

나는 욕실에서 찬물로 씻고, 전송장치에 엄마가 남긴 메시지를 들었다. 슬픔에 북받친 목소리였다.

"비자 사무소에서는 깜깜무소식이구나. 우랄과 신징 간 모든 열차 운행이 중단된 상태야. 아무도 마을을 벗어날 수가 없어. 노리아! 내가 할 수 있는 거라곤 일단 운행이 재개되면 네가 여기 올 수 있도록 티켓과 비자를 챙겨 두는 것뿐이구나. 그것들을 네 게 안전하게 보낼 방법을 찾을 수 있으면 좋으련만. 너와 함께 그곳에 갈 수 있다면 엄마는 뭐든 할 거야."

잠시 말이 멈췄다. 엄마 숨소리가 들렸다.

"제발 네 소식 좀 전해 주렴."

엄마는 갈라진 목소리로 덧붙여 말했다.

전송장치에서 삐삐 소리가 나더니 조용해졌다.

나는 메시지를 다시 들었다. 그리고 두 번 더 들었다. 나는 목록에서 엄마 이름을 선택해서 엄마에게 소식을 전해야 한다는 걸 알고 있었다. 하지만 입안이 침묵으로 가득 차서, 어떤 말도 들어갈 공간이 없었다. 결국 나는 녹색 버튼을 눌렀다. '녹음'이라는 글자가 화면에 나타났다.

"난 잘 있어요."

진짜 그렇게 들리게 하려고 안간힘을 썼다.

"내일 편지 쓸게요."

나는 녹음 내용을 전송한 후, 벽 선반 위에 전송장치를 도로 올려놓았다.

그리고 침대로 가서 어둠 속을 뚫어지라 쳐다보았다. 새벽을 향해 가는 밤의 아스라한 달빛에 가구 실루엣이 보였다.

드디어 나는 침대에서 일어나 베란다로 향했다. 평소와 달리 날이 쌀쌀한 건지 아니면 그냥 잠을 못 자서 오한을 느끼는 건지, 갈피를 잡을 수가 없었다. 도로 방으로 들어가서, 눈에 보이는 것 중 제일 두꺼운 코트와 바지를 입고 숄을 둘렀다. 그리고 양말을 잡아당겨 신고 샌들을 신었다. 나가는 길에, 아버지의 방충 모자가 눈에 들어왔다. 납작하게 접힌 채 방호포에 싸여 현관 선반 위의 내 방충 모자 옆에 놓여 있었다. 나는 그것을 엄마 서재에 가져다 놓은 다음, 문을 닫았다.

아침 10시쯤부터, 조문객들이 속속 도착하기 시작했다. 첫 조문객으로는 플라스틱 제작자 주카라 아저씨가 아내 니니아, 여동생 타마라랑 함께 왔고, 볼린 대령도 운전사와 도착했다. 그들 바로 다음으로 아버지와 친한 티 마스터 네 분이 문 앞에서 내게 인사를 했고, 그 뒤를 이어 인근 마을에서 아버지 사촌과 육촌 몇 분이 찾아왔다. 일부 조문객은 어림짐작으로 명단을 작성해야 했다. 뉴 피터버그 근처에서 잘 모르는 외가 식구들이 왔기 때문이다. 최북단인 이곳에는 이모나 외사촌들이 한 명도 살지 않았다. 아버지도 친척들과 거의 왕래가 없었다. 어렸을 때, 아버지 친척들과 만난 건 고작해야 한두 번 될까 말까. 당시 우리 가족도 누군가의 결혼식이나 세례식에 참석하긴 했지만, 그건 그들이 아버지에게 다례를 진행해 달라고 부탁했기 때문이다. 조문객들은 내게 낯선 사람이었고, 우리에게는 공유할 추억이나 얘깃거리가 없었다. 나는 그들 사이에서 혼자였다.

애도해 주는 여자 세 명이 숲 사이로 다가왔다. 이들은 언제나 기억 속 모습 그대로였다. 어렸을 때 나는 이 여자들이 무서웠다. 축 늘어진 검은 옷하며, 머리에 쓴 베일하며. 주름진 얼굴에 드리운 표정은 밀물과 썰물처럼 바뀌었다. 게다가 다른 사람들이 볼 수 없는 걸 본다는 소문도 있다. 말이 거의 없는 이 여자들은 죽음이 가는 곳이라면 어디든 따라갔고, 이들의 애도에 주변 비석들도 애통해하는 듯했다.

나는 이 여자들을 초대한 기억이 없지만, 그렇다고 돌려보내진 않았다. 이런 날에는 누군가 울어 줘야 하는데, 내 속에는 무기력한 침묵만 들어차 있었기 때문이다.

산야와 얀 아저씨가 맨 마지막으로 도착했다. 산야는 나를 안아 주었다. 내가 자기를 밀쳐 내려 한다는 걸, 산야는 분명 느꼈을 것이다.

"엄마는 오실 수가 없었어. 민야가 아프거든."

산야는 재빨리 속삭이고는, 뒤로 물러났다. 그리고 얀 아저씨와 함께 정원으로 향했다. 무덤과 관 주변에는 이미 다른 조문객들이 서 있었다. 나는 대문을 닫고서 그들의 발자국을 따라갔다.

대나무 관이 돌 벤치 위에 놓여 있었다. 전날 상조 사무소에서 나온 사람들이 관을 그곳에 두었고 벤치 가장자리에 물 단지를 세워 두었다. 관이 무척 작아 보였다. 거의 다례원 마루에 있는 난로만 했다. 나는 죽음이 얼마나 순식간인지, 죽음을 움켜쥐고 알아채고 이해한다는 것이 얼마나 터무니없는 일인지 다시금 생각했다. 아버지는 이곳에 없었다. 관에도, 단지에도 없었다. 사람들은 아버지 영혼이 묶여 있던, 한낱 물질에 불과한 육신을 붙들고 있을 뿐이다. 그 육신에 이제 아버지는 없다. 한때 햇빛이 머물러 자라던 꽃이 이제는 시들어 그 빛을 잃은 것처럼 말이다.

나는 볼린 대령에게 장례식 진행을 맡아 달라고 부탁했다. 대령은 손님을 맞이하고 아버지 약력을 간단히 소개했다. 그런 다음 들고 있던 가죽 제본 책의 어느 페이지를 펼쳐 읽었다. 무슨 말을 하고 있는 것 같긴 한데, 그 말들은 정처 없이 떠돌아다녔다. 낯설고 공허한 허울뿐인 말들이었다.

책을 덮은 볼린 대령은 바닥에 살며시 내려놓더니, 주카라 아저씨에게 고개를 끄덕였다. 두 사람은 벤치에서 관을 들어 올려 무덤가로 옮긴 후, 천천히 구덩이 안에 내려놓았다. 가장 가까운 가족인 내가 맨 처음 작별인사를 해야 했다. 지금은 연초라서 꽃도 피지 않은 데다, 대다수 나무가 수개월 전에 나뭇잎이 떨어진 상태였다. 그래서 나는 늘 푸른 차나무 가지를 꺾어, 관 위에 떨어뜨렸다. 야트막한 무덤 속에서, 그 짙은 갈색과 초록색이 대나무에 녹아들었다. 아주 작고 여린 싹들만이 흩뿌려진 별처럼 어둠 속에 반짝반짝 빛났다.

대다수 조문객들은 오래전에 말라붙은 강바닥에서 찾아낸 조약돌이나 홍합 껍데기를 마지막 인사로 남겼다. 그것들이 톡톡 떨어지는 소리가 마치 대나무 관 뚜껑에 내리는 조용한 빗소리 같았다. 볼린 대령은 찻잎 모양의 은백색 매듭장식을 관 위에 뿌렸다.

다들 작별 인사말을 남기고 나니, 이제 물 단지를 사용할 시간이었다.

애도하는 여자들이 노래를 부르기 시작했다.

노래는 아주 조용히 시작했다가 서서히 커졌다. 아름다우면서도 동시에 소름이 끼쳤다. 흐느낌은 커졌다가 작아지는 선율이 되어, 가까이 있는 모든 걸 뒤덮어 버렸다. 여자들이 내뱉는 말은 고리타분하고 낯설었다. 주문이나 저주처럼 들렸다. 하지만 그것은 과거 세계의 언어로, 지금은 거의 사라지고 그 여자들과 몇 안 되는 사람만 알고 있는 노래에 남아 있을 뿐이다.

애도의 노래가 내 주변에 서서히 거미줄을 치기 시작했다. 헤아릴 수 없이 많은 가닥으로 퍼져 가는 노랫소리는 눈부시게 빛나는 길이 되어, 추억하고 사라지고 망각된 것들의 얼개를 지나 멀리멀리 흘러갔다. 나는 돌 벤치에 있는 물 단지를 들고, 차나무가 서 있는 무덤가로 향했다. 커졌다 작아지는 애도가에 맞춰, 내 피부 안팎으로 나뭇잎과 가지, 뿌리들이 돋아났다. 내 모습이 점점 사라져 갔다. 내 본연의 모습으로는 그것들을 담아낼 수 없기 때문이다. 나는 위로 솟구치다가 다시 무너져 내린 숲이다. 나는 하늘이며, 바다다. 살아 있는 자의 호흡이며 죽은 자의 잠이다. 낯선 말들이 나를 사로잡았다. 사라진 말들이 내 발걸음을 인도했다.

나는 몸을 숙여 차나무 뿌리에 물을 부었다.

단지의 물을 모두 쏟아 낸 나는 다시 돌 벤치에 단지를 내려놓았다. 노랫소리가 바람처럼 잦아들었다.

물이 없으면 장례식도 끝난다.

조문객들은 집 안으로 발길을 돌리기 시작했다. 나는 벌거숭이 나무에 둘러싸인 시든 잔디 위에서 차나무를 바라보며 한참을 서 있었다. 나무가 자라는 속도는 느리지도, 빠르지도 않았다. 산야가 내 곁에 서서 어깨를 감싸 주었을 때야 비로소 나는 내 본연의 모습으로 돌아올 수 있었다. 더는 텅 빈 공간 속에 산산이 흩어져 떠돌아다니지 않았다.

"손님들이 기다려."

산야가 재촉했다.

"아버지는 내가 좀 더 오랫동안 있어 주길 바라실 거야."

내가 말했다.

"돌아가신 분을 즐겁게 해 드릴 필요는 없어. 노리아."

산야가 말했다.

다른 누군가가 그런 말을 했거나 산야가 그 말을 다른 식으로 표현했다면, 나는 집에 손님들을 남겨 둔 채 언덕 위 동굴로 들어가 그들이 모두 갈 때까지 돌아오지 않았을지도 모른다. 하지만 내 어깨 위에 얹힌 산야의 손은 완강했다. 목소리 또한 그리 부드럽지 않았다.

산야는 나를 돌아보았다. 흘러내렸는지도 몰랐던 머리카락 한 올을 쓸어 넘겨 주었다. 나는 산야를 따라 집으로 향했다.

거실 안이 무척 어두웠다. 불 켜는 걸, 까맣게 잊고 있었다. 춘분이 되려면 아직 보름이 넘게 남았다. 창문 너머 보이는 햇빛도 그리 밝지 않았다. 전에 한 번도 만난 적 없는 친척들에게 짤막한 인사말을 건넸다. 니니아와 타마라는 음식을 식탁으로 가져오는 일을 맡았다. 나는 그 대가로 2주치 물을 주기로 약속했다. 마을에 있는 모든 수도관이 잠겨 있던 터라, 그런 제안을 마다할 사람은 아무도 없었다. 애도하는 여자들은 남들보다 훨씬 많이 먹고 마셨다. 하지만 나는 그들을 흉보지 않았다. 산야는 온종일 내 곁에 있어 주었다.

나는 주위 사람들을 둘러보며, 어디에서 봤는지 기억해 내려 애썼다. 그런데 도통 기억이 안 나는 손님이 한 명 있었다. 그 금발 머리 남자는 아무와도 이야기를 나누지 않은 채 구석자리에 홀로 앉아 있었다. 아는 사람이 하나도 없는 모양이었다. 우리 친척이 아니라는 것만은 확실했다. 동네 사람도 아닌 것 같았다. 하지만 왠지 낯이 익었다.

나는 산야에게 물었다.

"저 사람 알아?"

"처음 보는데."

산야가 대답했다.

남자는 민간인 복장을 하고 있었다. 하지만 행동이며 방에서 사람들을 지켜보는 모양새가 왠지 군인 같았다. 매주 전 주민을 대상으로 물 감시가 강제로 시행되었고, 물 범죄에 대한 처벌은 점점 더 가혹해졌다. 이제 군인들도 대놓고 군복 차림이나 민간인으로 위장해서 떼 지어 몰려다니기 시작했다. 처음에 나는 이런 이야기를 믿지 않았다. 하지만 거동을 못 할 정도로 쇠약해진 아버지에게 이 얘기를 했을 때, 아버지는 이렇게 말씀하셨다.

"요즘 놈들 감시가 철통같아. 달 축제가 끝난 후 사람들이 조직적으로 들고 일어나는 위험한 상황을 원치 않을 테니까. 놈들은 우리 숨통을 바짝 조이고 있어. 아무도 자기들에게 저항할 엄두도 못 낼 때까지 쥐어짜겠지. 이미 시작됐어. 쉽사리 끝나진 않을 게야."

돌연 몸서리가 쳐지면서, 뜨거운 돌덩이 같은 분노가 목구멍을 짓눌렀다. 어느새 눈물이 주르르 흐르고 있었다. 나는 그대로 내버려 두었다. 이내 눈물은 말랐지만, 타오르는 듯한 느낌이 남았

다. 눈 안쪽이 얼얼했다. 눈물은 다시 그의 길 위로 뜨겁게 흘러
내릴 것이다.

조문객들이 하나둘씩 집으로 돌아갔다. 남은 사람이 거의 없을
때쯤, 볼린 대령이 내게 다가와 물었다.

"잠깐 얘기 좀 해도 될까? 노리아."

대령은 나를 평소처럼 카이티오 양이라고 부르는 대신 이름으
로 불렀다. 오랜 세월 아버지를 알아 온 볼린 대령은 장례 준비
를 하면서 분에 넘치는 많은 도움을 주었다. 나는 다음 방문에
대해 얘기하려나 보다 생각했다.

"내일모레 갈게. 와 줘서 고마워."

나는 산야 손을 꼭 잡으며 말했다.

"메시지 보내. 아니면 아무 때나 와."

산야가 말했다. 얀 아저씨도 고개를 끄덕이며 작별인사를 한
후, 두 사람은 집을 나섰다.

"차에서 상자 좀 가져오게."

볼린 대령이 운전사에게 지시하자, 그는 가볍게 목례를 하더
니 밖으로 걸어 나갔다. 군화 때문에 마루 널빤지에서 철거덕 소
리가 났다. 어스름한 거실에는 우리 둘만 남았다. 희미한 전등 두
개만이 어둠을 밝혔다. 내가 예닐곱 살 때부터 다례원에 드나들
던 볼린 대령은 내게 늘 친절했고, 다례에 소질을 보이기 전에도
정중한 태도로 나를 대했었다. 대령은 아버지의 친구였고 아버지

도 마찬가지였다. 내가 철썩 같이 믿는 사람이었다. 나는 볼린 대령에게 차를 건넸지만 그는 고개를 저었다.

"노리아."

볼린 대령이 입을 열었다.

나는 다음 말을 기다렸다. 적당한 말을 찾고 있는 눈치였다. 반딧불이 한 마리가 창문에 달라붙어 조용히 윙윙 소리를 내고 있었다. 어딘가에 전등 뚜껑이 열린 모양이다. 이따 구석에 죽어 있는 반딧불이들을 쓸어 내야 할 것이다.

볼린이 다시 입을 열었다.

"너희 땅에 물이 숨겨져 있다고 생각하는 사람들이 있단다. 나도 그 소문이 사실인지 아닌지 잘 몰라. 하지만……."

"사실이 아니에요."

"정보를 캐려고 그러는 게 아냐."

볼린 대령이 굳은 얼굴로 얘기했다.

"너희 아버지가 이런 얘길 했는지 모르겠다만, 우리는 함께 자란 사이란다. 옛날 같으면, 난 평생 그를 믿었을 거야. 네 아버지는 내가 군인이 된 이유를 이해 못 했어. 그래도 우리는 우정을 지키기 위해 노력했단다. 그러니까 네 아버지도 내가 너에게 주의를 줬으면 할 거야."

대령은 잠시 뜸을 들였다.

"내게 더는 힘이 없단다. 있다 해도 명목상일 뿐이지. 하지만 그마저도 시시각각 다른 누군가에게 빠져나가고 있어. 얼마 안 있으면, 난 네게 아무것도 해 줄 수 없을 거야. 내 것이었던 그 힘은 이제 타로 것이 됐으니까. 되도록 조심해야 한다. 노리아."

그때 나는 볼린 대령이 부모님과 나를 위해 정확히 얼마나 많은 일을 해 왔는지 궁금했다. 우리가 그의 보호를 받는다는 말을 아버지에게 들은 기억이 났다. 하지만 사실 그게 무슨 뜻인지 이해하지 못했다. 보호? 누구로부터? 문득 장례식에서 처음 봤던, 금발 머리 남자 모습이 뇌리를 스치고 지나갔다. 군인들이 정원을 수색하던 기억도 났다.

대다수 마을 사람들은 달 축제나 동지 행사 때 구경할 법한 음식들이 우리 부엌에는 늘 있었다. 냉장고가 있는 집도 사실상 우리 집뿐이었다. 이런 일들과 볼린 대령이 관련이 있는 걸까? 집에 있는 책 중에도 그의 손을 거쳐 들어온 것이 있을까? 볼린 대령이 물 감시를 막아 주는 바람에, 아버지가 안심하고 다례를 계속 진행할 수 있었던 걸까? 그가 이렇게 많은 일을 해 주고 있었단 말인가? 무엇보다 그의 보호막이 사라진다면, 상황은 어떻게 될까?

"조심할게요."

나는 대답했다.

그때 묵직한 발걸음 소리가 베란다를 가로질렀다. 문에서 노크 소리가 들렸다.

"내 운전사일 거야. 줄 게 있단다."

볼린 대령이 큰 소리로 말했다.

"들어와."

철거덕 하는 소리가 났다. 뭔가 무거운 것을 바닥에 내려놓은 모양이다. 문이 천천히 열리면서 문짝끼리 부대끼며 긁히는 소리가 들렸다. 잠시 후 운전사가 안으로 들어왔다. 시뻘게진 얼굴로, 커다란 나무 상자를 들고 있었다. 운전사는 상자를 내 앞에 내려놓았다.

"열어 봐."

볼린 대령이 말했다.

나는 뚜껑을 들었다. 안에는 가죽 제본의 고서들이 수십 권 들어 있었다.

"당연히 타로는 이 책들에 눈곱만치도 관심이 없단다. 안 그랬으면 도로 가져오지도 못했을 거야."

볼린 대령은 이어서 말했다.

"그나마 있는, 얼마 안 되는 힘이라도 쓰지 않았다면, 파기됐을 지도 몰라. 이걸 네 아버지에 대한 내 마지막 호의라고 생각해라. 이 책들이 그 친구에게 얼마나 소중한지 알고 있거든."

나는 티 마스터의 책등을 손으로 가만히 훑었다. 또 다시 터져 나오는 눈물이 눈앞을 가렸다. 그중 한 권은 아버지 책이었다. 아버지는 군인들이 그 책을 가져간 후 새것을 구하지 못했다. 그것 말고 아버지 책은 거의 남아 있지 않았다.

"고맙습니다. 감사해요."

나는 말했다.

볼린 대령 표정이 처연해 보였다. 슬퍼 보인다는 말밖에 달리 표현할 길 없는 그런 표정이었다. 전등 불빛이 은은하게 빛났다. 달라 보이는 건 아무것도 없건만, 모든 것이 변했다.

"다례에는 계속 참석할 거다. 너라면, 네 아버지의 훌륭한 가업을 이어 갈 수 있을 거야."

볼린 대령이 말했다.

잠시 머뭇거리던 그는 어색해하며 내 어깨를 토닥거렸다.

"한 가지 알고 싶은 게 있어요. 지난 여름에 타로 사령관을 왜 이곳에 데려 오셨어요?"

나는 물었다.

이 말 이면에는 분명 비난이 깔려 있었다. 대령의 대답에 나는 깜짝 놀랐다.

"내겐 결정권이 없었어. 힘이 없으니까. 노리아, 결국 산도 바람과 비에 깎여 나가기 마련이란다."

볼린 대령은 늙고 유약해 보였다. 나는 무슨 말을 해야 할지 몰랐다. 대령은 조금 전처럼 잠시 머뭇거리더니 입을 열었다.

"가기 전에 물어보고 싶은 게 있는데. 아버지에 대해 말하고 싶지 않겠지만, 알고 싶구나. 미코아의 마지막은 어땠니?"

입이 떨어지지 않았다. 낮은 점점 어두워졌다. 해가 바뀌면서 어느덧 봄이 다가왔고, 언덕의 돌 밑으로 물이 졸졸 흘렀다. 그리고 내 몸은 얼음처럼 차가웠다.

"말하고 싶지 않아요."

결국 나는 그렇게 말했다.

볼린 대령은 작별인사를 한 후 집을 떠났다.

사실은 이랬다.

달 축제날 밤이었다. 아버지는 미동도 없이 마루에 쓰러져 있었다. 그 사이 아버지 옷과 머리, 피부 속으로 물과 어둠이 스멀스멀 파고들었다.

그 시간, 연합주의자 세 명이 옷과 머리, 몸 전체에 기름을 들이부었다. 그런 다음 쿠사모에 있는 지역 군사정권 본부 계단에 올라가 불을 붙이기 시작했다.

다음 날 우리 마을에 사는 어느 노부부가 푸른 군복 차림의 남자들에게 잡혀갔고, 저녁쯤 그들의 아들과 다른 두 사람이 키안 점령군에 저항하며 분신했다는 사실을 알게 되었다.

애도하는 여자들의 흐느끼는 노랫소리가 사흘 동안 마을 전체를 휩쓸었다.

날이 갈수록 물 순찰대들은 점점 늘어났다. 그러더니 동지 축제 직전, 수도관이 모조리 폐쇄되었다. 물을 구할 수 있는 유일한 방법은 중앙 광장에 줄을 서서 물 배급을 받는 것뿐이었다.

뉴스에서는 스칸디나비아 연합의 잠잠해진 테러며, 멀리 타지역에서 발생하는 소규모 소요사태, 삽시간에 타올랐다가 빠르게 진정된 도시의 폭동 소식들을 전했다. 마치 전쟁은 산발적, 우발적일 뿐, 대수롭지 않아 보였다. 하지만 그와 동시에 시장에서는 먹을거리 구경하기가 점점 어려워졌다. 패스포드와 비자 구하기도 하늘의 별 따기고, 지원군의 사망 통지서도 나날이 늘어나고 있었다.

달이 점점 어두워지고 새로워지면서 새해 시작을 알리고 있지만, 엄마는 집에 올 수가 없었다. 열차 운행이 멈췄기 때문이다.

나는 아버지가 아픈 내내 이 모든 걸 지켜보았다. 하지만 그 사태들을 보고 있으면서도 그건 마치 내 삶의 끝에 있는 형체 없는, 뿌연 안개 같았다. 아버지는 모든 걸 지탱하는 중심이었다. 내가 도저히 덜어 줄 수 없는 고통이 아버지를 옭아맸다. 아버지의 휘청거리는 생명이 눈앞에서 꺼져 가고 있었다. 도저히 이 세상의 경계 안에 잡아 둘 수가 없었다. 나는 아버지 이외의 다른 모든 일은 제쳐 두었다. 물론 나중에 맞닥뜨리게 되겠지만.

아버지는 엄마랑 쓰던 침대에 누워 있었다. 혼자 사용하기에는 너무 넓어 보였다. 아버지 피부는 햇빛에 바스러질 듯한 종이 같았고 하루하루 점점 야위어 갔다. 아치 모양의 앙상한 뼈 마디마디가 피부 밖으로 드러났다.

볼린 대령은 약을 구해 보겠다며 백방으로 뛰어다녔지만, 군

장교들조차 약품 구하기가 만만치 않았다. 방문한 의사도 고개를 절레절레 흔들었다. 기껏해야 아버지의 팔다리에 주사나 놓고 갈 뿐, 의사도 아버지가 무슨 병인지 몰랐다.

내 생각에는 엄마의 부재가, 그 모든 변화가 아버지의 생명을 갉아먹는 것 같았다. 아버지는 이제 더는 살아갈 힘이 없었다.

급기야 아버지는 음식도 넘기지 못했다.

급기야 물 한모금도 넘기지 못했다.

아버지는 알고 있었다. 마치 얼굴이 보이지 않아도, 꿈속에서 방에 함께 있는 상대방이 친숙한 사람임을 아는 것처럼.

아버지는 마지막 의식을 준비하라고 지시했다.

아버지가 내 손님이었던 건, 평생 딱 한 번이었다. 티 마스터는 손님 앞에서 어떤 감정도 드러내지 않는 법이다.

아버지는 차를 다 마신 후, 다례원에서 기다렸다. 죽음이 아버지의 심장을 눌러 멈추게 하고, 혈액 속의 수분이 말라 버릴 때까지.

아버지의 사망 소식을 들은 볼린 대령은 군 병원 의사를 불러 장기를 보관할 준비를 시켰다. 장기가 부족했기 때문이다. 준비가 끝나자, 볼린 대령은 아버지 시신을 옮기는 데 사용하라고 태양광 차량을 보내 주었다.

나는 장례 사무소에서 아주 작아 보이는 대나무 관과 은색 단지를 골랐다. 단지에는 아버지의 물을 담을 예정이다. 장례 사무소장이 이틀이면 모든 준비가 끝날 거라고 했다. 차량으로 돌아간 나는 장례용 케이크를 주문하기 위해 빵집으로 향했다.

엄마는 이곳에 없고 오지도 않을 것이다. 엄마가 탈 수 있는 기차는 한 대도 없었고 엄마의 그 어떤 편지도 받지 못할 것이다. 나는 날마다 엄마가 아직 살아 있기를 바라며 눈을 떴다. 내가 그것을 느낄 수 없더라도 말이다.

아버지도 이곳에 없고 오지도 않을 것이다. 아버지는 쇠와 돌로 된 방에 누워 있다. 그곳에서 아버지 몸속을 흐르는 물은 얼음으로 변해, 아버지를 떠나고 있었다. 이틀 후면, 아버지는 한낱 대나무 관 속의 시신이며, 은색 단지 속의 물에 지나지 않을 것이다.

나는 이곳에 있다. 모든 말이 입안에서 침묵의 재가 되었고, 그어떤 물도 갈증을 풀어 주지 못했다.

10

길게 늘어선 줄이 괴로울 정도로 더디게 움직였다. 햇살에 눈이 따가웠고, 늦겨울 세찬 바람에 고운 모래가 휘갈기듯 날리며 맨 얼굴을 뒤덮었다. 아침에 방충 모자를 챙겼어야 했는데, 후회가 됐다. 아직 말파리는 많지 않았지만 모래 먼지는 여전했다. 나는 물 배급소를 물끄러미 바라보았다. 아직 한참 멀리 있었다. 그날은 다른 계획이 있던 터라, 줄을 뛰쳐나가고 싶은 마음이 굴뚝같았다. 하지만 의심을 사지 않으려면 일주일에 적어도 두 번은 마을 광장에 얼굴을 비쳐야 했다.

아침에 나는 일단 언덕으로 가서 샘의 수위를 체크했다. 어제는 빨래도 하고, 아직 잎이 나지 않은 정원에서 구스베리 덤불도 잘라 주고, 구운 점토로 만든 도기 단지 안에 채소 씨앗도 심으며 하루를 보냈다. 아버지도 살아 계셨고 엄마도 함께 지내던 옛날 집 그대로 유지하려고 나름 애써 봤지만, 그건 두 손바닥으로 바람을 잡으려는 격이었다. 거미들이 구석구석 쳐 놓은 두꺼운 잿빛 거미줄에는 어느새 먼지가 켜켜이 쌓여 갔다. 긴 다리와 연약한 날개를 가진, 낙엽 색깔의 곤충들이 희미한 전등 불빛을 찾아 집 안으로 날아들었다가 벽이나 꽉 막힌 공간의 미로 속에서 길을 잃기도 했다. 녀석들의 바싹 마른 사체는 불 꺼진 방 안에서 내 발에 밟혀 바스러질 것이다. 그리고 간혹 청소할 시간이나 여력이 없어지면, 녀석들의 가벼운 잔해들은 바닥에 서서히 쌓여 갈 것이다. 잔가지처럼 연약한 다리와 비늘처럼 반짝이는 날개는 텅 빈 몸통에서 떨어져 나가고, 부러진 더듬이와 검은 눈만 남은 머리도 뒤틀린 채 미동도 없을 것이다. 변화란 녀석은 나보다 힘도 세고 재빨랐다. 집도, 내 삶도 달라졌다. 내 피가 대항하며 아무리 비명을 질러도, 나는 녀석에게 복종해야 했다.

내가 아버지 무덤을 판 이후, 달이 꽉 찬 날은 딱 한 번이었다. 풀로 덮인 무덤 여기저기에 생채기가 생기고 줄기 사이로 거무스름한 흙이 드러났다. 매일 같이 무덤을 보면서도 아버지의 죽음을 받아들이기가 여전히 힘들고 낯설었다. 아버지의 삶이 녹아 있는 집안에 있으면, 아버지가 돌아가셨다는 게 도저히 믿기지 않았다. 아버지 흔적이 워낙 깊게 박혀 있다 보니, 아버지가 떠나는 법을 모른 채 이곳을 돌아다니는 것만 같았다. 내가 뒤돌아보면 사라지고, 문을 살며시 열기 직전 다례원을 빠져 나가면서. 그 모습이 소름끼치기는커녕, 평온하면서도 짠했다. 가끔씩 아버지 이름을 불렀다. 설령 아버지가 내 목소리를 들었어도 대답하지 않을 거라는 걸, 내 어깨에 손을 올리지도 않을 거라는 걸 알면서 말이다. 이제 우리는 서로 다른 세상에 살았다. 우리 사이에 흐르는 검은 강을 건널 수 있는 방향은 하나뿐이었다.

줄이 슬슬 앞으로 움직였다. 산야는 자기네 빈 통과 내 물주머니를 실은 수레를 끌어당겼다. 수레가 움직이자, 바퀴에서 모래가 달그락거리는 소리가 났다. 하지만 우리 앞에 최소한 열두 명은 더 있었다.

"여기서 널 만나다니!"

뒤에서 어떤 목소리가 들렸다. 손톱은 깨지고 손가락도 짧은 손이 어깨를 건드렸다. 고개를 돌리자, 같이 줄을 선 주카라 아저씨의 아내 니니아 아줌마였다. 벌써 방충 모자를 쓴 사람이 몇 명 보였는데, 아줌마도 그중 한 명이었다. 투명한 망사 뒤로 보이는 그녀의 둥그스름한 얼굴은 핼쑥해 보였고, 피부도 축 늘어져 있었다. 입술에 칠한 립스틱 색깔은 평소보다 밝은 빨간색이었다. 저런 립스틱은 대체 어디에서 구하는 걸까? 가격은 얼마나 될까? 나는 궁금했다.

"안녕하세요, 니니아 아줌마."

나는 인사를 했다.

"요즘은 네가 쓸 물만 있으면 되겠구나."

아줌마는 햇볕에 바랜 눈썹을 찡그리며 내 팔을 어루만졌다.

눈 안이 화끈거리는 것 같았다.

"엄마 소식 들었니?"

"전송장치 연결 상태가 좋지 않아서요."

나는 기어 들어가는 말투로 대답했다. 엄마에게 메시지를 매주 몇 개씩 보냈지만 장례식 이후 딱 한 번 받았다. 게다가 신징에서는 나쁜 소식뿐이니, 엄마의 무소식은 생각보다 나를 훨씬두렵게 했다.

"어떻게 지내셨어요?"

"꼬맹이들 때문에 골치가 아파!"

니니아 아줌마가 말했다. 손자들 얘기인 모양이었다.

"식구들이 사용할 만큼 물 배급량을 늘리는 게, 만만치 않구나. 그나마 우리는 운이 좋은 편이지. 주카라 아저씨가 군부대 안의수리 일을 고정적으로 맡으셨거든. 공무원들이 가끔 뒷돈도 챙겨주고. 넌 무슨 말인지 모르겠지만."

아줌마는 괜한 말을 늘어놨다고 생각하는 눈치였다.

"힘들어 못살겠구나. 하지만 너는 부모님도 안 계신데다 혼자살아갈 방법이 다례뿐이니, 모르긴 몰라도 더 힘들겠지."

"죄송해요. 얼굴에 뭐가 묻었어요. 왼쪽 눈 밑에. 아니요. 반대쪽이요."

산야가 끼어드는 걸 보니, 내 표정을 본 게 틀림없다.

아줌마는 방충 모자를 들어 올리더니 손으로 뺨을 털며 물었다.

"떨어졌니?"

산야는 유심히 살피더니 이마를 찡그렸다.

"내가 잘못 봤나. 주름이었나 봐요. 아님 새 방충 모자 때문에 생긴 그림자였나."

산야가 말하자, 아줌마가 콧구멍을 벌렁거렸다.

"그런가 보구나. 요즘 괜찮은 소재의 모자 구하기가 어찌나 어려운지."

니니아 아줌마는 이렇게 말하고는 입을 오므렸다.

나는 고개를 뒤로 돌렸다. 그래야 슬픔이 옹이진 가슴을 부여안은 채 씰룩대며 웃는 모습을 아줌마가 볼 수 없을 테니까. 아줌마의 방충 모자는 새 것이 아니었다. 늘 그렇듯 모자 끝단에 립스틱 자국이 묻어 있었다. 아줌마는 평소 그 부분을 스카프로 가리고 다녔다.

"산야. 너희 가족도 잘 지내니?"

니니아 아줌마가 다시 입을 열었다. 하지만 말투가 약간 싸했다.

산야의 표정이 어두워졌다. 몇 주 동안 민야의 건강이 안 좋은 상태여서, 산야는 동생 걱정이 이만저만이 아니었다. 마을 광장에서 나눠 주는 물은 아직까지 깨끗했다. 하지만 도시 사람들과 다른 마을 사람들이 자기네 지역에서 배급받은 물을 마셨다가, 병에 걸렸다는 소문이 파다하게 퍼진 상태다. 산야는 부모님이 몰래 나누던 말을 전해 주었다. 군에서 오염된 물을 배급해서, 일부러 사람들을 병들게 하고 있다는 것이다. 나는 믿고 싶지 않았다. 하지만 사실 나도 배급받은 물은 마시기보다는 몸을 씻거나 정원에 물 주는 용도로 사용하는 편이었다.

"그럭저럭요. 아버지가 일이 많으세요. 외곽에 있는 낡은 건물들을 손봐서, 물 순찰대의 새 숙소로 만드는 일을 맡으셨거든요."

"그럼 네 엄마와 동생은?"

아줌마가 자꾸 캐물었다.

"아줌마처럼 잘 지내요."

산야가 대답했다.

니니아 아줌마는 잠시 말이 없다가 이렇게 말했다.

"안부 전해 주렴."

표정을 보아하니, 이쯤해서 끝낼 모양이었다.

"바퀴벌레 같아."

산야가 작은 목소리로 웅얼거렸다.

드디어 우리 차례가 왔다. 나는 전송장치를 꺼내 손가락을 화면에 댔다. 내 ID 코드와 이름이 나타났다. 나는 물을 배급하는 군인에게 전송장치를 건넸다. 여군은 제 멀티 포드에 그것을 연결한 후 내 물주머니를 채워 주었다. 나는 일주일치 물 배급량을 전부 사용했다는 정보를 입력하는 여군의 모습을 지켜보았다.

주민 이름 : 노리아 카이티오. 다음 배급일 : 3일 남음.

화면에 이렇게 쓰여 있었다. 여군은 전송장치를 내게 건넸다. 나는 전송장치의 전원을 끈 다음, 주머니에 넣었다.

나는 물이 가득 든 물주머니를 산야의 수레에 실었다. 그 사이 산야는 자기 통에 물이 채워지고 배급 정보가 그녀 가족의 전송 장치에 입력되기를 기다렸다. 통들이 몹시 작아 보였다. 나는 똑 같은 양의 물을 매일 혼자서 사용하는데, 빨래와 설거지를 하고 나면 반밖에 남지 않는다.

물통을 채우고, 전송장치를 건네받은 산야는 통 뚜껑을 닫았 다. 우리는 함께 수레를 끌고 광장을 빠져나가기 시작했다. 가판 대 몇 개를 지났다. 중고 식기와 가구, 그 밖의 다른 물건들이 진 열되어 있었다. 신발 한 켤레를 밀가루 한 포대와 바꾸자는 노파 도 있었다. 매년 이맘때 날씨를 생각하면, 그날은 유난히 추웠다. 울퉁불퉁한 돌 위에서 수레를 끄느라 고생하는데도, 몸에 한기가 느껴졌다. 쾌청한 하늘의 지평선 위로, 어슴푸레한 구름층이 두 꺼운 벽을 치고 있었다. 마치 물을 흠뻑 머금은 채, 넓게 펼쳐진 회색 모직물 같았다.

"오늘 밤에 비가 왔으면 좋겠다. 이미 큰 통이랑 단지도 밖에 내놨어."

산야가 말했다.

나도 비가 왔으면 했다. 마음을 달래고 정화시켜 주는 억수 같 은 비가 내려, 나와 주변 풍경을 씻어 주고 잠깐이라도 이 세상을 상쾌하면서도 다채롭게 물들이기를 고대했다. 구름을 보아하니, 보슬비 정도일 것 같았지만 입 밖에 내진 않았다.

길거리에는 푸른 군복 차림의 물 순찰대와 물 배급을 받고 집으로 돌아가는 사람들이 있었지만, 여느 때와 달리 조용했다. 달 축제 이후 지난 몇 달간, 군인들은 물론이고 외곽에 세워진 그들의 막사 수도 점점 늘어나면서, 마을 사람들은 숨죽인 채 이야기를 나눠야 했다. 물 부족 상황이 악화만 되어가자, 사람들과 삶에 고인 악취가 집으로 스며들더니 급기야 그 끈적끈적한 손가락을 거리나 마당 곳곳으로 뻗치는 듯했다. 마치 말라 버린 강바닥의 바위 위로 이끼가 번져 가는 것처럼. 나는 마을에 들어설 때마다 코를 찌르는 악취에 불쾌했지만 점점 무감각해져 갔다.

집으로 가려면 의료 센터를 꼭 거쳐야 하는데, 그곳에 가까워질수록 악취가 더욱 심해졌다. 낡은 벽돌로 지은 병원 건물에는 대기실이 하나뿐이었다. 그것도 한 번에 겨우 열두 명밖에 들어갈 수 없을 정도로 몹시 비좁았다. 그리고 밖에는 최소한 십여 명의 여자들이 아이들과 대기하고 있었다. 아기 두 명이 목이 터져라 울어 대고 있었고, 그보다 약간 큰 아이들 몇 명은 움직이거나 입도 떼지 못할 정도로 지쳐 보였다. 내 또래의 젊은 여자가 쩔쩔매며 아기에게 병에 든 것을 먹이고 있었다. 아기 입술은 갈라지고 눈꺼풀은 잔뜩 부풀어 있었다. 한쪽에서는 세 살쯤 돼 보이는 검은 머리의 핼쑥한 여자 아이가 똥을 싼 모양이었다. 아이 엄마는 아이를 달래느라 난리였다. 그런데 그 엄마가 우리를 보더니, 허리띠에 줄로 매달아 놓은 플라스틱 머그컵을 들고 사정했다.

"물 한 컵만 줄래? 애가 목이 말라 힘들어하는구나. 몇 시간째 기다리고 있는 중이거든."

산야는 나를 바라보았다. 이런 일은 처음이었다. 전에도 마을에 물이 부족한 적이 있었지만 물을 구걸할 정도는 아니었다. 어린 소녀의 두 볼은 쑥 들어갔고 눈은 퀭했다.

"잠깐만."

내가 산야에게 말했다.

여자는 머그컵을 들고 있었다. 나는 물주머니를 꺼내 컵에 물을 부었다. 여자는 한 손으로 내 팔을 꽉 쥐었다.

"고마워, 아가씨! 착한 사람이네. 정말 고마워. 아가씨가 가는 길에 맑은 물이 흐르길!"

여자가 연신 고맙다고 하자, 갑자기 당황스러웠다. 그런데 내가 물주머니 뚜껑을 닫고 수레에 갖다놓기가 무섭게, 또 다른 여자가 내게 다가왔다. 어린 아이 두 명이 팔에 매달려 있었다.

여자가 물었다.

"우리에게 줄 물은 없을까?"

산야가 나를 째려보았다.

"가야 해. 노리아."

산야가 다그쳤다.

산야 말이 옳았다. 병원 밖에 대기하는 사람들이 기대에 부풀어 전부 나를 쳐다보고 있었다. 자기에게도 기회가 올지, 물을 얻을 묘안이 없을까 머리를 굴리면서 말이다. 여기 계속 있다가는, 내 물주머니에 물이 남아나지 않을 것 같았다.

"죄송해요. 진짜로 죄송한데요, 도저히 드릴 수가 없어요. 저도 이것뿐이라서."

여자가 나를 빤히 쳐다보았다. 얼굴에 불신감이 어리더니, 점점 험악한 표정으로 변했다.

"너, 티 마스터 딸이지?"

여자가 캐물었다.

"가자. 노리아."

산야가 재촉했다.

"미처 몰라봤네. 티 마스터들은 자기네들이 이 마을에 아주 과분한 사람인 줄 알잖아."

여자의 말이 계속 이어졌다.

얼굴이 달아오르자, 나는 고개를 돌려 버렸다. 그리고 바닥이 갈라진 길을 따라 수레를 끌어당겼다. 뒤에서 웅성대는 소리가 들렸다. 내 이름을 들은 것 같지만 더는 아무 소리도 듣고 싶지 않았다.

"그냥 무시해. 네 잘못 아니야. 사람들을 다 도와줄 순 없어."

산야가 다독였다.

얼굴이 뜨거워지고 목이 메었다. 무슨 말을 해야 할지 몰랐다. 여기서 벗어나고만 싶었다. 나는 앞으로 할 일에 대해, 그리고 오늘 마을에 온 진짜 이유에 대해서만 생각하려고 애썼다. 굴욕적이고 당혹스러운 느낌 속에서도, 설렘이라는 희미한 한 줄기 빛이 보였다.

우리는 길모퉁이를 돌아, 우회로로 향했다. 잠시 낮은 회색 집을 보았다. 그 집 문에 4주 전부터 파란 동그라미가 그려져 있었다. 열린 어둑한 창문 너머로 어떤 움직임도, 소리도 없었다. 우리는 발길을 돌렸다. 요즘 마을을 돌아다닐 때면, 보통 복잡한 게 아니다. 물 범죄 표시가 거리의 공간들을 차지하면서, 암묵적인 약속으로 생겨난 새 길들이 서서히 옛길을 대신하게 되었기 때문이다. 파란 동그라미 표시가 있는 집도 이젠 열두 집으로 늘었는데, 그 회색 집이 제일 최근에 생긴 집이다. 침묵의 띠가 빙 둘러쳐진 도로 가장자리에 구경꾼들이 말없이 서 있었다. 피치 못할 사정이 없는 한, 아무도 그 띠를 넘어갈 생각이 없을 것이다. 이웃 주민들도 그쪽으로는 눈길조차 주지 않은 채 삶을 계속 이어갔다. 마치 범죄자의 집터에 모든 것을 집어삼켜 버리는 블랙홀이 있어, 그 방향을 쳐다보기만 해도 자기들을 휩쓸어 버리기라도 할 것처럼 말이다.

그런데 마을에 물 범죄를 저지른 집에 대한 소문이 퍼지기 시작했다. 그곳에 사는 사람들이 한두 번씩 모습을 보이는데, 보통

194

이른 아침이나 밤늦은 시간, 현관 계단에서 뭔가를 들어 올리거나 마당을 절대 벗어나지 않은 채 조용히 현관 밖에 서 있다고 말이다. 사람들은 이런 소문을 귀신 이야기 듣듯 했다. 공포와 호기심에 잔뜩 사로잡혀 있다가도, 날이 밝으면 언제 그랬냐는 듯 의심의 눈길을 보냈다.

사실 파란 동그라미 표시가 그려져 있는 집 사람들에게 무슨 일이 생겼는지 정확히 아는 사람은 없었다. 그냥 묻지 않는 편이 속 편했다.

온순한 존재를 억누르는 데, 침묵은 필요치 않다.

차가운 돌풍이 지붕 모서리를 거세게 잡아당겼고 가끔씩 집들 사이의 공간을 뚫고 들어와 우리를 후려쳤다. 마을에 사는 어떤 비쩍 마른 남자 선생님이 집 뒷마당에서, 밝은 갈색 파우더를 두피에 문지르는 게 보였다. 그것은 진흙과 쓰디쓴 나무껍질 가루를 섞어 만든 드라이 샴푸물을 쓰지 않는 샴푸인데, 시장 좌판에서 팔았다. 내가 주로 사용하는 건 비누 풀가루비누, 샴푸액, 소화분말의 제조에 쓰임로, 다례원 뒤편 울창한 숲에 깔려 있었다. 나는 그걸 목욕물에 섞어, 손가락으로 거품 내는 걸 좋아했다. 문득 내가 드라이 샴푸나 조각 비누를 전혀 사용하지 않는 이유를 누군가 궁금해하던 기억이 났다. 내 생활이 마을 사람들과 똑같아지려면 얼마나 많은 변화가 필요할지 가늠이 안 됐다.

우리가 산야 집에 도착했을 때, 나는 더는 기다리지 못하고 이렇게 말했다.

"쓰레기더미 뒤지러 갈 건데, 너도 갈래?"

산야가 한숨을 내쉬었다.

"안 돼. 집에 할 일이 많아."

산야는 내 물주머니를 뚫어져라 쳐다보더니 물었다.

"우리 집에 놓고 갔다가 나중에 가져갈래? 플라스틱 무덤에 갔다 오는 내내 질질 끌고 다닐 수는 없잖아."

"너 써."

내가 말했다.

산야는 마치 해룡을 타고 날아 보라는 제안이라도 받은 듯 나를 빤히 쳐다보았다.

"말도 안 되는 소리 하지 마! 다음 주까지는 물을 얻으러 갈 수도 없어. 물론 나도 쓸 생각 없고."

산야가 대번에 거절했다.

"난 필요 없어. 남은 기간에 쓸 물이 집에 있어. 네가 써."

나는 말했다.

고집을 부릴 줄 알았는데, 산야는 깊은 한숨을 내쉬더니 이렇게 말했다.

"이번 한번이야. 다시는 겁도 없이 이러지 마."

플라스틱 무덤에 이르자 코를 찌를 듯한 냄새가 내 쪽으로 번져 왔다. 지나가다 보니, 무덤 근처를 흐르는 얕고 탁한 개울가에서 사람들이 물통과 양동이에 물을 채우느라 난리였다. 부모님은 개울물을 절대 먹어선 안 된다고 누누이 주의를 줬었다. 무덤에서 발생한 독소로 물이 오염된 상태라, 몸에 해로울 거라고 말이다. 예전에는 마을 사람들도 개울물을 기피하는 편이었지만 최근에는 여기 올 때마다 누군가 물을 퍼내는 모습을 보게 된다. 한번은 어떤 할머니에게 개울물을 마시면 안 좋다고 말한 적이 있었다.

"그럼 뭘 마시라는 게야? 공기를 마시랴? 아니면 모래?"

할머니가 되물었다.

개울에 있는 사람에게 주의를 준 건, 그때가 마지막이었다.

그런데 물을 찾고 있는 몇몇 사람들 사이에서 빨간 립스틱이 묻은 방충 모자가 눈에 띄었다. 나는 걸음을 멈추다시피 했다. 니니아 아줌마가 개울가에 웅크리고 앉아, 투명한 물주머니에 황갈색 물을 채우고 있었다. 땅딸막한 체구에 갈색 옷하며, 서툰 움직임 하나하나가 정말 바퀴벌레 같았다. 하지만 그러면서도 마음이 쓰릴 정도로 안타까웠다. 살아남기 위한 최선책을 놔두고 저 아줌마 뭐하는 거야? 우리 다 뭐하는 거지? 주카라 아저씨의 고용

주들은 아줌마가 말한 만큼 돈을 주지 않는 모양이었다. 아줌마는 고개를 돌렸다. 나를 못 본 건지, 아니면 못 본 척하는 건지는 알 수 없었다.

나는 멈추지 않고 그냥 지나갔다.

시시각각으로 변하면서 사람 눈을 속이는 플라스틱 무덤. 이런 곳에서 주요 지형물을 구분하기란 쉬운 일이 아니었다. 하지만 나는 가는 길을 꿰고 있었다. 무덤 중앙 근처에는, 내 키의 두 배 정도 되는 콘크리트들이 쓰레기 산에서 삐져나와 있었다. 나는 그 옆에 서서 무덤 끝을 바라보았다. 그때 녹슬고 오래된, 과거 세계의 커다란 차량 잔해가 눈에 들어왔다. 고장 난 계기판과 마찬가지로, 바퀴가 있던 자리도 웬만해선 알아볼 수 있었다. 하지만 의자며, 아직 쓸 만한 금속 부품들은 사라진 지 이미 오래다. 누구도 이 멈춰 버린 육중한 고철덩어리를 옮긴 적이 없었던 것 같다. 옮기는 데만도 최소한 다섯 명이 필요했을 테니까. 게다가 이쪽 구석에는 찾을 만한 것도 별로 없었다. 나는 차량의 뼈대 쪽으로 걸어갔다.

나는 평소처럼 계기판 구멍 속으로 손을 밀어 넣어 여기저기 더듬었다. 접시만 한 크기의 매끄러운 플라스틱 상자 표면이 손에 닿았다. 굳이 상자를 꺼낼 필요가 없었다. 안에 잘 들어 있을 테니까. 산야와 나는 어렸을 때, 마음에 드는 장소에 타임캡슐들을 숨겨 두었는데, 이게 그중 하나다. 타임캡슐 안에는 조약돌이나 말린 꽃, 집에서 만든 해초 손목밴드, 플라스틱 무덤에서 발견한 보물 따위가 들어 있다. 우리는 각 캡슐 뚜껑 안쪽에 페인트로 날짜를 적은 다음, 페인트에 손가락을 담근 후 날짜 옆에 우리 지문을 찍었다. 바깥쪽에는 우리가 캡슐을 열기로 한 날짜를 적어 두었다. 보통 10년 후로 되어 있었다. 이것은 우리의 마지막 캡슐이다. 수년 동안 무덤에 올 때마다 제자리에 있는지 늘 확인하곤 했다.

나는 구멍에서 손을 빼, 바지에 닦았다. 그런 다음 망가진 차량에서 무덤 가장자리로 걷기 시작했다. 스무 걸음 정도 걷자, 며칠 동안 못 와 본 얕은 구덩이에 도착했다. 그동안 아무도 안 온 모양이었다.

나는 가방에서 두꺼운 장갑을 꺼내 끼고는 쓰레기를 한쪽으로 치우기 시작했다.

이곳에 대해 아무에게도 이야기하지 않았지만 나를 이곳으로 이끈 건 은색 디스크였다. 아버지가 돌아가신 후, 적막해진 집은 나를 깊은 잠 속에 빠져들게 했다. 마치 완전한 영면이라는 약속을 지키려고 대지가 내 피를 끌어당기는 느낌이었다. 그 적막함은 단순히 부모님이 남기고 떠난 텅 빈 공간 때문만이 아니었다. 단지 부모님 방문 너머 그들의 숨소리와 말소리, 걸음 소리가 들리지 않아서가 아니었다. 듣지도 털어놓지도 못한 모든 말들, 이제 부모님이 없으니 내가 알아서 배우고 찾아내야 하는 모든 것들 역시 침묵하고 있었다. 그저 내가 얼마나 아는 게 없는지 천천히 알아 가는 중이었다. 샘과 다른 티 마스터들, 생소한 규칙들, 위기에 처한 비밀 동맹과 뇌물의 위력에 대해, 빛없는 사막처럼 사방으로 뻗어 나가다가 지평선으로 사라지는, 이 칠흑 같은 어른들의 세상에 대해 나는 아무것도 아는 게 없었다. 아무 정보도 알려 주지 않고 나를 홀로 남겨 둔 부모님에게 화가 났다.

'왜 내게 알려 주지 않았죠?'

하지만 그들은 여기 없었다. 흙과 바람만 있을 뿐, 그들은 말이 없었다.

나는 은색 디스크 속 이야기가 왜 그토록 중요한지 아직 잘 이해하지 못했다. 이해시켜 줄 여러 맥락들을 하나로 연결하는 법을 몰랐기 때문이다. 그중 하나는 언젠가 샘의 수위가 아주 낮아지거나, 동굴에서 칼을 뽑아든 푸른 군복의 군인들을 발견할지 모른다는 두려움이었다. 그리고 막 싹트기 시작한, 어쩌면 허황된 기대에 불과할지도 모르는 또 다른 하나. 세상이 전부 이렇지는 않을 거라는 생각이었다. 마을 바깥쪽 하늘 아래 어딘가에는 말라 시들지도, 회복할 수 없을 정도로 죽어 가지도 않는 세상이 분명 있을 것 같았다. 하지만 이런 생각들은 내 마음속에서 뒤죽박죽 섞이기 시작했다. 그리고 이 느낌을 어떻게 표현해야 할지 모르겠지만, 디스크 속 이야기를 복구하고 사라진 조각들을 찾기 위해 내가 할 수 있는 일을 하고 싶다는 충동이 일었다. 나는 엄마 서재에 있는 책에서, 그리고 무덤에 방치된 과거의 잔해 속에서 그 조각들을 찾아보았다. 물론 가망 없는 일임을 알고 있다. 하지만 그 덕분에 돌이킬 수 없는 텅 빈 집의 적막함을 잠시나마 잊을 수 있었다. 그러면서 뭔가 마음이 안정되는 것 같았다. 변화의 가능성, 묻혀 버린 기회가 마침내 세상의 빛을 볼지도 모른다는 느낌이 들었다.

아버지가 돌아가신 지 몇 주 후, 나는 널찍하고 야트막한 구덩이 하나를 팠다. 그곳에는 고장 난 과거 기계들이 잔뜩 들어 있었다. 며칠이 걸려 찾아낸 곳인데, 찾고 보니 내가 수년 전 은색 디스크를 처음 발견한 바로 그 장소였다. 근처에 널브러진 몇몇 장비도 눈에 익었다. 원상복구가 영 힘들 정도로 심하게 망가진 탓에, 산야가 내동댕이쳤던 것들이다. 주요 부품들이 모조리 사라져 버렸기 때문에, 더는 쓸모가 없었다. 내 기억으로는 그 디스크가 바닥 근처에 있었던 것 같다. 하지만 그 후 플라스틱 무덤이 여러 차례 바뀌었다. 혹시 다른 디스크들이 있다면, 좀 더 깊은 곳이나 첫 번째 디스크가 발견된 곳에서 멀리 떨어진 곳에 있을지도 모른다. 그럼에도 어디서부터 찾아야 할지 갈피를 잡을 수가 없었다.

콘크리트 그림자가 점점 커졌다. 봄이 되어 맨 먼저 찾아온 말파리들이 제법 통통해진 몸으로 내 주변으로 날아오더니, 다시

곤죽 같은 쓰레기 더미에 살포시 앉아 쉬었다. 이제 방충 모자가 필요할 때였다. 손발이 따끔거리고 옷이 몸에 달라붙었다. 나는 흔히 보던 폐기물 말고는 아무것도 찾아내지 못했다. 식기 조각과 굽이 부러진 낡은 구두, 정체불명의 파편, 셀 수 없이 많은 비닐봉지뿐이었다. 나는 어느 망가진 과거 기계 쪽으로 움직였다. 부서진 겉 표면으로 전선이 삐죽삐죽 튀어나와 있었다. 예전에 산야가 쓸모없다고 했던 것 중 하나인데, 나는 그 기계의 원래 용도가 뭔지도 모른다. 그러다가 앞쪽에 엉켜 있는 비닐봉지를 유심히 쳐다보았다. 물론 그 아래에서 뭔가 흥미로운 걸 발견할 거라는 생각은 전혀 안 했다. 그냥 집에 가기 전에, 한 번 당겨보기나 하자는 생각이었다. 비닐봉지들은 긴 사슬처럼 묶여 아주 단단히 박혀 있었다. 부스럭거리는 엉킨 봉지를 제대로 잡으려다가, 나는 그만 비닐봉지를 찢고 말았다. 그래서 관둬야겠다고 생각했는데, 그 순간 무덤에서 매듭이 슬슬 미끄러져 나오기 시작했다. 나는 그것을 큰 공 모양으로 둘둘 말아 옆으로 던졌다.

역시나 구덩이 안에 보이는 거라곤, 비닐봉지뿐이었다.

나는 눈을 감았다. 목 근육이 뻣뻣해지고 머리 뒤쪽이 서서히 아파 오기 시작했다. 말총머리로 머리를 꽉 묶거나 촘촘하게 땋은 듯, 머리 가죽이 당겨지는 느낌이었다.

성과 없는 수색이 계속해서 이어지는 사이, 집으로 돌아갈 시간이 되었다.

나는 눈을 떴다. 한쪽으로 밀쳐놨던 부서진 과거 기계가 옆에 놓여 있었다. 자그마한 크기에, 단단한 플라스틱 외관 몇 군데가 부서져 있었다. 일부러 박살 낸 것처럼 보였다. 한쪽에는 둥근 유리 렌즈가 있었는데, 작은 반딧불이 전등 아랫면과 비슷했다. 유리 렌즈는 심하게 금이 갔고 떨어져 나간 곳도 있었다.

나는 보물찾기를 하면서 그와 비슷한 기계 잔해들을 수없이 봐 왔다. 그리고 숱하게 그것들을 손으로 잡고 옮기고 했을 것이다. 설령 수년 전 산야가 던져 버린 디스크를 집으로 가져왔을 때 유심히 살펴봤더라도, 기억할 만한 그 어떤 것도 알아내지 못했을 것이다.

이제 햇빛이 뿌연 금속판을 비추었다. 새끼손가락 반만 한 그 금속판은 기계 한쪽에 박혀 있었다.

나는 그곳에 새겨진 글자를 물끄러미 쳐다보았다. 순간 주변 세상이 멈춘 것 같았다.

나는 글자를 읽고 또 읽었다.

"M. 얀손."

나는 거의 부서질 지경인 기계를 헝겊에 싸서 가방에 집어넣은 다음, 구덩이를 기어 올라왔다. 내가 쏜살같이 무덤을 가로지르자, 발밑에서 플라스틱들이 탁탁 소리를 내며 술렁거렸다.

설령 은색 디스크에 녹음된 과거 이야기가 플라스틱 무덤에 있더라도, 내가 그것을 찾아낼 가능성은 제로라 여겼다. 하지만 이제 감히 생각해 본다. 가능할지도 모른다고. 몇 개 안 되더라도 디스크 속 이야기의 후속편을 찾을 수 있을지도 모른다고 말이다. 그 생각은 푸르스름한 어린 가지가 태양을 향해 뻗어 나오듯, 내 마음속에서 쑥쑥 자라고 있었다.

집에 도착한 나는 곧장 엄마 서재로 향했다. 가방에서 기계를 꺼내, 감싸고 있던 헝겊을 벗긴 다음 책상 한쪽 구석에 내려놓았다. 책과 노트가 쌓여 있지 않은 곳은 그곳뿐이었다. 나는 블라인드를 내렸다. 밖에 나가 있는 동안 햇빛의 방향이 이쪽으로 바뀌었기 때문이다. 회청색 그림자가 방 안에 드리워졌다.

나는 의자에 앉아, 책 더미를 빤히 쳐다보았다. 은색 디스크에 녹음된 내용 중 기억나는 걸 빠짐없이 적어 놓은 종이를 바라보았다. 그리고 과거 세계의 기계를 유심히 보았다. 죽은 곤충처럼 아무 말이 없었다. 쨍쨍 내리쬐는 늦은 오후 햇살에, 얇은 블라인드 실루엣이 또렷하게 보였다.

얀손 탐사대. 트와일라잇 세기. 로스트 랜드. M. 얀손.

내가 모든 조각을 가지고 있는 건 아니다. 어쩌면 전혀 가지고 있지 않을지도 모른다. 게다가 나는 아직 못 본 것이 있었다.

집 안은 적막하고 고요했다. 다례원도 텅 비고 쥐 죽은 듯 조용했다. 대문 밖에도 걸어 다니는 이 하나 없었다. 아버지의 영혼은 이 방 저 방을 배회하고 나무 사이를 떠돌면서, 묵묵히 자신이 살던 곳을 지켜 주었다. 전송장치 불빛도 깜박이지 않았다. 정원 돌길 위로, 개미들이 가느다란 실처럼 줄지어 이동했다. 집 모퉁이에 담처럼 늘어선 나무들은 점점 시들어 갔고 선반 위에도 어느새 먼지가 내려앉았다. 내가 뭘 해야 하는지 알려 주거나, 뭘 하고 있는지 물어봐 주는 사람 하나 없었다.

거실은 어둑했다. 나는 궤짝 뚜껑을 들어 올려 벽에 기대 놓았다. 오래된 종이와 잉크 냄새가 어렴풋이 공기 중에 흩날렸다.

책등에는 날짜나 연도, 티 마스터의 이름이 쓰여 있지 않았다. 그래서 한동안 가죽 장정된 책을 하나하나 훑으면서 원하는 책을 찾아야 했다. 드디어 내가 찾던 연도가 낯선 필체로 적힌 페이지를 발견했다.

나는 페이지를 넘기면서 읽기 시작했다.

11

나는 찻잔의 마지막 한 방울까지 깨끗이 비운 후, 책 더미 옆 바닥에 내려놓았다. 목덜미가 뻐근했다. 무게라고는 없는, 죽은 먼지들이 창문으로 스며드는 빛줄기 속을 떠다녔다. 나는 이미 살펴본 책들과 엄마 서재에서 가져온 노트들을 옆으로 치운 후, 거실 마루의 빈 곳에 등을 대고 누웠다. 그리고 눈을 감았다. 내 무게에 짓눌려 생긴 셔츠 주름에, 등이 배겼다. 이런저런 생각들이 뒤엉키며 소용돌이쳤다. 그중 한 가닥을 붙잡아 따라가려 할 때마다, 나머지 가닥들이 더 질긴 매듭으로 단단히 움켜잡았다.

나는 티 마스터들의 책을 읽으면서 지난 이틀을 보냈다. 지금까지 트와일라잇 세기의 티 마스터 일곱 명의 책을 대충 훑어보았다. 그중 첫 번째인 레오 카이티오는 글쓰기에 대해 그다지 관심이 없었는지, 한평생 가죽 장정된 책을 한 권 채웠을 뿐이다. 기재 사항도 짤막하고 내용 또한 딱딱했다.

'오늘 아침 비가 옴. 살로 대령과 그의 아내의 다례원 방문은 예상대로 진행되었다. 신발 고치는 걸 기억해야 한다.'

'작년보다 더 따뜻한 1월. 토기로 된 찻주전자에 금이 감.'

예전 태양력에서는 1년 중 첫 번째 달을 1월이라고 했는데, 그런 내 기억이 맞는지 확인하기 위해 엄마의 옛날 책을 살펴봐야 했다. 이런 번거로움에도, 나는 레오의 책을 재빨리 훑어보았다. 그런데 거의 막바지에 이르자 필체가 변했다. 그 이유를 이해하는 데 조금 시간이 걸렸다. 나는 확인을 위해 순서상 그다음 책을 펼쳤다. 첫 페이지에 미로 카이티오라는 이름이 휘갈겨 있었다. 레오의 아들인 모양이었다. 미로의 필체를 얼핏 보아하니, 내 짐작대로였다. 레오가 공백으로 남겨둔 페이지에 미로가 글을 썼을 가능성이 높았다.

미로는 제 아버지의 간결한 필체를 물려받지 않은데다, 여가 시간 대부분을 글을 쓰면서 보낸 게 분명했다. 책 여섯 권에 작은 글씨들이 빼곡히 채워져 있었고, 페이지 사이사이에 끼워 둔 쪽지에도 메모가 휘갈겨 있었다. 몇몇 기재 사항에는 날짜가 적혀 있지 않았는데, 레오 책의 마지막 페이지 부분이 그랬다. 당시 필기도구들이 부족했던 게 틀림없다. 미로는 종이가 동이 나버린 절망의 순간, 어쩌면 자기 아버지의 책을 골라 살펴봤을지도 모른다.

미로가 기재한 내용들은 레오의 것과 완전 딴판이었다. 미로는 자신의 생각과 꿈, 다례를 치르는 동안의 느낌은 물론이고 이런 것과 무관한 것들에 대해서도 적어 놓았다. 기분을 좋게 하는 것(무릎에 웅크리고 앉은 고양이, 한 입 베어 문 아삭한 식감의 사과, 햇살을 받아 따뜻해진 풀을 맨발로 밟을 때의 느낌)과 짜증나게 하는 것들(피부가 쓸리는 신발, 너무 낡아 더 이상 보이지 않는 안경, 정말 필요할 때 똑 떨어진 잉크)을 쭉 나열해 놓곤 했다.

눈을 뜬 나는 벌떡 일어섰다. 너무 급하게 일어선 모양이다. 어두운 거실에서 어지럼증이 가실 때까지 벽에 기대 있어야 했다. 그리고 부엌으로 가서 다른 찻잔에 차를 따랐다. 미지근했다. 다시 거실로 돌아온, 나는 방석 위에 앉아 반쯤 훑어본 미로의 마지막 책을 집어 들었다. 손가락이 닿으면 바스러질 듯, 책장이 바싹 마른 느낌이었다. 마치 책장이 바스러져, 가느다란 검은 글자들이 바닥 여기저기로 흩어지면서 바람결에 날아가 버릴 것만 같았다. 과거와의 연결고리인 이 책은 너덜너덜 낡아 있었다. 모진 풍파에 닳고 닳아 안전하게 건널 수 없는 다리처럼 말이다. 하지만 글 자체는 흡입력이 있었다. 시간 가는 줄도 모르고, 내가 뭘 찾고 있는지 상기시켜야 할 정도로 나를 빨아들였다. 나는 지금보다 한참 전에 살았던 이 티 마스터가 자기 시대를 묘사한 모습에 흠뻑 매료되었다. 하염없이 지새운 보름달이 뜬 밤들, 방문객의 신발에 실려 와 다례원 바닥 여기저기에 흩날리는 모래알들, 내리자마자 검은 대지 속으로 바로 녹아들고 어느 겨울에는 구경 한 번 못 했던 눈. 오래전에 사라진 이러한 삶의 파편들과 사연들이 바스러질 듯 빛바랜 책장에 담겨 내게로 다가왔다. 너무도 생생하고, 너무도 세밀하고 흥미진진해서, 나는 책에서 눈을 뗄 수가 없었다. 이 사람의 뼈와 피 속에 있던 수분은 오래전에 땅과 하늘로 되돌아갔겠지만, 글과 사연은 여전히 살아 숨 쉬고 있었다. 마치 이 글들을 읽는 동안, 내가 비로소 좀 더 확실하게 살아 숨 쉬는 것 같았다.

창밖 그림자들이 변했다. 손 밑에 부스럭거리는 종이 소리에 귀를 쫑긋 세웠다.

나는 책에서 손을 놓을 수가 없었다. 그러는 사이 글자를 알아볼 수 없을 정도로 날이 어두워졌다. 다리들은 허물어졌고, 과거는 또 다시 불투명한 장막 뒤에 숨은, 그물처럼 뒤얽힌 식별할 수 없는 글자에 불과했다. 집 안의 정적이 나를 감쌌다. 또 하루가 가는데, 내가 찾고자 하는 건 보이지 않았다.

나는 잠을 자러 가기 전에 바위 정원에 갈퀴질을 하기 위해 밖으로 나갔다. 늦은 저녁이라, 모래의 희미한 줄무늬가 거의 보이지 않았다. 갈퀴질을 마무리하면서, 무심결에 마을 쪽으로 향하는 도로를 힐끗 보았다. 두 사람이 숲 가장자리에서 집을 감시하고 있는 것 같았다.

순간 온몸이 얼어붙고 심장이 콩닥콩닥 뛰었다.

갈퀴가 손에서 미끄러지듯 빠져 나갔다. 나는 모래바닥에서 갈퀴를 집어 들려고 몸을 웅크렸다. 그리고 다시 몸을 폈는데, 숲 가장자리에는 아무도 없고 정적만이 감돌았다.

다음 날 아침, 나는 발자국이라도 찾을까 싶어 밖으로 나갔다. 딱딱한 땅바닥과 여기저기 두껍게 깔린 솔잎에서는 아무것도 발견할 수 없었다. 어쩌면 사방이 어두운 탓에, 애꿎은 나무 그림자를 집요한 감시자로 착각했는지도 모른다.

이틀 후, 엄마로부터 뜻밖의 메시지를 받았다. 마을에서 줄을 서서 물주머니 두 개 분량의 물을 배급받아 집으로 들어오니, 메시지 전송장치 불빛이 깜박이고 있었다. 하마터면 물주머니를 바닥에 떨어뜨릴 뻔했다. 나는 재빨리 달려가 전송장치의 스위치를 켰다. 화면이 켜지면서, 엄마의 동글동글한 필체가 보였다.

사랑하는 노리아. 좀 더 자주 편지를 보내지 못해 미안하구나. 보고 싶다. 네가 빨리 이곳에서 나랑 함께 살았으면 좋겠구나. 그러려고 내가 할 수 있는 건 뭐든 하고 있단다. 그러는 동안 네 물건 좀 보내 줄 수 있겠니? 큰 거 말고, 네가 자주 사용하는 거. 다례원에서 사용하는 스푼이라든가 티 마스터 책에 적을 때 사용하는 펜이라든가. 우리가 함께 있지 못하니까, 널 좀 더 가깝게 느낄 수 있는 정표를 가지고 싶어서 그래. 일부러 깨끗이 씻거나 닦지 않아도 된단다. 있는 그대로가 좋아. 내 전송장치의 배터리가 다 돼 가는구나. 내일 낮까지 충전할 수가 없어서, 이만 줄여야겠다. 사랑해. 리안.

나는 마룻바닥에 털썩 주저앉았다. 한시름 놓았다. 한 달이 지나도록, 엄마한테서 아무 연락이 없었는데, 엄마는 살아 있었다. 나는 전송장치 펜을 들고 적기 시작했다.

엄마 괜찮아요? 보고 싶어요.

바로 메시지를 전송했지만 답은 없었다.

나는 엄마 메시지를 다시 읽었다. 왠지 자꾸 신경이 쓰였다.

메시지를 읽으면 읽을수록, 엄마 부탁이 점점 이상하게 느껴졌다. 엄마가 나를 사랑하는 건 알지만, 물건에 대해서는 그다지 관심이 없었다. 엄마는 신징으로 옮기면서, 두 번 생각할 것도 없이 자기 책 대부분을 놔두고 갔다. 그리고 각별하게 생각하는 책이 아닌 한, 재활용할 만하다 싶으면 뭐든 다시 사용하는 편이었다. 엄마는 내 장난감도 남들에게 몽땅 줘 버렸고 아기 때 옷도 가구 덮개나 카펫 깔개로 개조해 버렸다. 그리고 서재 창턱에 쌓아 놓은 돌 수집품들도 대수롭지 않게 없애 버렸다. 내가 아는 한, 엄마는 내가 어렸을 때 그린 그림도 전혀 보관하지 않았다.

엄마가 사 준 의류 중 실용성과 거리가 먼 건, 졸업 선물로 받은 숄뿐이었다.

그런데 느닷없이 정표로 내 물건을 원한다니, 정말 황당했다. 게다가 상황이 어떤지 한마디도 말해 주지 않은 게, 영 석연치 않았다. 엄마가 내 메시지를 전부 못 받았을 수도 있다. 또한 내가 엄마 메시지를 못 받았을 수도 있다. 전쟁 때문에 연결이 원활치 못했고, 메시지 서비스도 아마 감시를 받고 있을 것이다. 나는 가급적 감정을 드러내지 않으면서 악의 없이 메시지를 작성하려고 애썼다. 왜 메시지를 검열하는지 이해가 안 됐다. 하지만 군에서 하는 일을 어찌 전부 알 수 있겠는가.

나는 엄마 부탁이 이해되지 않았지만, 메시지 전송장치를 다시 선반에 올려놓고 부엌으로 향했다. 그리고 그날 아침에 사용한 씻지 않은 숟가락을 조리대에서 집어 들었다. 숟가락에 차 몇 방울이 말라붙으면서 갈색 얼룩이 남아 있었다. 나는 숟가락을 헝겊으로 쌌다. 그리고 우편으로 보낼 때 사용하는 해초 우편낭을 맨 아래 서랍에서 찾아, 숟가락을 집어넣었다. 나는 방에서 내 티마스터 책을 가져와 한 장을 찢어 몇 자 적었다.

사랑하는 엄마. 이건 우리가 다시 만날 때까지 엄마에게 드리는 정표예요. 사랑하는 N.

나는 종이를 접어 우편낭에 집어넣고 오므린 다음, 끈으로 묶었다. 다음 날 그것을 마을로 보냈다. 신징에 무사히 도착하기만을 바랄 뿐이었다.

봄이 여름을 향해 가면서, 그 후 두 주 사이에 낮은 더 길어지고 날씨도 후텁지근해졌다. 물은 어둠 속을 가로지르며 햇볕에 마른 돌멩이들을 흩뜨리고 달아났다. 나는 책이나 탐사대, 부모님에 대해 생각하지 않을 때면, 산야를 생각했다. 산야와 이야기를 하고 싶었다. 아버지가 돌아가신 후 침묵에서 벗어나 어떻게 내 길을 찾아가고 있는지 들려주고 싶었다. 하지만 적당한 때를 찾을 수 없었다. 요즘 산야는 많이 지쳐 있고 말도 없었다. 내게 말 못할 사연이 있는 눈치였다. 산야는 쓰레기 더미를 뒤질 시간이 거의 없었다. 이유를 물어도, 산야는 대답을 피했다.

나는 여전히 미로가 쓴 글 속을 헤매고 다녔다. 그러면서 그의 이야기에 순서를 매기려고 했다. 물론 추측일 수밖에 없었다. 미로가 살던 시대에, 그 집에는 두 명의 티 마스터가 있었기 때문에 일이 훨씬 복잡했다. 미로는 자기 아버지가 돌아가셨을 때 티 마스터가 됐지만, 그에게는 자식이 없었다. 그래서 사촌 니코 카이티오를 제자로 두었다. 하지만 니코가 교육을 마친 지 불과 몇 달 뒤에 젊은 나이로 세상을 떠나는 바람에, 니코의 아들인 토미오가 견습생이 되어 티 마스터 직을 이어받았다. 니코와 토미오는 미로와 같은 문학적인 성향의 사람이 아니었다. 미로는 그들 책의 빈 페이지를 주저 없이 가로채서는 직접 글을 썼다.

당시 내가 훑어보던 건, 미로의 시대 훨씬 이전에 쓰인 책이었다. 처음부터 나는 마지막 장에 주목했다. 그곳에는 미로의 글이 빼곡히 채워져 있었다. 하지만 그 글을 읽으려고 돌아온 건 이번이 처음이었다. 그 글에는 트와일라잇 세기 마지막 해의 날짜가 적혀 있었는데, 토미오의 일지를 통해 그때가 바로 미로가 죽은 해라는 사실을 알게 되었다.

내 마지막 다례가 다가오고 있다는 걸 알고 있다. 내 심장이 멈추기 전에 그 이야기를 기록하고 싶다. 예전에는 기록을 하지 않았다. 그러는 게 안전하다고 생각했기 때문이다. 하지만 그 일이 일어난 지 이제 40년이 지났고, 그것에 대한 정보가 누구에게도 피해를 주지 않을 거라고 확신한다. 숱한 이야기들이 잊히고, 남아 있는 이야기마저 사실이 아닌 경우가 허다하다. 그러니 물 이외의 누군가가 이 사실을 기억하고 있어서 다행이라고 생각할 때가 올지도 모른다.

나는 재빨리 그 날짜에서 40년 전을 헤아렸다. 은색 디스크에서 언급한 해와 일치했다. 나는 방석에 책상다리를 하고 앉아 무릎 위에 책을 올려놓고 읽기 시작했다.

내가 티 마스터로 활동하기 시작한 지 몇 년밖에 안 됐을 때였다. 아버지는 그 전해에 돌아가셨다. 날이 저문 어느 날 저녁, 노크 소리가 들렸다. 문을 여니, 남자 두 명과 여자 한 명이 베란다에 서 있었다. 그들은 이름을 밝히더니, 음식과 물을 주면 그 대가로 정원 일과 집안일을 해 주겠다고 했다. 당시만 해도 그런 일은 흔하디흔했다. 전쟁으로 집과 재산을 잃은 사람들이 부지기수였고, 물과 쉼터를 구할 수 있는 유일한 방법은 이 동네 저 동네를 떠돌며 일자리를 찾는 것뿐이었으니까. 하지만 그 사람들의 행색은 여느 방랑자와 달랐다. 옷도 아주 새것 같았고 도주 중인 듯 불안해 보였다. 남자 중 한 명은 부상을 당한 상태였다. 팔에 얼룩덜룩한 헝겊이 묶여 있었고, 피부 주변은 심하게 멍이 들어 있었다. 헝겊 가장자리 아래로 문신이 보였다. 발톱으로 눈송이를 들고 있는 가느다란 해룡이었다. 이름을 말하는 말투—한 사람은 너무 빨랐고 또 한 사람은 더듬거렸다.—를 보아하니, 지어낸 이름이 아닌가 싶었다. 하지만 그들은 완전 탈진 상태였다. 충분한 휴식도 취하지 못하고 며칠째 떠돌아다닌 모양이었다. 그들이 들고 있는 거라곤, 방수 재질의 작은 낡은 가방 하나뿐이었다. 내 생각에는 그 사람들이 그리 위험해 보이지 않았다. 그래서 그날 밤 다례원에 묵게 했다. 다례원에는 귀중품을 보관해 두지 않기 때문에, 도둑맞을 염려도 없었다. 나는 원래 잠귀가 밝은 편이라, 한밤중에 그들이 집 안으로 몰래 들어온다 해도 알아챌 거라 생각했다. 게다가 열 때마다 꽤 큰 소리가 나는 문에는 튼튼한 자물쇠가 달려 있었다. 나는 빵과 차, 이불과 베개, 전등을 가져다주었고 정원으로 통하는 길도 일러 주었다. 그런 다음 상처를 진정시키는 연고를 찾기 위해 집으로 다시 돌아갔다. 하지만 내가 연고를 가지고 다례원으로 왔을 때, 그들은 전부 곯아 떨어져 있었다. 나는 문 밖에 연고를 놔두었다.

다음 날 아침 그 사람들이 여전히 잠에 빠져 있을 무렵, 빵집 심부름꾼이 빵을 배달하러 왔다가 새로 들은 이야기를 전해 주었다. 지난 밤 군인들이 마을을 돌면서 집집마다 문을 두드리며 전범자 세 명을 찾더라는 내용이었다. 손님들이 일어났을 때, 나는 그들을 안으로 초대해서 아침 식사를 대접했다. 그러면서 그들을 유심히 살폈다. 하지만 도무지 정체를 알 수 없었다. 교육을 잘 받은 사람들처럼 예의도 바랐고 아주 정중했다. 이는 그들이 군의 특권을 누리며 성장했을지도 모른다는 방증이었다. 하지만 그들은 생전 처음 듣는 말을 내뱉었다. 군 출신 입에서 나올 법한 말은 아니었다. 좀 더 알아낼 필요가 있었다.

우리는 차를 한 잔 더 마셨다. 그러면서 나는 아침에 들은 이야기를 전했다. 그들은 순간 입을 다물었고 얼굴은 돌처럼 굳었다. 그때 군인들이 추격하는 전범자가 그들임을 직감했다. 나는 그들의 위치를 알려 주면 안 되는 이유를 말해 달라고 했다.

남자들은 처음에 말해 줄 수 없다고 버텼지만, 여자의 손짓 한 번에 다들 조용해졌다. 여자 소맷단이 움직이면서, 손목에 용 문신이 보였다. 상처 입은 남자 팔에서 본 문신과 비슷했다.

여자는 자기들이 로스트 랜드에서 오는 길이라고 했다. 그곳 물이 식수로 적합한지, 대참사를 겪은 지역들이 회복되고 있는지 조사했다고 말이다. 그 얘기에 나는 깜짝 놀랐다. 로스트 랜드에 가는 건 불법이라고 생각했으니까. 내가 큰 소리로 그렇게 말하자, 여자도 그들의 탐사가 불법이고 비밀이라는 걸 시인했다. 나머지 동료들 표정을 보아하니, 이 모든 사실을 자기들만 알고 있었으면 하는 눈치였다. 하지만 여자는 차를 한 모금 마시더니, 등을 펴면서 계속 이야기했다.

뉴 키안 군대는 어쩌다가 그들 탐사에 대해 알게 되었고 추적하기 시작했다. 그들 대장은 물을 운반하던 중 코라리Kolari 근처에서 죽임을 당했고 그때부터 그들은 도망자 신세가 되었다. 며칠 전 동료 한 명이 기록물의 몇몇 백업 파일과 촬영할 때 사용한 비디오카메라를 갖고 사라졌다. 나머지 백업 파일은 그들한테 있는데, 군에게 넘어가는 걸 원치 않았다. 그들은 도망친 동료의 생사조차 알지 못했다. 군인들이 다른 곳으로 가기만을 바라면서 며칠 동안 이 마을 근처에 숨어 있을 계획이었다.

그들 세 명은 나를 쳐다보고 있었다. 땅딸막한 갈색 머리 남자가 상처 난 곳에 손을 대고 있었다. 계속 아픈 모양이었다. 얼굴에 땀이 번들거렸다. 키 큰 남자는 아무 내색도 하지 않았다.

여자는 내게 신고하지 말아 달라고 간청했다.

나는 그들이 어째서 티 마스터 집으로 왔는지, 그리고 어째서 내가 그들을 도와줄 거라 생각했는지 물었다.

"저희 아버지도 티 마스터였어요."

여자가 말했다. 그녀는 아주 어렸을 때 물 전쟁으로 아버지를 여의었지만, 물을 잘 알고 있는 티 마스터들에 대한 이야기를 기억했다.

나는 로스트 랜드에 진짜 맑고 신선한 물이 있는지 물었다.

여자는 두 남자를 쳐다보았다. 키 큰 남자가 깊은 한숨을 내쉬며 결국 조용히 고개를 끄덕였다.

"있어요. 그리고 우리는 그 물이 군대뿐만 아니라 모든 사람의 것이 되기를 바라요."

나는 여자의 이야기에 대해 생각했다. 거짓말로 그런 얘기를 꾸며 낼 것 같지는 않았다. 그들 운명은 내 손에 달려 있었다. 전범자들을 잡으면 포상금도 후했다. 그들을 신고하려면 경찰에게 지금 바로 연락하기만 하면 된다. 사실 그들은 세 명이고 나는 혼자다. 하지만 나는 건강했고 그들은 허약했다. 그들이 알아채기 전에 밖으로 도망칠 수 있었다. 그들도 그걸 아는 눈치였다.

나는 도와주겠다고 말했다.

만일 그들이 안도하던 그 모습이 거짓이었다면, 그것은 내가 본 최고의 가면일 것이다.

나는 하나뿐인 아주 안전한 장소로 그들을 데려갔다. 무엇보다도 그곳으로 가는 길은 그들도 절대 몰라야 했다. 그래서 그들에게 눈가리개를 하게 한 후 우회 길을 따라 한 사람씩 데려갔다. 이것이 내가 은신처를 제공하는 대신 내건 조건이었다. 잠시 상의한 그들은 군말 없이 따라주었다. 그들은 지식과 추측을 총동원해서 그 위치를 알아내고, 후에 다시 그 길을 추적할 가능성이 다분했다. 하지만 그건 내가 감당해야 할 위험이었다. 그들 모두 은신처에 무사히 당도하자, 나는 음식과 깨끗한 옷을 가져오기 위해 다시 집으로 향했다.

그들은 두 주간 머물렀다. 나는 이틀에 한 번씩 그들을 보러 갔고 그때마다 마을에서 들은 최근 소식들을 전해 주었다. 그들은 자기들 얘기를 별로 하지 않았지만, 몇 가지 사실은 알게 되었다. 그들은 전부 교수였다. 물 규제를 종식하려고 투쟁하는 대규모 지하 조직의 일원인 것 같았다. 두 주가 지나자, 그들은 떠나고 싶어 했다. 그곳이 점점 갑갑해지기도 했거니와, 그곳에 너무 오래 머물다가 위험에 처할까 봐 염려스러웠던 것이다. 나는 군인들이 다른 인근 마을을 수색하려고 이동했다는 소식을 들었다. 그래서 무사히 떠날 수 있을 거라 생각했다. 나는 마을 밖으로 나가는 길을 지도로 그려 주었다. 적어도 그들에게 음식과 물을 제공하고 보호해 줄 가능성이 있는 길이었다. 처음에 그들은 쿼로야비로 가겠다고 하더니 나중에는 뉴 피터버그를 원했다. 나는 한 사람씩 은신처에서 언덕의 비탈길로 데려다주었다. 그리고 그곳에 음식 꾸러미를 남겨 두었다. 이른 봄, 동이 트기 직전이었다. 날은 이미 환해져 아침으로 향하고 있었다.

그들은 내 친절에 고마워하면서, 보답할 방법이 없다며 아쉬워했다. 나는 아무것도 필요 없다고 말했다.

여자가 미소를 지었다. 여자의 눈 색깔은 아침 어스름처럼 짙었다.

"우리 중에 누구도, 물이 다시 자유롭게 흐르는 모습을 보지 못하겠죠?"

여자가 말했다.

"그렇겠죠. 하지만 그렇다고 언젠가 그런 일이 일어날 거라는 희망까지 포기하진 맙시다."

"누군가에게는 그런 일이 일어나겠죠."

여자가 말했다.

그들은 떠났다. 나는 점점 작아지는 그들 모습을 지켜보았다. 언덕의 습곡 사이로 사라질 때까지.

나는 그들에게 무슨 일이 일어났는지 모른다. 소식도 들은 바 없다. 그들의 실제 이름도 모른다. 그들이 알아낸 정보를 지켜 냈는지도 알 수 없다. 어쩌면 정보가 그들을 지켜 줬을지도. 나는 그들이 내게 진실을 말했는지, 내가 옳은 일을 했는지도 영영 알 수 없을 것이다. 이것이 나의 마지막 이야기다. 내가 여기에 그 이야기를 기록한 후, 내 물이 제멋대로 말라 버릴지도 모른다.

나는 티 마스터의 책을 덮고 종이가 어질러진 마룻바닥을 물끄러미 바라보았다. 책 내용이 머릿속을 떠돌며, 이해할 수 없는 형상을 만들고 있었다. 티 마스터 집을 방문한, 군인들에게 쫓기던 이 여행객들이 얀손 탐사대 일원이었을까? 그 가능성은 무척 적어 보였다. 하지만 은색 디스크가 바로 이 마을에 있는 이유를 설명해 줄 수는 있었다. 만약 그들이 잡힐까 봐 두려워했고 로스트 랜드에 대한 정보가 군인들 손에 넘어가지 못하게 하고 싶었다면, 그들은 그 기록물을 무덤에 버렸을 수도 있었다.

나는 미로가 정말 언덕에 그들을 숨겼는지 점점 궁금해졌다. 어쩌면 샘에 숨겼을지도 모른다. 그것은 전무후무한 일이었을 것이다. 아버지 말씀과 행동을 종합해 볼 때, 예전에는 샘에 대해 충분히 아는 티 마스터와 그들 제자, 때때로 그들 가족까지만 샘에 갈 수 있었던 게 분명하다. 엄마도 분명 그곳에 갔을 것이다. 그럼에도 미로는 알지도 못하는 낯선 사람들을 동굴에 숨겨 줌으로써 모든 전통과 불문율을 어기고 말았다. 하지만 달리 어떤 곳을 생각할 수 있었겠는가? 미로는 그들에게 물을 가져가라고 하지 않았다. 음식만 주었을 뿐이다. 이상하게도, 그는 은신처에 대해 어떤 설명도 하지 않았다. 상세하게 묘사하는 그의 문체와는 거리가 멀었다. 일부러 그렇게 쓴 것 같았다.

입구에 있는 메시지 전송장치에서 삐삐 소리가 났다. 나는 엄마이기를 바랐다. 몇 주 전에 엄마가 숟가락을 부탁한 후로 엄마로부터 아무 연락도 받지 못했기 때문이다. 오랫동안 앉아 있던 탓에 다리가 저려왔지만, 뻣뻣해진 다리를 끌며 메시지를 읽으러 갔다. 산야한테서 온 메시지였다.

할부로 물주머니 몇 개나 팔 수 있니? 급해!! 가능하면 오늘.

한기가 가슴 속을 파고들었다. 산야는 물을 부탁한 적이 없었다. 순간 민야가 떠올랐다. 해가 아직 몇 시간은 떠 있을 테니, 통행금지 시간 전에 마을에서 돌아올 수 있을 것이다.

지금 갈게.

나는 답했다.

거실 바닥 주변에 어지른 책들은 그대로 놔둔 채, 커다란 물주머니 세 개에 물을 가득 담아 태양광 자전거 수레에 실었다. 그리고 마을 쪽으로 천천히 달리기 시작했다.

12

현관은 잠겨 있었다. 문을 두드려 봐도 안에서는 아무 소리도 들리지 않았다. 한 번 더 문을 두드렸다. 정적만이 흘렀다. 나는 물주머니가 보이지 않도록 웃옷을 벗어 그 위에 덮었다. 그리고 집을 돌아 산야의 작업실 쪽으로 향했다. 문을 열려고 했지만 안에서 잠겨 있었다. 그물망 안을 들여다보았다. 작업대 위에는 반쯤 조립된 과거 기계가 있었고 그 옆에 반쯤 먹다 남은, 씨앗 케이크가 있었다. 태양열로 돌아가는 작은 선풍기 날개가 햇볕의 열기를 식혀 주고 있었다. 하지만 산야는 어디에도 보이지 않았다.

문득 유령선에 관한 과거 세계 이야기가 떠올랐다. 배의 선원들은 아무 이유도 없이 증발해 버린 것 같았다. 구조대가 도착했을 때, 탁자 위에는 몇 자 적다 만 펜이 놓여 있었다. 구리 솥에는 빨래가 펄펄 끓고 있고 찻잔 속의 차는 여전히 따뜻했다.

"산야?"

아무 대답이 없었다.

"산야! 키라 아줌마? 얀 아저씨?"

나는 다시 소리쳤다.

산야 소리도, 산야 부모님 소리도 들리지 않았다. 심지어 집 안에서는 민야 소리도 들리지 않았다. 그런데 내가 문 쪽으로 가려고 몸을 돌린 그때, 뒤에서 철거덕하는 소리가 났다. 소리가 나는 방향을 쳐다보니, 작업실 바닥에서 산야가 올라오고 있었다. 얼굴이 벌게져 있었다.

"괜찮아?"

산야가 내 쪽으로 시선을 돌리더니, 손등으로 이마에 흐르는 땀을 닦았다.

"빨리 왔네."

산야는 책상 위의 선풍기를 끄고는, 문을 열어 작업장 밖으로 나왔다.

"네가 안 보여서, 여기 아무도 없는 줄 알았어."

나는 말했다.

"아! 탁자 밑을 뒤지고 있던 참이었어."

산야는 이렇게 말하면서 내 시선을 피했다.

그 방에는 분명히 내가 실수로 못 보고 지나칠 만한 공간따위는 없었다.

"괜찮아?"

나는 다시 물었다.

산야의 어깨가 축 처졌다.

"아니."

산야가 울먹였다. 얼굴을 실룩거리더니 눈물을 흘렸다.

"민야가……."

산야의 목소리가 거칠게 갈라졌다.

"민야가 좋지 않아. 엄마가 또 의사한테 데려갔어. 하지만 지난번에도 아무 소용없었어."

산야는 울음을 참으며 눈을 들었다.

"약을 물에 녹여야 해."

나는 산야 쪽으로 한 발을 다가갔다. 피하지 않았다. 산야가 열 살 때 언덕에서 발을 헛디뎌 발목이 삔 이후로, 산야가 우는 모습을 한 번도 본 적이 없었다. 산야는 내 어깨에 기대 흐느껴 울더니, 이내 울음을 뚝 그쳤다. 우리는 늦은 오후 작열하는 햇빛을 받으며 한동안 그렇게 서 있었다. 그러다가 산야는 뒤로 물러서며 코를 훌쩍였다.

"미안해."

산야가 말했다.

"바보 같은 소리 하지 마."

나는 산야 팔을 꾹 찌르며 말했다.

"물 가져왔어."

산야가 웃음을 잃지 않으려 애를 쓰는 모습을 보고 나는 마음이 놓였다.

"네가 물값을 받지 않겠다면, 평생 수리는 내가 책임질게."

산야가 말했다.

내가 괜찮다고 말하려고 입을 여는 찰나, 산야가 끼어들었다.

"그래야 공평하지. 네 정원에 우물이 있을 리도 없으니까."

나는 그때 산야를 쳐다보지 않았다. 산야가 내 표정에서 뭘 보게 될지 알 수 없었기 때문이다.

"앞마당에 물주머니 놔뒀어. 가자. 누가 가져가기 전에."

나는 말했다.

우리는 수레에서 물주머니를 들어 현관으로 옮겼다. 산야가 문을 열자, 며칠 안 감은 머리나 상한 우유에서나 날 법한 역겨운 악취가 문틈으로 밀려 나왔다. 거실 탁자와 그 밑에는 기름 낀 접시와 빈 머그잔이 어질러져 있고, 먹다 남은 음식들이 눌러 붙어 있었다. 구석에 있는 욕조 바닥의 탁한 물속에는 아이 옷들이 담겨 있는데, 큼지막한 짙은 얼룩이 묻어 있는 것도 보였다. 먼지 더미 옆을 지나자, 바람결에 먼지가 마루에 풀풀 날렸다.

산야가 나를 쳐다보더니, 이어서 주변을 둘러보았다. 집안 꼴이 어떤지 며칠 만에 처음으로 알아챈 듯했다.

"아수라장이지. 민야가 음식을 전혀 못 넘겨. 기저귀도 못 빨고 있어."

산야는 당황스러워 보였다. 나를 집 안으로 들이는 바람에 질병의 흔적들을 보게 한 꼴이니 말이다.

"이젠 할 수 있을 거야."

나는 애써 미소를 지으며 말했다.

우리는 물주머니를 부엌으로 옮겼다. 나는 산야를 도와, 아기 물병에 깨끗한 물을 조금 부었다. 산야는 물병을 헹궈 다시 물을 가득 채웠다. 그리고 찬장에서 천주머니를 꺼내, 흰색 가루 두 스푼을 물에 섞었다. 산야는 물병을 살살 흔들어 가루를 녹였다. 옅은 색 가루들이 뿌연 액체에 둥둥 떠다녔다.

그때 베란다에서 발소리가 났다. 산야는 아기 물병을 들고 문으로 향했다. 키라 아줌마가 민야를 품에 안은 채 안으로 들어왔다. 몇 주 만에 민야를 본, 나는 속이 뒤집어질 뻔했다. 비쩍 마르고 기운이 없어 보였다. 평소 그 초롱초롱하던 눈망울은 뼈만 남은 뾰족한 얼굴에 드리운 두 개의 그림자일 뿐이었다. 키라 아줌마도 몹시 야위었고 몸은 축 쳐져 있었다.

"더는 환자를 받을 수 없다는 구나. 병실이 있는 가장 가까운 병원이 쿠사모에 있대."

키라 아줌마가 말했다.

"그래서 어떻게 하래요?"

산야가 물었다.

"민야에게 약을 줄 테니 열이 내리기를 기다려 보자고 하더라."

"하지만 지난 몇 주 동안 계속 그렇게 했잖아요! 우리한테 물이 별로 없다고 말했어요?"

"산야! 의료 센터에는 민야보다 훨씬 심각한 환자들이 수두룩해. 의료진이라고 해 봐야 의사 두 명에 간호사 세 명, 마을에서 온 자원봉사자 몇 명이 전부야. 게다가 암시장에 석 달 치 물을 빚지고 있대. 다음 달에도 계속 병원을 운영할 수 있을지 의문이라는구나."

키라 아줌마 목소리에는 힘이 하나도 없었다.

우리 사이의 분위기가 점점 무거워졌다. 키라 아줌마가 이미 알아챘을 그 사실을, 산야도 나도 깨닫게 되었다. 의사들은 민야를 집으로 돌려보내 죽게 하는 것 말고는 선택의 여지가 없었던 것이다.

산야는 약이 든 아기 물병을 키라 아줌마에게 건넸다.

"깨끗한 거지?"

키라 아줌마가 물었다.

"네."

내가 말하자, 키라 아줌마와 산야 둘 다 나를 뚫어지게 쳐다보았다. 키라 아줌마 얼굴에 뭔가 생각났다는 표정이 스치고 지나갔다.

"우리가 돈을 못 줄 수도 있다는 거 알지?"

키라 아줌마가 물었다.

그 말은 나뿐 아니라 산야도 들으라고 하는 말이었다.

"안 주셔도 돼요."

나는 대답했다.

키라 아줌마는 낡은 팔걸이의자에 앉아 아기 물병을 잡고 민야에게 물을 먹였다. 민야는 입을 벌릴 힘조차 없었지만 키라 아줌마가 한참을 어르고 달랜 끝에, 병에 있는 물 몇 방울을 겨우 핥아 먹었다. 아줌마는 민야를 방으로 옮겼다.

"산야. 잠깐 이리 올래?"

아줌마가 불렀다.

"여기서 기다릴게."

내가 말하자, 산야는 고개를 끄덕였다. 키라 아줌마는 문 뒤에서 작은 목소리로 말했지만 다 들렸다. 나 들으라고 하는 것 같았다.

"저 애한테 물을 부탁하지 말지 그랬어."

아줌마가 다그치자, 산야도 언성을 높였다.

"그럼 어떻게 해요? 수도관도 어떻게 될지 모른다고요. 이제 없는 부품을 구하기도 힘들고, 값도 치솟았다고요."

키라 아줌마가 한숨을 내쉬었다.

"알아. 산야! 그리고 물을 구하는 건 네 책임이 아니야. 민야가 좀 괜찮아지면, 그 애랑 인근 마을로 바느질을 하러 돌아다닐 수 있을 거야. 아니면 쿠사모에 있는 군화 공장에서 일자리를 구할 수도 있고. 난 그저 누구에게도 마음의 빚을 지고 싶지 않구나."

충분히 들었다. 나는 베란다로 걸어 나와, 조심스레 문을 닫았다. 계단에 앉아 주위를 둘러보았다. 모래 속에서 힘없이 흔들리는 해바라기 싹들, 먼지가 살짝 내려앉은 방치된 의자 두 개, 의자 틀에 매인 채 그 위를 덮고 있는 해초 차양을 바라보았다. 내리누르는 오후의 나른함에 주변 마당이나 집들도 칙칙하고 고단해 보이기는 마찬가지였다.

얼마나 그러고 있었는지 모르지만, 어느 순간 산야가 집 밖으로 나와 내 뒤로 조용히 문을 닫았다.

"두 사람 다 잠들었어. 우리 집에서 간만에 보는 모습이야."

산야가 말했다.

나는 목소리를 낮춘다고 낮췄지만, 생각보다 날선 말투가 튀어나왔다.

"너 미쳤어?"

산야가 내 쪽으로 고개를 획 돌렸다. 최근 몇 주 간의 고단한 생활이 얼굴에 묻어 있었다. 나는 가슴이 조여들었지만 계속해서 말을 이어갔다.

"허가 없이 수도관을 만드는 게 얼마나 위험한 일인지 알아? 만에 하나 물 순찰대에게 발각되기라도 하면⋯⋯."

순간 텅 빈 작업실과 철커덕하는 소리, 산야가 갑자기 나타났던 모습이 떠올랐다.

"작업실 아래에 있구나. 그렇지? 네 공사장 말이야."

피곤에 절어 멍해 있던 산야 얼굴에, 순간 곤혹스러움 아니 절망감이 고스란히 드러났다.

"배급받는 물로는 턱없이 모자라. 물을 더 살 여유도 없고. 아버지가 간신히 부탁해서 급료 일부를 물로 받고 있지만, 이따금 더러운 속옷을 담근 듯한 구린내가 나."

나는 얼굴을 찡그렸다.

"뭐라고 한마디 하면 안 돼?"

내가 묻자, 산야가 코웃음을 쳤다.

"누구한테? 우리에게 불법으로 물을 준 그 관리한테?"

나는 산야의 말뜻을 알아챘다.

"그만둬! 다신 수도관 근처에 얼씬도 하지 마."

나는 단호하게 말했다.

산야는 못미더운 듯 나를 뚫어져라 쳐다보았다.

"너라도 선택의 여지가 없을걸. 네가 물 범죄자로 감옥에 끌려가는 한이 있더라도 말이야. 안 그랬다간 네 가족이 목말라 죽게 된다고."

순간 말문이 막혔다. 산야가 이토록 매몰차게 말한 적이 거의 없기 때문이다. 본인도 매정한 자기 말투에 적잖이 놀란 모양이었다. 산야는 내 손을 꼭 잡았다.

"미안해. 노리아. 내 말은 그런 게 아니라……."

"얼마나 필요해?"

"노리아……."

"얼마나?"

산야는 나를 똑바로 쳐다보았다. 검은 눈이 번뜩였다.

"네가 줄 수 있는 것보다 훨씬 많이. 하루에 두 주머니."

산야가 말했다.

"갖다 줄게."

산야는 고개를 저었다.

"너도 물이 필요하잖아. 안 돼."

"돼."

나는 말했다.

산야는 뭔가 물어보고 싶은 눈치였다. 나는 물어보지 않은 것에 감사했다. 거짓말할 필요가 없어졌으니.

산야와 나 사이에 뭔가 변화가 생겼다. 그래서 나는 당시 아무 말도 하지 않았고, 어쩌면 지금도 아무 말 못 하고 있는지도 모른다. 산야는 수도관이나 민야의 병에 대해 내게 말하지 않았다. 나도 샘에 대해 산야에게 말하지 않았다.

물이 돌을 깎아 내듯, 비밀도 우리의 관계를 깎아 냈다. 겉으로는 달라진 게 없지만, 우리가 누구에게도 말하지 못할 비밀 때문에 우리는 안달하며 피폐해진다. 그리고 우리 삶은 서서히 비밀 주변에 자리를 잡고 그 모습으로 변해 간다.

비밀은 사람 사이의 끈을 갉아먹는다. 가끔씩 비밀이 우리 눈을 멀게 할 수도 있다. 만일 비밀이 우리 안에 만들어 놓은 침묵의 공간으로 누군가를 들인다면, 우리는 더는 혼자가 아니다.

나는 정기적으로 산야에게 물을 주기 시작했다. 산야는 말없이 받아들였다. 민야는 눈에 낀 안개가 걷히면서 주변에 일어나는 일들을 보고 이해하게 되었다. 입 안에 말도 돌아왔다. 팔다리는 헐벗은 겨울 나뭇가지처럼 여전히 앙상했지만 생명에는 지장 없었다. 나를 대하는 키라 아줌마의 태도에는 고마우면서도 피하고 싶은 듯 어색한 데면데면함이 뒤섞여 있었다. 가끔 얀 아저씨를 볼 때가 있다. 그럴 때면 아저씨는 물 얘기는 입도 뻥긋 안 했고, 그저 다례원이나 정원에 고칠 데는 없는지만 몇 차례 물어보곤 했다. 나는 늘 없다고 대답했다.

그러는 동안, 얀손 탐사대에 대한 정보를 찾는 일이 막다른 골목에 이르렀다. 티 마스터 미로의 마지막 다이어리 내용에서 영감을 얻은 나는 나머지 티 마스터의 책들을 모조리 훑어보았다. 하지만 하나같이 내가 이미 알고 있는 내용들이었다. 플라스틱 무덤은 비밀을 지키고 있었다. 비밀이 있다면 말이다. 그래서 무덤을 찾아갔다. 하지만 산야에게 주려고 주머니에 넣은 날카로운 금속 조각과 몇몇 부품 때문에 생긴 상처 말고는, 아무런 성과도 없었다. 침묵이 곳곳에서 내게 벽을 세웠다. 메시지 전송장치 불빛도 깜박일 기미조차 보이지 않았다. 부드러운 잔디는 정원 흙

속에서 말 없는 줄기들을 밀어내고, 아버지의 유해는 땅의 장막 속에 소리 없이 잠들어 있었다.

그러던 어느 늦봄 아침. 드디어 침묵이 깨졌다.

그날은 여름으로 가는 여느 때와 다르지 않았다. 구름 낀 하늘은 윤기 흐르는 금빛으로 뒤덮이고 성긴 나무들과 덤불 가지 위에 연녹색 나뭇잎의 은은한 광채가 번득였다. 거리는 한산했다. 나는 어느 집 앞을 지나다가, 해초 차양 아래에 앉아 있는 나이 지긋한 노부부를 발견했다. 할머니의 주름진 두 뺨으로 눈물이 흘러내리고 있었다. 할아버지는 할머니 어깨를 감싸 안았다. 나는 시선을 돌렸다.

내가 물주머니들을 가지고 산야 집에 도착했을 때, 산야는 문 앞에서 나를 기다리고 있었다.

"얘기 들었어?"

산야가 물었다.

산야 표정을 보고는 심장이 오그라들었다.

"무슨 일인데? 괜찮아?"

"응. 실은, 아냐."

산야는 잠시 뜸을 들였다. 불안한 기색이 얼굴을 스치고 지나갔다.

"대문에 파란 동그라미 표시가 있는 회색 집 말이야. 의료 센터 근처에 있는 거."

아무것도 보이지 않는 창문과 드리워진 커튼, 텅 빈 마당길, 거리에서 시선을 피하던 이웃 주민들이 떠올랐다.

산야가 말했다.

"다들 짐작했다시피, 그 집 사람들은 쫓겨나지 않았어. 가택 연금으로 거의 두 달 동안 안에 갇혀 있었나 봐. 밤낮으로 감시를 받으면서 말이지. 그 사람들 아무 데도 못 나가니까, 군인들이 목숨을 부지할 정도로만 물과 음식을 대 주고 있었대. 오늘 아침 그들이 밖으로 끌려나왔어. 그리고⋯⋯."

산야는 간신히 그 말을 입 밖에 내뱉었다.

"사형당했어."

"확실해?"

선명한 파란색 동그라미가 눈앞에 선했다. 그 집의 벗겨진 페인트칠에 생긴 멍처럼, 호수에 반사된 하늘빛, 군복 색깔이 눈부시게 빛났다. 지난달 축제 이후 별의별 일들이 다 일어났건만, 쉽사리 믿어지지가 않았다.

"아버지가 봤대. 중앙 광장으로 가는 길이었는데, 군인들이 그 집 사람들을 끌고 나오더니 앞마당 한가운데에서 목을 베더래. 지나가는 사람들이 전부 봤대."

산야가 말했다.

그 장면을 애써 상상하지 않아도, 내 머릿속은 나를 앞서갔다. 연약한 피부를 가르며 흙빛을 비추는 번득이는 칼날, 푸른 군복을 걸친 팔의 움직임, 마당의 옅은 모래에 번지는 피 웅덩이, 그 위에 산산이 부서지는 햇빛.

"이제부터 일어날 일이 이건가?"

산야가 목이 멘 듯, 가쁜 목소리로 물었다.

"누구든 자기 집 앞마당에서 사형당할 수 있고, 아무 때나 집 안에 감금당할 수 있고?"

"끝날 거야. 그래야 해."

나는 말했다.

"그렇게 안 되면?"

산야가 나를 뚫어져라 쳐다보았다. 나는 산야 얼굴에서 그런 적나라한 절망감을 본 기억이 없었다.

"사람들은 끊임없이 물이 필요할 거야. 그러니 불법이더라도 위험을 무릅쓰고 수도관을 만들겠지. 나는……."

산야가 내게 무슨 말을 하려는지 직감했다.

"설마 너 수도관 계속 만들고 있는 건 아니지?"

나는 다그쳐 물었다.

산야는 고개를 푹 숙였다. 짙은 머리카락이 흘러내려 얼굴을 뒤덮었다.

"노리아, 평생 네 물에만 의존할 순 없잖아. 너도 필요할 거야."

산야가 말했다.

나는 옛날 티 마스터들과, 그들의 선택, 의무에 대해 생각했다.

전통에 맞서 자기가 옳다고 믿는 일을 행한 마스터 미로를 떠올렸다. 이곳에 없는 부모님, 그리고 내 곁에 있는 산야를 생각했다.

"가자. 네게 보여 주고 싶은 게 있어."

나는 말했다.

우리는 언덕으로 향했다. 어렸을 때, 우리는 뻔질나게 그곳을 드나들며 낯선 야생 풍경 속에서 슬기롭고 용감한 탐험가 놀이를 하곤 했다. 칙칙한 구름이 지평선에 어두운 벽을 세우며 점차 하늘을 둘러싸고 있었다. 내 발은 가는 길을 꿰고 있었고 돌에 걸리지도 않았다. 그 풍경 너머로, 기억 속에 박힌 또 다른 풍경이 어렴풋이 모습을 드러냈다. 점차 넓어지는 길, 저 멀리 떨어진 산처럼 높디높은 언덕 꼭대기, 점점 커지면서 오르기도 버거워지는 바위들, 그 바위 옆 마른 강바닥에 난 깊은 상처들. 오랜 세월에 걸쳐 형성된 이런 모습과 비교하니, 모든 게 하찮고 시시해 보였다. 나는 험준하고 어두컴컴한 혼란스러운 풍경 속으로 한 발 한 발 내딛는 기분이었다. 아이 같은 내 눈에는 언덕보다 그 풍경이 훨씬 더 장엄해 보였다. 내 뒤로 길가 돌멩이들이 진동하면서 길의 윤곽이 모래 속으로 허물어지는 소리가 들리는 듯했다. 뒤를 돌아보면, 사막과 지평선 저 너머 뾰족하고 짙은 녹색 숲 꼭대기만 보일 뿐, 집과 마을은 자취도 없이 사라지고 모든 도로도 파묻힌 것만 같았다. 우리는 가려는 사각지대를 향해 계속 가는 것밖에 다른 선택의 여지가 없었다.

산야는 우리가 가는 곳이 어딘지도 묻지 않은 채, 말없이 나를 따랐다.

동굴 입구에 도착하자, 산야가 말했다.

"여기 기억나! 뉴 키안 최고 핵심 탐험가 협회 본부잖아."

"따라 와."

나는 산야에게 말했다.

동굴 안으로 기어 들어가서, 바위의 우묵한 곳에서 레버를 찾았다. 이제 내 손가락은 그것을 쉽게 찾아냈다. 돌은 메마르고 거칠고 차갑게 느껴졌다. 동굴 천장에 있던 덮개가 열렸다. 반딧불이 전등의 끊임없이 움직이는 불빛이 어스름한 산야 눈에 비쳤다. 마치 산야의 생각들이 빛을 내며 펄럭펄럭 움직이는 것 같았다.

"여기 뭐야?"

산야가 의아해하며 물었다.

"세상에 존재하지 않는 곳."

나는 대답했다.

안쪽으로 점점 깊숙이 들어갈수록, 언덕의 익숙한 냉기가 서서히 우리에게 밀려왔다. 내 뒤로 산야의 발소리가 들렸고, 밖에서부터 시작된 이상한 마법은 계속되었다. 샘에서 들려오는 희미한 울림이 벽에 나지막이 부딪쳤다. 내가 뒤를 돌면, 산야가 동굴의 우묵한 곳으로 사라져 지하의 어둠 속 그림자가 될 것 같은 느낌이 자꾸 들었다. 우리가 움직일 때마다, 그 모습이 거미줄처럼 희미하게 벽에 나타났다. 나는 샘에 도착할 때까지 걸음을 멈추지 않았다. 동굴 안의 물도 바위를 지나 샘으로 발길을 재촉했다.

뒤에서 산야가 헐떡거리는 소리가 들렸다. 내 옆으로 다가온 산야는 팔을 꽉 잡았다. 산야 손이 떨리는 듯했다. 가는 조각달 모양의 산야 손톱이 살 속으로 파고들었다.

"이거, 이 물이 전부 너희 거야?"

"응."

나는 대답했다. 산야 손가락에 힘이 들어갔다.

"아니."

나는 다시 고쳐 말했다.

산야가 나를 돌아보았다. 황당해하는 느낌이 고스란히 전해졌다. 산야는 몹시 화를 냈다.

"네가 어떻게?"

산야가 내뱉었다.

"어떻게 이걸 숨길 수 있어? 너희 가족들도……."

산야 목소리가 떨리고 있었다.

"민야도 먹을 수……."

당혹감이 얼굴에 물밀 듯 밀려왔다. 산야를 쳐다볼 수가 없었다.

"네가 어떻게?"

산야가 되뇌었다.

두려움이 똬리를 틀며 내 속에 단단한 매듭을 지었다. 내가 무슨 기대를 했는지 모르겠다. 고마움? 안심? 어쩌면 흥분이었을지도 모른다. 산야에게 내 비밀의 일부를 알려 줬으니까. 다른 사람을 샘에 데리고 오면 내가 위험해질 거라는 걸 알고 있었다. 하지만 그 위험이 산야 때문일 거라는 생각은 해 본 적이 없었다. 하지만 이제 더는 확신이 없었다.

"다른 사람에게 말하지 않겠다고 약속해."

나는 서둘러 말했다.

"샘이 비밀로 남아 있어야만 너를 도울 수 있어."

"너한테는 그럴 권리 없어."

산야가 몰아붙였다.

나는 여전히 산야를 쳐다볼 수가 없었다.

"산야."

입을 뗐지만 목소리가 거의 나오지 않았다.

"누군가 이걸 찾아낸다면 어떤 일이 벌어질 것 같니?"

산야는 여전히 내 팔을 잡고 있었다. 나는 고개를 들었다.

산야 얼굴에는 그림자가 두껍게 드리워지고 몸은 잔뜩 경직돼 있었다. 그때 산야의 두 눈 속에 뭔가가 움직였다. 어깨의 긴장이 풀리고 표정도 한결 부드러워졌다. 목소리가 다시 차분해졌다.

"그래도 이건 옳지 않아."

산야가 말했다.

"알아."

나는 인정했다.

늘 그렇듯 동굴 안은 추웠다. 습한 기운이 뼛속까지 파고들었다. 하지만 산야는 걷느라 얼굴이 벌겋게 달아올라 있었다. 언제나 나보다 추위에 강했다.

"너 뭐하는 거야?"

나는 물었다. 산야가 옷을 벗기 시작했기 때문이다. 카디건을 돌 위에 던지고 머리 위로 셔츠를 벗은 다음 신발 끈을 풀었다.

"마지막으로 깨끗한 물로 목욕한 지가 언제인지 기억조차 안 나는 거 알아?"

산야가 말했다.

그러면서 나머지 옷도 어깨 위로 벗더니 조심스레 연못 가장자리로 걸어갔다. 바위가 마모되어 물속으로 완만하게 경사진 곳을 찾아냈다. 샘 안에 발을 집어넣은 산야가 몸서리쳤다. 하지만 멈추지 않고 허리에 이를 때까지 물속으로 천천히 들어갔다. 그렇게 좀 더 깊이 헤치고 나아가더니 웅크리고 앉았다.

물속에 던져진 매끄러운 돌처럼, 물은 산야를 감싸 안았다. 산야는 몸을 덜덜 떨면서 검은 머리카락을 수면 위로 드러냈다. 흔들리는 전등 불빛에, 거의 반투명해 보일 정도로 창백하고 가냘

팠다. 물의 정령이 이 세상 언저리에 붙잡힌 모양새랄까.

"안 차가워?"

나는 물었다.

"와서 너도 해 봐."

산야가 부추겼다.

물이 돌을 깎아 내듯 비밀도 우리를 깎아 낸다.

비밀이 우리 안에 만들어 놓은 침묵의 공간으로 누군가를 들인다면, 우리는 더는 혼자가 아니다.

나는 옷을 벗고 샘으로 들어갔다. 살을 에는 물의 냉기가 사지로 파고들고 등을 쥐어짜도, 오롯이 버티면서 내 몸에 자리를 잡도록 내버려 두었다. 동굴 바닥에 있는 자갈들은 동글동글 매끄럽게 다듬어져 있었다. 하지만 물속을 들여다봐도 어두워서 내가 어디를 디디고 있는지 알 수가 없었다. 내 발이 미끄러지자, 산야가 나를 도와주기 위해 손을 뻗었다.

나는 산야 손을 잡았다. 그리고 눈을 감았다.

동굴 밖 저 먼 곳에서는 시간이 똑딱똑딱 흘렀다. 바위에 바람이 휘몰아치고 빛은 천천히 변해 갔다. 그리고 우리는 말없이 가만히 있었다.

겉으로는 달라진 게 없지만, 우리 삶은 서서히 비밀의 주변에 자리를 잡고 그 모습으로 변해 간다.

마침내 산야가 내 손을 놓고 뒤로 물러났다. 산야는 한 발, 또

한 발을 떼었다. 눈살을 찌푸리자, 일그러진 주름이 생겼다. 아래를 내려다보며, 어스름한 물속을 통해 샘 안을 들여다보려고 애를 썼다. 그리고 발로 바닥을 쓸었다. 나도 가까이 다가갔다. 그런데 그때 내 발바닥 아래로 뭔가 매끄러운 것이 느껴졌다. 반짝이는 단단한 물질로 만든 판 같은 것이었다.

"노리아. 이게 뭐야?"

산야가 물었다.

그 상자는 반들거리는 나무로 만들어져 있었다. 표면에는 미끌미끌한 짙은 해조류가 얇게 덮여 있고, 티 마스터의 책 두세 권을 포개 놓은 것마냥 두툼하면서 좀 더 길쭉했다. 상자에는 자물쇠가 없었다. 넓은 가죽 띠 두 개가 상자를 조여, 꽉 닫고 있었다. 우리는 그것을 전등 불빛 쪽으로 돌렸다. 나는 띠 하나를 끄르기 시작했다. 산야가 물었다.

"이걸 열어도 될까?"

"모르겠어. 하지만 안에 뭐가 들었는지 알고 싶지 않아?"

나는 솔직히 답했다.

그러자 산야는 고개를 끄덕이더니 반대쪽 띠를 풀기 시작했다.

상자 안에는 또 다른 금속 상자가 들어 있었다. 단단히 봉인되어 있었지만 역시 자물쇠는 없었다. 겉면을 통해 물이 배어들긴 했지만, 금속 상자 안에는 물기가 전혀 없었다. 두꺼운 비닐 랩으로 싸인 덕에, 매듭이 진 천을 볼 수 있었다. 나는 비닐 랩을 벗기고 천을 펼쳤다. 누렇게 바랜 셔츠였다. 우리는 묶여 있던 셔츠를 말없이 빤히 쳐다보았다.

접힌 셔츠 안쪽에는 매끄럽게 빛나는 은색 디스크 여섯 개가 들어 있었다.

그날 밤, 비가 내렸다. 대지의 흙먼지가 진흙처럼 짙은 거품을 일으키고 좁다란 개울이 돌과 마당, 말라죽은 나무줄기와 만날 때까지 주룩주룩 내렸다. 사람들은 입을 벌려 하늘에서 내리는 비를 바로 마시며, 이름 모를 신께 감사드렸다. 빗물이 후드득 소리를 내며 양동이와 통 안으로, 지붕 위로 떨어졌다. 그 소리는 부드러운 손가락으로 풍경을 감쌌고 토양과 잔디, 나무뿌리를 살며시 어루만지는 듯했다.

나는 산야랑 다례원의 베란다에 앉아, 벽과 마룻바닥에 놓인 희미한 반딧불이 전등 불빛을 지켜보았다. 내 옆에 산야의 온기가 느껴졌다.

은색 디스크 일곱 개가 나무 탁자 위에서 반짝반짝 빛을 냈다.

밤은 소리 없이 찾아왔다. 다른 것은 아무것도 필요하지 않았다.

13

"바로 전으로 다시 돌려줄래?"

나는 부탁했다.

산야는 왼쪽을 가리키는 화살표 두 개가 그려진 버튼을 눌렀다. 기록을 하다 보니 손목이 쿡쿡 쑤셨다. 내가 손목을 터는 동안, 스피커에서 뒤로 감기는 찍찍거리는 소리가 났다. 산야가 손가락을 버튼에서 떼자, 목소리가 들렸다.

"……우리가 모든 결과를 확인할 때까지 말이다. 그럼에도 분명한 건, 적어도 솔트펠레트 스바티센Saltfjellet Svartisen, 레이보Reivo, 그리고 말름바르예트Malmberget와 콜라리 사이의 대다수 땅에 이미 마시기 적합한 수원이 어느 정도 있다는 것이다. 우리 추측에 따르면, 50년 이내에 전부 그렇게 될 것이다."

"거기서 멈춰 봐."

내가 말하자, 산야가 디스크를 멈췄다. 나는 마지막 문장을 노트에 적었다.

우리는 작업실 바닥에 과거 기계며, 디스크, 엄마 서재에서 가져온 책들을 둥그런 모양으로 질서정연하게 배치했다. 나는 과거 세계 시절의 로스트 랜드 지도가 수록된 두꺼운 책 하나를 집어, 그 지역 이름들을 손가락으로 훑었다. 가장 먼저 눈에 띈 이름은 레이보였다. 그곳에 동그라미를 쳤다. 상체를 뒤로 젖히자, 목과 등 근육이 뻐근했다.

"좀 쉬어야 할 것 같아."

나는 말했다. 우리는 몇 시간째 앉아 있었다.

산야가 어깨를 으쓱했다.

"전부 기록하자고 한 사람은 너야. 차 좀 가져올게."

산야가 몸을 일으키는 동안에도, 나는 녹음기에서 언급한 지역들을 계속 찾으며 지도에 표시했다.

"난 네가 그 정보를 가지고 뭘 할 건지 아직 모르겠어."

산야가 나가면서 말했다.

"나도 몰라."

말은 그렇게 했지만, 완전히 그런 건 아니었다.

은색 디스크들은 돌돌 싸였던 천 위에 일렬로 놓여 있었다. 디스크에는 1부터 7까지의 숫자가 적혀 있는데, 각 디스크 초반에 언급한 날짜를 기준으로 우리가 순서를 정한 것이다. 지금까지 디스크 네 개를 빠짐없이 들었고, 나는 각 내용을 기록했다. 그래야 내용을 일관성 있게 정리할 수 있기 때문이다. 하지만 문제가 있었다. 가끔씩 알아듣기 힘든 단어들이 튀어나오는가 하면, 오랜 세월 탓에 잘 안 들리는 곳이 군데군데 있었다. 어떤 부분은 너무 심하게 긁혀 있어, 기계가 매번 그 부분을 건너뛰기도 했다. 그뿐 아니라 기재사항들 사이에도 며칠 혹은 몇 주가 통째로 빠져 있기도 했다. 그래서 나는 디스크의 원래 개수가 열 개나 그 이상이 아니었을까 추측했다.

이제 모든 디스크의 출처가 같다는 걸 확신했다. 디스크 중에는 남자 두 명의 목소리도 있었는데, 그중 한 목소리는 첫 번째 디스크에서 들은 목소리와 일치했다. 또한 미로가 트와일라잇 세기에 숨겨 준 정체불명의 탐사대원들이 바로 당시 살아남은 얀손 탐사대원이며, 미로가 언덕의 동굴 안에 그들을 숨겨 줬을 거라는 확신이 들었다. 안 그랬다면, 디스크들이 샘에 있는 이유를 설명할 수 없었다. 나는 탐사대원들의 흔적을 찾고 싶은 마음이 간절했다. 하지만 노트나 지도를 보며, 디스크를 듣는 것은 너무나 오랜 시간을 필요로 했다. 또한 이야기가 완벽하게 완성될 수 없다는 것도 이미 알고 있었다. 현실의 우리와 얀손 탐사대 사이의 시간은 너무 동떨어져 있었다. 오랜 세월이 흐르면서 많은 정보가 손상된데다, 과거 모습들도 더는 존재하지 않는 세상의 먼지 속으로 휩쓸려 버렸다. 우리는 특징도 윤곽도 확실치 않은, 그저 희미한 형체를 소환할 수 있을 뿐이다.

하지만 세월이 흐르고 부식 과정을 겪었으면서도, 모든 형체에는 나를 흥분시키고 떨리게 하는 뭔가가 있었다. 갑자기 피부가 조여들면서, 내 삶은 어느 쪽으로 고개를 돌리든 꽉 막힌 듯했다. 얀손 탐사대는 실제로 존재했고 살아 숨 쉬었다. 그들은 과거 시대의 고속 차량에 음식과 물, 실험 도구들을 가득 챙겼다. 어찌된 영문인지는 모르지만, 그것을 모두 싣고 경비병이 지키는 국경선을 넘어 로스트 랜드로 이동했다. 그리고 수십 년 동안 아무도 내딛지 않은 바위투성이의 길에 올랐다. 피오르드의 비탈길에서, 물에 잠긴 마을을 내려다보았다. 절벽에서 흘러온 개울물과, 빙하가 떠 있는 어두운 호수에 손가락을 담갔다. 그리고 장비를 통해 그 물이 마실 수 있는 물임을 알아냈다. 그들이 내딛은 모든 발걸음이 목적을 이뤄 낸 것이다.

꿈속에서 나는 그들과 함께였다. 그 기이한 풍경 속에서도 물소리는 항상 들렸다. 하지만 그들 얼굴을 볼 수도, 그들과 말을 나눌 수도 없었다. 그들은 저 멀리 떨어져 있었다. 나는 형체 없는 영혼일 뿐, 사람들이 사는 땅으로 가지도 못한 채 어두운 강에 갇혀 버린 듯했다. 산야는 항상 내 곁에 있었고 우리 주변의 모든 것은 또렷했다. 하얀 눈으로 덮인 언덕 꼭대기. 상쾌한 공기. 빛으로 너울대는, 마치 딴 세상처럼 한없이 눈부신 하늘을 비추는 맑은 물.

꿈에서 이야기까지의 거리는 멀고, 이야기에서 행동까지의 거리도 마찬가지다. 하지만 잘 들으면 들을수록 그 거리는 점점 가까워졌다.

문이 쾅 닫혔다. 산야가 작업실로 들어와서 미지근한 찻잔을 건넸다. 산야가 흘린 차 한 방울이 찻잔 옆면에서 내 손가락으로 흘러내렸다

"오늘은 더 못할 것 같아. 집에 바래다 줄래?"

나는 산야에게 말했다.

물론 이 말은 '물 가지러 갈래?'라는 뜻이다. 하지만 그 말을 입 밖에 내지 않았다. 그러자고 약속한 것은 아니었다. 편하게 물 이야기를 하는 건, 우리끼리 있을 때뿐이었다. 마을에서 그랬다간 자칫 물이 있다고 자랑하거나 다른 사람에게 물을 구걸하는 거로 오해받기에 십상이었다.

"오늘은 안 돼. 엄마가 이번 주부터 군 식당에서 일을 하시게 됐어. 민야랑 집에 있어야 돼. 내일 갈게."

산야가 아쉬워했다.

"내일은 안 되는데. 다례원에 손님들이 오실 거야."

산야가 실망한 눈치였지만 시간을 내기가 어려웠다. 쿼로야비의 부시장은 까다로운 손님이고, 동이 틀 때부터 밤늦게까지 온종일 손님이 예약되어 있었기 때문이다. 더는 손님을 잃을 수 없었다. 아버지의 단골손님들은 장례식 날 애도의 말을 전하면서 내가 다례원의 티 마스터가 됐으니 계속 찾아오겠노라 약속해

놓고선, 아버지가 돌아가신 후 대부분 발길을 끊었다. 아버지가 살아 계셨을 때, 평소 다례원을 찾는 신규 손님들은 볼린 대령의 추천을 통해서였다. 하지만 이젠 대령도 후원자 노릇을 못 할 거라 했다. 그의 말이 맞았다. 아버지 장례식 이후, 나는 볼린 대령 소식을 전혀 듣지 못했다.

"그럼 그다음 날 올래?"

내가 묻자, 산야가 고개를 끄덕였다. 나는 방충 모자를 머리에 눌러 쓴 다음, 노트와 가방을 챙겼다. 그리고 철망 문을 지나 먼지 낀 메마른 오후 속으로 향했다.

그런데 산야 집 대문을 나설 때, 마을 외곽에서 군인 한 명이 다가오는 게 보였다. 나는 시선을 피했다. 다들 그래야 한다고 배웠다. 하지만 도로 위를 지나는데, 그가 인사를 했다. 깜짝 놀란 나는 그를 쳐다보았다. 알아보는 데 시간이 좀 걸렸다. 그는 지난여름 산야에게 말을 걸던 바로 그 금발 머리 군인이었다. 당시 타로 사령관은 군인들을 몰고 와서 우리 땅에 물이 있는지 수색했었다.

나는 마을 밖으로 구불구불 이어진 길로 몸을 틀었다. 힐끗 쳐다보니, 군인이 산야네 문 앞에 멈춰 서 있었다.

아버지가 돌아가신 후, 혼자서 다례를 치른 게 처음은 아니었다. 비록 눈에 보이지는 않지만, 아버지의 존재 안에서 마음의 평안을 찾는 법을 터득했다. 아버지에 대한 기억은 다례원과 아주 밀접하게 연결되어 있었다. 그래서 아버지가 여전히 이곳에 앉아 계시면서 내 움직임 하나하나를 예의주시하며 엄하지 않게 나를 가르칠 준비를 하는 느낌이었다. 하지만 이번에 머릿속에 떠오른 아버지 모습은 어둡고 심각해 보였다. 아버지도 내 속내를 알아챈 모양이다. 나는 벽에 걸린 그림에 대한 부시장의 질문에 고분고분 답변해 주었고, 특별한 지시를 받아 준비한 다과를 대접했다. 그리고 부시장이 원하는 만큼 차 맛이 강해질 때까지 우려냈다. 하지만 온종일 집중에 필요한 평온한 마음에 이를 수가 없었다.

약속을 어기는 것은 참기 어렵다. 죽은 사람을 기쁘게 한다는 건 힘든 일이지만, 간혹 그렇게 하지 않는 것이 더 힘들 때도 있다.

나는 다례원에서 손님을 맞이하느라 녹초가 되었다. 밤늦게 다례원 문을 잠그고 반딧불이 전등을 비추며 집으로 향하는데, 팔다리가 천근만근 무거웠다. 유리처럼 금방 깨져 버릴 것만 같았다. 너무 고단해서 저녁을 차릴 힘도 없었다. 나는 초여름 아스라한 달빛을 받으며 침대로 들어가 그대로 잠이 들어 버렸다.

문을 두드리는 소리에 잠이 깼다.

"노리아? 집에 있니?"

베란다에서 산야 목소리가 들렸다.

"잠깐만."

나는 이렇게 소리친 후 벌떡 일어섰다.

창밖을 내다보았다. 햇빛이 정원을 밝게 비추고 있었다. 나는 재빨리 샌들을 신고 약간 비틀거리면서 현관문을 열었다. 산야가 베란다에 서 있었다. 빈 물주머니 네 개를 함께 묶어 손에 들고 있었다.

"아침 일찍 메시지 보냈는데. 답하는 걸 잊었나 봐? 그래도 약속한 대로 왔어."

나는 산야가 온다는 걸 까맣고 잊고 있었다. 벽에 걸린 메시지 전송장치를 보니, 정말 빨간 불이 깜박거렸다. 나는 머리를 뒤로 쓸어 올렸다.

"아무 소리도 못 들었어. 지금 몇 시니?"

나는 물었다.

"그렇게 늦은 시간은 아니야. 9시쯤 됐을걸. 아무튼, 내가 좀 서둘러 왔어."

나는 문을 좀 더 활짝 열고 옆으로 비켜섰다. 산야는 물주머니를 들고 안으로 들어오더니 방충 모자를 벗었다. 그제야 산야가 해초로 엮은 우편낭을 들고 있다는 걸 알아챘다. 산야는 그걸 건넸다.

"우연히 집배원 아저씨를 만났어. 내가 여기 가는 길이라고 했더니, 이걸 전해 달라더라. 걷는 수고를 줄일 수 있다면서."

나는 우편낭을 받았다. 엄마가 보낸 거라는 확신이 들었기에,

바로 열어 보았다. 안에는 배터리가 조금 남은 메시지 전송장치
가 들어 있었다. 그래도 상태는 비교적 양호한 편이었다. 쪽지 같
은 거라곤 눈 씻고 찾아도 없었다.

"이상하네."

나는 말했다. 산야 표정을 보니, 같은 생각인 모양이었다.

"나한테 온 거 확실해?"

"집배원 아저씨가 그렇다고 했어."

나는 메시지 전송장치를 켜 보려고 했다. 하지만 화면은 계속
해서 먹통이었다.

"배터리가 나갔나 봐."

산야가 말했다.

나는 바스락거리는 빈껍데기 같았다. 어제 아침 이후로 아무것
도 안 먹은 게 생각났다.

"차 마실래?"

산야는 고개를 끄덕이더니, 나를 따라 부엌으로 향했다. 창턱
에 메시지 전송장치를 올려놓자, 전송장치에 직사광선이 내리쬐
었다. 충전하는 데 그리 오랜 시간이 걸리지 않을 것이다. 물이
뜨거웠다. 식탁 위의 찻잔에서 김이 모락모락 피어오르고 있을
때, 나는 전송장치 화면에 손가락을 갖다 댔다. 화면표시 장치에
신호가 왔다. 산야 말이 맞았다. 화면이 켜지고 인식기가 내 지문
을 읽고 있었다. 여기까지는 이상할 게 전혀 없었다. 모든 전송장

치는 지문을 통해 사용자 계정이나 가족 계정을 인식하도록 암호화되었고, 원칙상 등록된 모든 시민은 자기 계정을 통해 어떤 메시지 전송장치도 사용 가능했다. 하지만 화면에 나타난 이름은 내 이름이 아니었다. 전송장치에 뜬 이름은 아이노 바노모! 출생 연도는 내 것과 같았지만 날짜는 달랐다. 출생지는 신징으로 적혀 있었다.

"이게 뭐야?"

산야는 의자에서 일어나 전송장치를 쳐다보며 물었다. 화면을 바라보는 산야의 눈썹이 꿈틀거렸다.

"너 해 봐."

나는 재촉했다.

산야는 화면에 손가락을 갖다 댔다. 화면에 산야 발라마라고 떴다. 나는 다시 손가락을 화면에 댔지만, 아이노 바노모가 다시 나타났다.

"대단해! 위조된 패스포드야!"

산야는 말문이 막혔다. 그녀는 이미 전송장치가 어떻게 해킹당했는지, 자기도 똑같이 할 수 있는지 궁금해서 안달 난 눈치였다. 표정만 봐도 알 수 있었다.

"네 아이디 데이터 기록에 가짜 이름이 연결되도록 프로그램된 거야. 그 외의 다른 사람들 손에는 철저하게 원래 전송장치처럼 반응하고."

산야가 설명했다.

화면 구석에 빨간 불빛과 숫자 1이 깜박이고 있었다. 메시지 하나가 왔다는 표시였다. 나는 손가락 끝으로 불빛을 가볍게 두드렸다.

메시지는 이렇게 시작했다.

이것이 네게 도착했다면, 반드시 내가 시키는 대로 해야 해. 그곳에 머무는 건, 위험해. 볼린 대령에게 연락해라. 기차표 구하는 걸 도와줄 거야. 오는 날이 결정되면, 바로 이 전송장치를 사용해서 알려줘. 다른 장치는 절대 사용하면 안 돼. 하지만 집을 떠날 때는 두고 와라. 빨리 만나고 싶구나.

서명은 없지만 눈에 익은 필체였다. 엄마 것이었다.

산야와 나는 한동안 말없이 있었다. 드디어 산야가 입을 열었다.

"너 갈 거야?"

"모르겠어."

나는 대답했다. 그제야 나는 엄마가 내 물건을 보내라고 한 이유를 알 것 같았다. 엄마는 가짜 패스포드 때문에 내 지문이 필요했지만, 메일이 감시되고 있을까 봐 대놓고 부탁할 수 없었던 것이다. 엄마는 전송장치가 내게 확실히 전달되도록 하려고 누군가에게 뇌물을 썼을 게 뻔하다. 내가 한 달 전에 숟가락을 보냈으니, 아마도 패스포드를 위조하는 데 수 주가 걸렸을 것이다.

나는 엄마 제안에 흥분했어야 마땅하다. 엄마가 오라고 한 걸 보면, 신징은 전쟁 중에도 비교적 안전하다는 뜻일 테니까. 샘이 들킬세라 허구한 날 지키지 않아도 되고, 마을에서 눈살을 찌푸리는 얼굴들을 안 봐도 되고, 다음번엔 어떤 집에 파란 동그라미 표시가 생길까 두려움에 떨지 않아도 된다면, 내 인생은 한결 편안해지겠지. 언덕에서 물을 길어 올 필요도, 산야에게 물을 줄 필요도 없다. 집을 청소하고 정원을 돌보고 혼자 다과를 만들 필요도 없다. 엄마가 떠나고 아버지가 돌아가시기 전에 그랬듯, 우리는 다시 모든 걸 함께할 수 있다. 간밤에 나를 에워쌌던, 지금도 여전히 뼈 마디마디에 달라붙은 고단함이 묵직하게 나를 짓눌렀다. 불현듯 부엌 바닥에 드러누워 주변에서 일어나는 일들을 그냥 모른 체하고 싶었다. 다른 누군가에게 내 인생을 맡기고 싶었다. 요즘 내 일상생활의 일부가 돼 버린 일들 전부를 말이다. 저 멀리에서 부드러운 안개에 뒤덮인 신징이 꿈처럼 편안하고 안락한 모습으로 반짝반짝 빛났다.

하지만 난 피하고 싶은 그런 것들 때문에 머물러 있어야만 했다. 내가 떠나면 누가 샘을 지킨단 말인가? 가족 때문에 물이 필요할 때 산야는 누구한테 간단 말인가? 산야에게 샘을 맡겼다가 어찌어찌해서 군에게 발각되고, 나는 반대편 땅끝 다른 곳에 있다면. 산야가 그 벌을 받게 되지 않을까? 산야를 그런 위험에 빠뜨릴 수 없었다.

그 모든 것 너머에서, 어렴풋하게 흩어진 파편들이 분명한 길로 보이기 시작했다. 물은 여기 없다. 물은 로스트 랜드에 있다. 나는 엄마 소원대로 신징에 갈 수도, 아빠 소원을 따라 샘을 지키며 이곳에 머물 수도 있다. 아니면 내가 원하는 대로 부모님이 말하지 않은 낯선 길을 선택할 수도 있다.

그 날은 모든 선택의 우열을 가릴 수 없었다. 하지만 후에 그 중 하나는 이미 다른 선택들을 넘어, 내 마음을 그쪽으로 향하게 하기 시작했다.

우리는 차를 마시면서 아마란스 빵을 해바라기 오일에 살짝 담갔다가 먹었다. 산야는 허겁지겁 음식을 먹지 않으려고 애쓰는 눈치였다.

"아이디 방어 프로그램을 깰 수 있을까 늘 궁금했어. 생각만 했었는데. 어쩌면 내가 똑같이 할 수 있을지도 몰라."

산야는 위조된 패스포드를 작업실에 가져가서 살펴보고 싶은 모양이었다. 하지만 나는 직접 물어보고 싶지도, 내줄 마음도 없었다. 신징행이 결정되면 전송장치가 필요할 테고, 혹시 산야가 실수로 위조된 정보를 지워 버리면 큰일이기 때문이다.

차와 빵을 다 먹은 산야는 부엌 수도꼭지에 물주머니를 대고 물을 가득 채웠다. 나는 다음 주쯤 집으로 연결된, 보조 수도관을 잠그기 위해 샘에 가야 했다. 우리는 함께 물주머니를 수레에 옮겄다. 수레 안에는 해초로 만든 커다란 트렁크가 있었다. 안에 물주머니를 편편하게 눕힌 다음, 그 위에 가짜 바닥을 깔았다. 산야가 직접 제작한 것이었다. 가짜 바닥이 제자리에 놓이자, 우리는 낡은 옷가지며 금이 간 빈 물주머니들로 트렁크를 꽉꽉 채웠다. 만일 물 순찰대가 산야를 막아서며 트렁크를 조사한다 해도—그런 일이 가끔 있었다—결국에는 내가 산야와 키라 아줌마에게 부탁한, 수리할 물건과 바느질감만 발견하게 될 것이다.

나는 산야의 수레바퀴가 흙길에 자국을 남기며 멀어지는 모습을 지켜보았다. 바람에 날리는 하얀 불길처럼, 너덜너덜한 셔츠 소맷단이 닫힌 트렁크 뚜껑 밑에서 나풀거렸다.

내가 물의 수위를 점검하기 위해 샘에 갈 때마다 산야도 함께 가기 시작했다. 날씨가 더워지고 있었다. 언덕만큼 시원한 곳도 없었다. 당시 우리는 그저 한낮의 열기를 피할 생각에 동굴을 찾기도 했는데, 그럴 때는 내가 미리 샘에 가서 수위를 살펴보고 왔다. 하지만 이제는 함께 언덕을 찾는 일이 다반사였다. 마른 강바닥에 앉아 가져온 음식을 먹기도 하고 하늘을 가로지르는 구름을 보기도 했다. 가끔 내가 책을 읽고 있으면, 산야는 내가 준 노트패드에 그림을 그리곤 했다. 하지만 이곳을 찾는 목적은 언제나 샘이었다. 비록 샘에 대해 얘기를 나눈 적은 없지만, 산야도 나랑 같은 생각일 거라 믿었다. 샘이 말라 사라지는 위기 상황은 일어나지 않을 거라고 말이다. 그리고 동굴로 들어가 샘물 가장 자리로 걸어갈 때마다 산야도 딴 세상으로 들어가는 기분일 거라고 생각했다. 한없이 풍부한 물은 우리만의 것이었고 다른 상황은 원치 않았다.

시간을 믿어서는 안 된다. 몇 주가 영원의 시작처럼 보일 수 있고, 아무것도 변해선 안 된다고 생각할 때 눈은 닫히기 십상이다.

그날 우리는 샘에서 한두 시간쯤 보낸 것 같다. 굳이 시간을 헤아릴 이유가 없었다. 햇볕은 뜨거웠고 벌레들도 고약했다. 초여름 햇볕에 잔뜩 그을린 피부 위로, 동굴 그림자가 어루만지듯 내려앉았다. 우리 집 정원의 잡초는 이제나저제나 뽑아 주기를 기다렸고, 산야의 작업실 탁자에는 수리할 게 태산이었다. 하지만 우리는 빈둥대고 있었다. 산야는 기분이 좋았다. 우리가 가져온 반딧불이 전등의 희미한 불빛을 받으며 여기저기 흩어져 있는 돌들로 뭔가 만들고 있었다.

"그게 뭐야?"

나는 물었다.

산야는 돌들을 네모나게 쌓아 올린 다음, 화난 표정이 그려진 작은 얼굴 모양 돌들을 그 주변에 빙 둘러놓았다.

산야는 원 한가운데에 돌로 된 건축물을 가리키며 말했다.

"집이야."

산야는 집을 둘러싼 얼굴 모양 돌들을 가리켰다.

"저 사람들은 물 순찰대고."

돌 원 바깥으로 조금 멀리 떨어진 곳에 돌이 두 개 더 있었다.

"그리고 저기 두 사람은 우리야."

산야는 플라스틱 조각을 사용해서, 두 사람 사이에 있는 양동이를 표현했다. 둘 다 환하게 웃고 있었다.

"순찰대가 눈치채지 않을까?"

내가 물었다.

"저들은 다른 방향을 보고 있어. 네 머리카락 하나가 필요해."

산야는 이렇게 말하면서 삐져나온 내 머리카락에서 한 가닥을 헤아리기 시작했다.

"왜 그러는데?"

나는 산야 손을 밀치며 물었다.

"그래야 완전한 네가 돼."

산야가 말했다.

"싫어. 난 그냥 대머리로 살란다."

나는 웃음을 터트렸다. 하지만 산야는 동굴 주변으로 나를 쫓아다녔다. 결국 나는 포기하고, 산야가 작은 주머니칼로 내 머리카락 한 가닥을 자르도록 내버려 두었다. 산야는 얼굴 모양 돌 위에 머리카락을 올려놓고는, 납작한 작은 자갈로 고정했다. 그러더니 제 머리카락도 한 가닥 뽑아, 순찰대의 눈을 살짝 피한, 다른 돌 위쪽에 같은 방식으로 올려놓았다.

"완전 판박이네."

산야가 너스레를 떨었다.

집으로 돌아가려고 통로를 나설 때도, 우리는 여전히 붕 뜬 기분이었다. 시끄럽게 떠들었고, 발걸음 소리며 웃음소리며 동굴 벽에 부딪혀 배로 크게 울려 퍼졌다. 우리가 해치에 다다랐을 때, 산야가 대뜸 벽에 있는 레버를 돌렸다. 그러자 천장에 있는 수도관에서 차가운 물이 목덜미 쪽으로 쏟아졌다. 나는 비명을 질렀고 젖은 머리가 내 얼굴을 찰싹 때렸다.

"자. 옷이 시원하게 젖었으니, 밖에 나가면 완전 행복할걸."

산야는 순진한 얼굴로 말했다.

"너도 그 행복을 놓치고 싶진 않겠지?"

나는 산야를 쏟아지는 물속으로 밀면서 말했다. 산야는 씩씩거리며 내 손아귀에서 벗어나려고 아등바등하다가, 레버를 돌려 수도관을 닫았다. 내가 윗옷이며 바지, 머리에서 물을 짜내고 있을 때, 산야가 다른 레버로 해치를 열고 미끄러지듯 빠져나갔다.

"금방 갈게."

나는 산야에게 외쳤다. 하지만 대답은커녕, 모습조차 보이지 않았다. 뭔가 부딪히는 소리가 어렴풋이 들린 듯했다.

"산야?"

나는 가져온 작은 물주머니를 가득 채운 후, 동굴 안쪽에 내려놓았다. 그런 다음 반딧불이 전등과 젖은 방충 모자를 들고 해치 밖으로 나갔다. 내가 눈을 들었을 때, 말문이 막혀 버렸다.

산야는 나를 등진 채 동굴 입구 근처에 서 있었다. 반딧불이 전등 하나는 들고, 다른 하나는 방충 모자 옆쪽 바윗돌의 파편들 위에 놓으려는 중이었다. 그리고 동굴 입구에 어떤 사람 형체가 서 있었다. 뾰족뾰족한 햇살을 배경으로 칼처럼 날렵한 실루엣. 희미한 전등 불빛에, 그의 모습이 보였다.

"요런 광경은 이 마을에서는 날이면 날마다 볼 수 있는 게 아 닌 것 같은데 말이야."

주카라 아저씨가 비아냥댔다.

"흠뻑 젖은 채 언덕 습곡에 나타난 두 명의 여자애라."

그때 산야가 내 쪽으로 고개를 돌렸다. 나는 이 모든 상황을 이 해하기 위해, 어떻게든 산야의 표정을 읽어 보려 애썼다. 기억이 가물가물하긴 하지만, 두 가지 사실만큼은 확실했다. 그리고 그 생각은 지금도 여전하다. 당시 산야는 나만큼이나 놀랐다. 하지 만 그 놀라움 이면에 또 다른 감정이 엿보였다.

산야는 죄책감을 느끼는 눈치였다.

물론 우리는 아저씨에게 어떤 변명도 할 수 없었다. 훗날 생각 하니, 너무나 어처구니없고 경솔한 실수였다. 하지만 물은 이미 엎질러졌고 우리 중 그것을 바로잡을 수 있는 사람은 아무도 없 었다. 사실 우리는 비밀 동굴의 안전을 확신했다. 누군가 언덕에서 우리를 발견하더라도, 어떤 식으로 둘러댈지 늘 생각해 두고 있었기 때문이다. 다른 상황이었다면, 그냥 소풍을 온 거라고 했을 것이다. 하지만 아저씨는 해치에다, 쏟아지는 물, 우리의 흠뻑 젖은 옷까지 보았다. 근처에 물이 없다고 설득할 방법이 없었다.

주카라 아저씨는 물어보지도, 으름장을 놓지도, 공갈 협박을 하지도 않았다. 굳이 그럴 필요가 없었다. 만에 하나 아저씨와 아저씨 가족에게 물을 주지 않는다면, 다음에—다음이 있다면—내가 동굴에 갔을 때 그곳은 군인들로 바글바글할 테니까.

"내 잘못이야."

그날 저녁 늦게 주카라 아저씨가 물이 가득 든 물주머니 다섯 개를 들고 다례원을 떠난 후, 산야가 자책하며 말했다.

"정말 미안해. 이런 일이 있을 줄은 몰랐어."

"무슨 말이야?"

내가 물었다.

"지난주에 아저씨를 만날 일이 있었어. 플라스틱 조각을 다 써 버렸거든. 마을에서 그런 거 팔 만한 사람은 아저씨밖에 없잖아. 아저씨는 값도 비싸게 부르고 이상하게 굴었어. 너에 대해서도 물어보고."

산야가 나를 바라보았다.

"뭐랬는데?"

이제 나는 조심스레 물었다.

"너희 아버지는 자기 단골 고객이었는데, 넌 자기에게 수리를 안 맡긴다고 투덜대더라."

사실이었다. 아버지가 아프기 전에도 나는 보통 수리할 일이 있으면 산야에게 몰래 맡기는 편이었고 아버지가 돌아가신 후에는 주카라 아저씨에게 수리를 맡길 게 아예 없었다.

산야는 계속 말했다.

"게다가 너희 아버지에 대해서도 말하더라. 수리할 물주머니가 왜 그렇게 많았는지 늘 궁금했었대. 다른 마을 사람들보다 물이 더 많이 있는 것도 아니면서 말이야. 아저씨는……."

산야는 얼굴을 붉히더니 잠시 뜸을 들였다.

나는 기다렸다.

산야의 말이 이어졌다.

"네 가족에게 비밀 우물이나 다른 수원이 있는 것 같지 않냐고 했어."

산야는 손을 들어 눈을 가렸다.

"노리아. 난 아무 뜻도 없었어! 그냥 너무 놀라서, 아저씨가 내준 플라스틱 조각을 떨어뜨렸고, 그래서 조각들이 작업실 바닥에 전부 흩어졌을 뿐이야. 나는 입도 뻥긋 안 했어. 아저씨도 마찬가지였고. 하지만 이미 뭔가 눈치를 챘던 거야. 내가 깜짝 놀란 걸 보고, 우릴 쫓아 언덕으로 가 봐야겠다고 결심했을 게 뻔……."

산야가 말꼬리를 흐렸다.

나는 산야에게 무슨 말을 해야 할지 몰랐다. 그래서 이렇게 말했다.

"네 잘못 아니야. 아저씨가 뭔가 눈치를 챘다면, 어떻게든 우리를 따라왔을 거야."

산야가 떠난 후, 나는 지도를 펼치고 디스크의 내용을 적은 공책을 폈다. 그리고 트와일라잇 세기에 이용한 도로와 여전히 다닐 만한 도로를 찾아보았다. 디스크에서 언급한 지명들을 연결한 다음, 우리 마을에서 그곳으로 가는 경로를 그리기 시작했다.

14

일단 비밀을 둘러싼 침묵의 공간이 파괴되면, 다시 온전해지기는 힘들다. 갈라진 틈은 점점 길고 넓어져, 땅속뿌리 조직처럼 시작도 끝도 알 수 없을 만큼 멀리 여러 갈래로 퍼져 나갈 것이다.

나는 아직도 마을에 어떤 소문이 퍼졌는지 모른다. 주카라 아저씨가 의도적으로 그런 일을 벌였다고 생각하지 않는다. 샘에 접근할 수 있다는 건 아주 대단한 특권이고 그에게 엄청난 힘을 주었을 테다. 그것을 자진해서 포기하지는 않았을 것이다. 충분히 이해한다. 이야기와 빛 너머 어딘가, 나 자신을 볼 수 없는 곳에서 나도 같은 마음이었으니까. 샘은 나의 특권이며, 보상도 없는 의무에 대한 대가라고 말이다. 모든 행동에 보상을 기대해선안 된다는 걸 깨닫지 못했던 것이다.

어쩌면 주카라 아저씨는 니니아 아줌마에게도 말했을지 모른다. 그랬을 게 뻔하다. 갑자기 후해진 관리들하며, 아내도 없이 혼자서 다례원을 들락거리는 이유에 대해 계속 둘러댈 핑곗거리가 없었을 테니까. 아줌마에게 말한다는 건, 마을 회의를 소집해서 그 소식을 발표하는 것과 같았다. 소곤대는 소리가 넘쳐흘러 차츰 재잘대는 소리로 커지다 보면, 참석하지 않은 사람들까지도 그 소식을 전해 듣게 된다.

따지고 보면, 다른 사람들이 샘에 대해 알든 말든 그건 중요하지 않다. 그런다고 달라질 건 없으니까. 기름이 잔뜩 낀 머리에 꾀죄죄한 옷차림을 한 여자가 뼈만 앙상하게 남은 아이 세 명을 데리고 대문에 나타나서, 애처로운 목소리로 외상으로 물을 팔 수 있겠냐고 물었을 때, 나는 외면할 수 없었다. 그 여자가 왔다 간 후, 다른 사람들도 몰려왔다. 부모님이 너무 아파 일할 수 없다고 말하는, 눈이 큰 어린 소년. 전쟁 통에 사라진 아들 얘기를 중얼거리던 노인까지. 여자들이 좀 더 많았다. 아기를 안고 온 젊은 여자들. 말라 버린 자궁과 불편한 걸음걸이에, 지친 눈을 하고 있는 늙은 여자들. 부모나 배우자, 자식들에게 먹일 물을 부탁하는 중년의 여자들.

나는 마이 하르마야의 팔에 가죽 끈을 묶어 물주머니를 고정시켰다.

"너무 조였나요?"

내가 물었다.

"아니. 조금 더 조여도 돼."

마이가 말했다.

나는 끈을 좀 더 세게 잡아당겼다.

"이제 좀 고정된 것 같네."

물주머니는 이미 팔꿈치 위쪽 팔에 단단히 고정된 상태였다. 가죽끈 주변 피부가 자줏빛으로 변하는 것 같았다. 마이는 소맷단을 내린 다음, 얇은 숄을 어깨에 둘렀다. 축 늘어진 옷 아래에는 물주머니 다섯 개가 숨겨져 있지만, 전혀 티가 나지 않았다. 허벅지에 두 개, 팔에 두 개, 허리춤에 한 개를 묶어 두었다. 홈이 파인 베란다 판자에 발을 헛디뎠을 때, 물이 살짝 출렁거렸다. 마이는 마을 의료센터에서 일하는 자원봉사자인데, 그날 세 번째 물 손님이었다.

"누가 와요!"

마이의 아들 베사가 대문 근처에서 소리치며, 집으로 뛰어들어왔다. 그 바람에 먼지구름이 날리면서 맑은 공기가 뿌옇게 흐려졌다. 아홉 살인 베사는 자신이 꽤 중요한 사람이라고 느끼고 있었다. 마을에서 다례원으로 이어지는 길을 감시하고 있다가, 누군가 보게 되면 곧바로 알려 달라는 임무를 맡겼기 때문이다.

"태양광 차량을 타고 있어요."

"다례원으로 들어가요. 거기서 기다리고 있어요."

나는 마이에게 지시했다.

마이는 고개를 끄덕였다.

"너도, 베사."

마이는 돌길을 따라 다례원 쪽으로 걸어갔고, 베사도 달리다시피 제 엄마를 따라갔다.

나는 부지런히 움직여야 했다. 우선 방으로 달려가서 다례복으로 갈아입었다. 나는 늘 예복을 깨끗하게 잘 빨아 다려 놓는 편이다. 밖으로 나온, 나는 대문으로 향하기 전에 베란다 쪽을 흘낏 쳐다보며 그곳에 혹시 물이 가득 든 물주머니가 있지 않나 살폈다. 풍경이 매달린 소나무 옆의 나지막한 흙더미에 올라 도로 쪽을 바라보았다. 다가오는 태양광 차량에는 운전사와 파란 군복 차림의 남자 두 명이 있었다. 얼굴을 분간할 수 없었다. 목요일에는 방문 예약이 있었지만, 그날은 수요일이었다. 내가 날짜를 헷갈렸나? 나는 다례원을 치워 놓을 생각이었다. 그래야 필요한 경우 예정에 없던 다례를 치를 수 있을 테니까. 하지만 준비할 겨를도 없이 들이닥치는 손님은 정말 질색이다. 그리고 지금은 의심을 사지 않으면서 마이와 베사에게 물주머니를 들려 다례원에서 내보내야만 했다.

다행히 언덕에서 집으로 이어지는 수도관은 잠겨 있었다. 나는 위험을 무릅쓰고 수도관을 일주일에 한 번만 열어 놓았다. 물 순찰대가 땅을 수색하다가 다른 곳과 달리 다례원에만 수돗물이 나온다는 걸 알게 되면, 그 이유를 설명할 수 없기 때문이다. 그래서 수도관을 열어 놓을 때 되도록 물을 잔뜩 받아 두었다가 평소 그걸로 마을 사람들의 물주머니를 가득 채워 주었다. 나는 조심성 있는 내가 기특했다.

태양광 차량이 나무들 사이를 스치듯 지나, 대문 옆 해초 지붕 아래 멈춰 섰다. 뒷자리에서 손님들이 내렸을 때, 그들 얼굴을 보고 나는 깜짝 놀랐다. 그중 한 사람은 처음 보는 사람이지만, 다른 한 사람은 불과 몇 주 전에 산야네 대문 앞에서 본 그 금발 머리 군인이었다.

"다례원에 오신 걸 환영합니다."

나는 고개를 숙이며 인사를 했다.

"예고도 없이 불쑥 방문하신 이유를 물어도 될까요?"

금발 머리 군인이 내게 인사를 하며 대답했다.

"우리 소개가 늦었군요. 나는 무로마키 소위입니다. 타로 사령관님 밑에서 일하죠. 이쪽은 리우할라 장군님이십니다."

그의 동행자가 고개를 까딱였다.

"볼린 대령님 추천으로 왔습니다. 오늘 다례 때문에 우리를 기다리는 줄 알았는데요."

가슴이 졸아들면서, 숨이 턱 막혔다. 평소처럼 그들의 방문 예약을 서면으로 받은 상태였다. 하지만 무로마키라는 이름이 생소하다 보니, 지금 내 앞에 있는 얼굴과 그 이름을 연결 짓지 못했던 것이다. 나는 내 목소리가 차분하게 들리기를 바라면서 대답했다.

"내일 오시는 줄 알았어요. 무로마키 소위님. 제가 받은 편지에는 내일 날짜가 적혀 있었거든요. 제가 당신에게 답신을 보내서 그 날짜를 확인했고요."

무로마키는 고개를 갸우뚱했다. 바람결에 먹잇감 냄새를 포착하는, 얼굴이 좁다란 개처럼 보였다.

"그것참 이상하네요. 카이티오 양. 분명 서기에게 오늘 날짜를 받아 적게 했는데. 내일은 전혀 안 되거든요."

"지금 손님이 계십니다. 하지만 곧 떠나실 거예요. 혹시 30분만 기다려주신다면, 다례원을 정리할 수 있을 겁니다. 유감스럽지만, 다과도 그리 신선하지가 못해요. 내일 아침 여러분이 도착하기 전에 좀 더 만들 생각이었거든요."

"손님이 계신데, 왜 다례원 밖에 나와 있었죠?"

무로마키가 물었다.

"다례를 시작하기 전에 집에서 다과를 내오는 걸 깜박해서요."

"그럼 30분 후에 다시 얘기하죠."

무로마키가 말했다.

내가 다시 인사를 하자, 무로마키와 동행인은 그늘에 세워 둔 태양광 차량으로 돌아갔다.

부엌으로 간, 나는 찬장에서 반 그릇 분량의 오래된 다과를 찾아냈다. 곰팡이가 피지 않은 걸 재빨리 확인하고는 하나를 맛보았다. 마르긴 했지만 상하진 않았다. 괜찮아야 할 텐데. 나는 그릇을 다례원으로 가져갔다. 그런데 손님용 미닫이문으로 막 들어서려는 찰나, 다례원 뒤편의 마스터 출입구를 이용했던 생각이 났다. 내가 방에 들어가자 마이와 베사가 초조한 듯 나를 바라보았다.

"조심해야 해요. 대문 앞에 군인 두 명이 있어요. 당신들을 여기 손님이라고 생각하고 있어요. 내가 대문으로 안내할게요. 나한테 작별 인사를 할 때, 다례에 대해 감사하다고 말하세요. 그리고 나를 마스터 카이티오라고 부른 다음 정중히 인사를 하면 돼요. 이 물주머니들, 잘 들고 갈 수 있겠어요?"

나는 마이에게 물었다.

마이는 고개를 숙이더니 새끼손톱을 물어뜯기 시작했다. 그러더니 물 무게를 버틸 수 있을지 자기 힘을 시험하듯, 두어 번 정도 움직여 보았다.

"응."

마이가 대답했다.

"준비됐지?"

마이가 베사를 쳐다보았다. 베사는 연신 고개를 끄덕였다. 마이도 고개를 끄덕였다. 나는 손님 전용 입구를 가리켰다.

"밖에 나가서, 날 기다려요."

우리는 정원 길을 걸어갔다. 대문을 향해 한 발 한 발 내디딜 때마다 마이의 물주머니에서 철벅철벅 요란스러운 소리가 들리는 것만 같았다. 나는 곁눈으로 베사를 흘낏 쳐다보았다. 허둥대며 걷지 않을까, 차 마시러 온 손님답지 않은 행동을 하지 않을까, 마음이 불안했다.

마침내 대문 앞에 도착했을 때, 나는 마이에게 인사를 했다. 마이도 쭈뼛거리며 인사를 했다. 베사도 따라했다.

"감사합니다. 마스터 카이티오. 만나서 반가웠습니다."

"고맙습니다. 하르마야 부인. 가시는 길에 맑은 물이 흐르길 바랍니다."

무로마키는 태양광 차량에서 내려 다리를 쭉 뻗었다. 마이와 베사가 나무 사이 자갈길을 걸어가는데, 무로마키가 베사에게 말을 걸었다.

"다례에 따라오기에는 좀 어려 보이는구나."

얼핏 마이가 긴장한 듯 보였지만, 놀랄 정도로 잽싸게 마음을 가라앉혔다. 물 순찰대와 군인들이 마을을 감시하게 되면서, 우리는 우리의 흔적을 감춰야 한다는 걸 배웠다. 하지만 근육과 얼굴, 혀는 여전히 그 본연의 방식을 기억했고 여차하면 그 방식으로 돌아가기 일쑤였다. 마이는 베사의 어깨를 움켜쥐며 말했다.

"그냥 아이한테 예절 좀 가르칠까 해서요. 커서 관리가 되고 싶다네요."

무로마키가 미소를 지었다. 다시 굶주린 개가 떠올랐다.

"그래요? 꼭 관리가 되길 바란다. 애야."

무로마키는 베사의 검은 머리를 헝클어뜨리며 말했다.

마이는 무로마키에게 고개를 까딱이더니 베사를 끌고 갔다.

"가세요. 부인."

무로마키가 그들 뒤로 외쳤다.

두 사람은 천천히 걸었다. 마이의 발걸음이 무거웠다.

베사는 눈을 동그랗게 뜬 채, 어깨너머로 뒤쪽을 자꾸 힐끗거렸다. 그러자 마이가 대번에 그의 머리를 앞 쪽으로 되돌려 버렸다. 마이의 손놀림이 경직돼 있었다.

"다 준비되면 풍경을 울리겠습니다."

나는 무로마키에게 말하고는, 몸을 돌려 다례원으로 발길을 재촉했다. 걸음을 내디딜 때마다 무로마키가 수상한 낌새를 알아채지나 않을까 염려스러웠다.

나는 다례원 마룻바닥에 쟁반을 내려놓았다. 컵들이 서로 부딪치면서 쨍그랑 소리를 냈다. 하지만 무로마키의 표정에는 내가 손을 떨고 있다는 걸 알아챈 기미가 전혀 없었다. 나는 최선을 다해 다례라는 의식 뒤로 초조함을 감췄다. 익숙한 동작들이 자연스레 이어지도록 놔두면서, 동시에 무로마키에게서 의심이나 승리의 낌새를 슬쩍 읽어 보려 했다. 하지만 아무것도 읽히지 않았다. 무로마키는 예상외로 다도에 대해 훤했고 이상한 질문도 하지 않았다. 리우할라와 조용한 목소리로 이야기를 나누는 모습을 보아하니, 그냥 잠시 휴식을 취하러 온 모양이었다.

솥의 물이 조용히 부글대며 끓는 소리가 내 마음을 달래 주었다. 나는 다례의 핵심적인 개념을 떠올렸다.

'다례원 담 너머에서는 마주칠 일이 전혀 없는 사람들이지만, 차 앞에서는 전부 평등하다.'

나는 차츰 무로마키가 여기 온 이유가 그저 다례를 위해서일 뿐, 타로의 명령 때문이 아니라는 생각이 들기 시작했다. 진짜 착오가 있어서 다른 날 온 거라고 말이다. 무로마키는 타로 사령관에 대해서는 입도 뻥긋하지 않았다. 그저 차의 품질이나 다기, 예년과 다른 늦겨울 추위 얘기만 했다. 불현듯 이런 생각이 들었다. 사람들이 어느 편이든 선택할 필요가 없는 세상이 과연 있을 수 있을까? 누구는 권력을 잡고 누구는 두려움에 떨며 사는 일 없이, 모든 사람이 둘러앉아 차를 마시는 세상 말이다. 티 마스터가 항상 꿈꾸며 만들고 지켜 온 세상은 바로 그런 세상이었다. 하지만 그런 세상이 실제로 존재했을까? 그럴 수 있을까?

이 세상이 아닌 그런 세상에서, 어쩌면 무로마키는 인사를 하며 내가 건네는 차를 마시는지도 모르겠다. 그를 친구나 적으로 분류할 필요가 없이 말이다.

이 세상에서, 다례를 마무리한 나는 무로마키에게 인사한 후 티 마스터 전용문으로 걸어 나왔다. 권력이 존재하지 않는 공간! 그 꿈은 다례원의 어스름 속에 허물어졌다. 나는 무로마키 소위와 리우할라를 대문으로 안내했다. 내가 방금 대접한 사람이 친구인지, 적인지 나는 알 수가 없었다.

하지 무렵, 언덕의 샘물은 몇 주 동안 다례원으로 비밀리에 흘러들었고, 마을 사람들은 저마다 자기 집으로 물을 옮기는 방법을 터득했다. 옷 속이라든지 수레의 비밀 장소에 숨기기도 하고, 내다 팔거나 수리를 보내는 척하면서 폐물이 된 나무나 가구, 옷가지 속에 숨겨 옮기기도 했다. 나는 시간이 생길 때마다, 내 방 닫힌 문 뒤에서 지도와 노트에 코를 박고 지냈다. 지명과 도로를 조사했다. 도로의 유용성을 예측하고 거리를 측정하고 지형을 조사했다. 그리고 태양광 차량으로 한 장소에서 다음 장소로 이동하는 데 걸리는 시간을 예측했다. 로스트 랜드에 갔다 다시 돌아오는 데 걸리는 시간과 날짜를 계산하는 데 일주일을 보냈고, 태양광 차량에 실을 수 있는 식량과 물의 양이 얼마나 될지, 그 무게로 여행하면 시간이 얼마나 지체될지 예측해 보았다. 나는 전등 안에 한 움큼의 반딧불이를 집어넣고는, 과일 조각을 떨어뜨려 주었다. 녀석들을 놔주지 않을 경우, 얼마나 오랫동안 버티며 빛을 낼 수 있을지 알아보기 위해서.

어느덧 한여름이 보름이나 지난 안개 낀 어느 날, 드디어 나는 산야에게 내 계획을 알려 주었다.

우리는 산야의 작업실 바닥에 방석을 놓고 앉았다. 나는 무릎 위에 노트북을 펼쳤다. 방 안에 갇힌 커다란 파리 한 마리가 윙 윙대며 철망을 오르락내리락했다. 그러다가 바닥에서 천장으로 날아오르더니 다시 바닥으로 내려왔다. 산야는 숫자 7이 쓰인 은색 디스크를 과거 기계에 끼우고 있었다. 다른 여섯 개는 디스크를 보관하는 상자에 들어 있었다. 우리가 다 듣지 않은 디스크는 이것뿐이다.

내가 먼저 입을 열었다.

"산야. 지금 로스트 랜드가 어떻게 됐을지 궁금하지 않니?"

"내가 왜?"

산야는 움푹 들어간 부분의 뚜껑을 닫으며 말했다. 나는 어깨를 으쓱했지만 대답은 하지 않았다. 산야는 눈을 들어 나를 뚫어 져라 쳐다보았다. 산야 눈이 가늘어졌다.

"너 설마 진심은 아니지?"

산야가 물었다.

"왜 안 돼?"

내가 진심이라는 걸, 나도 그제야 깨달은 것 같았다. 나는 가져 가려고 미리 싸 둔 가방을 헤집으며 지도를 찾아냈다.

"노리아. 너한테 있는 건, 몇 안 되는 과거의 조각뿐이야. 그래,

탐사대가 존재했었다고 치자. 그렇다고 해도 그들의 여정에 대해 전부 아는 게 아니잖아. 설령 트와일라잇 세기의 로스트 랜드에 깨끗한 물이 있었다고 해도, 지금까지 그럴 거라는 보장은 전혀 없다고. 게다가 네가 거길 어떻게 가?"

"도로로 가면 돼."

나는 가능성 있는 노선을 표시한 지도를 활짝 펼쳤다.

"로바니에미Rovaniemi는 로스트 랜드 국경에 있어. 태양광 차량도 구할 수 있을 것 같아. 그러면 거기까지 쭉 편하게 갈 수 있을 거야. 이 지도들과 고서, 노트, 게다가 요즘 뉴스까지 샅샅이 살펴봤는데, 로바니에미의 북쪽 국경 너머에 초소가 없는 도로가 몇 군데 있는 걸 확인했어. 과거 세계의 도로는 넓고 튼튼해. 고속 차량용으로 만들어졌지. 도로 대부분이 아직 사용할 만할 거야. 그러니까 로스트 랜드 바로 바깥 지역에, 사람들이 살고 있는 거겠지. 얀손 탐사대는 과거 도로를 이용했어. 우리도 그들을 따라 같은 도로를……."

"잠깐만."

산야가 끼어들었다.

"무슨 말이야? '우리'라니?"

나는 생각 없이 말했구나 싶었다. 얼굴이 화끈거렸다.

"난 네가 함께 가고 싶어 할 줄 알았어."

나는 당혹스러워하며 중얼거렸다.

산야는 나를 빤히 쳐다보았다. 나는 혼자 갈 거라는 생각은 하지 않았던 것 같다. 꿈속에서도, 산야는 늘 나랑 함께 있었다. 나와 함께 지도를 읽고 별을 보며 길을 찾고 산을 오르고 동굴을 탐험했다. 사실 산야가 가기 싫어할 거라고는 상상도 못 했다. 아니, 나 혼자 간다면 뭘 할 수 있겠는가.

"노리아."

산야가 입을 열었다.

"내가 어떻게 가? 엄마랑 아버지, 민야는 나 없이 여기에서 못 살아. 그들을 떠날 수 없어. 게다가 도로도 모조리 감시받고 있잖아. 더 멀리는 고사하고, 어디 로바니에미나 갈 수 있겠어? 난 너처럼 가짜 패스포드도 없잖아."

산야는 말은 그렇게 했어도, 표정만큼은 부드러웠다.

"다른 패스포드를 만들 수 있을지도 모른다고 했잖아."

나는 산야를 일깨워 주었다.

"어쩌면."

산야는 한숨을 내쉬었다.

"네 계획에는 불확실한 게 너무 많아. 만약에, 만약에 말이야. 우리가 어찌어찌해서 로스트 랜드에 도착했다고 치자. 그런데 그곳에 물이 하나도 없다면? 완전히 시간 낭비한 거잖아."

"그곳엔 물이 있어. 틀림없어."

나는 단언했다.

산야도 지지 않았다.

"그래, 있다 쳐. 그다음 뭐?"

물론 산야 말이 옳았다. 우리가 물을 찾는다 해도—'아니, 내가 찾는다 해도.' 나는 속으로 말을 바로잡았다—마을로 가져올 방법은 전혀 없었다. 마을 사람 중, 그저 물이 있을 거라는 막연한 가능성만 믿고 기꺼이 낯선 땅으로 떠날 사람이 과연 몇이나 되겠는가? 설령 새로 살 곳을 찾는 데 필사적인 사람이 있다 해도, 로스트 랜드는 아무도 갈 수 없는, 금지된 곳이었다. 한두 명의 여행객이라면 모를까, 이동하는 사람이 많아질수록 가기가 점점 힘들어질 것이다.

수 주, 수개월 동안 구상해 온 계획을 포기해야 한다니, 참을 수가 없었다. 그날 상황이 달랐다면, 잠시 후 일어날 그 일이 없었다면, 나는 계획을 불가능한 일로 받아들이고 조용히 접을 준비를 했을지도 모른다.

산야는 과거 기계를 작동시켰다. 디스크가 제 둥지 속에서 돌기 시작하자, 어느 남자 목소리가 날짜를 읊었다. 전에 이미 적어놓은 날짜였다. 연구 결과와 날씨 이야기가 이어졌다. 노트를 훑어가던, 나는 전에 듣지 못한 녹음 부분에 이르자 남자가 말하는 내용을 휘갈겨 적기 시작했다. 그런데 반 페이지 정도 적었을까. 나오던 목소리가 갑자기 멈췄다. 딸깍거리다가 윙윙대는 소리가 들리더니, 스피커에서 난데없이 여자 목소리가 튀어나왔다. 목소리는 말했다.

"다시 녹음함. 닐스, 당신이 이걸 듣고 있다면, 미안해. 당신 일지에다 녹음했어. 하지만 이게 더 중요해."

여자는 잠시 말이 없었다.

산야를 쳐다보니, 이 목소리를 알아챈 눈치였다. 최근 나는 얀손 탐사대의 탐사 루트에 심취해 있던 터라, 첫 번째 디스크의 마지막 부분에서 나오다가 갑자기 끊긴 그 여자의 목소리를 기억하고 있었다. 다른 디스크에는 없었다. 하지만 이 목소리는 의심할 여지 없이 바로 그 목소리였다. 그물에 걸린 물고기처럼, 몸 안에서 흥분이 파닥파닥 몸부림쳤다. 현재와 트와일라잇 세기 사이의 거리가 뜻밖에 가까워졌다. 나는 숨을 죽였다. 여자의 다음 말이 방 안에 울려 퍼졌다.

"어디서부터 시작해야 할지 모르겠다."

디스크의 여자가 말했다.

"역사에는 시작도 없고 끝도 없다. 그저 사람들이 이야기 형태로 만든 사건이 있을 뿐이다. 더 잘 이해하기 위해서……. 그리고 말 못 할 일을 선택해야만 했던 속사정을 이야기하기 위해서."

여자의 말은 계속 이어졌다. 우리는 귀를 쫑긋 세우고 들었다. 여자가 하는 말 외에는 아무 소리도 들리지 않았다. 문밖에는 구름이 하늘을 뒤덮었다. 그 너머 하늘은 우리 눈에 보이지 않지만 한여름 색깔을 띠고 있을 것이다. 초목이 자라고 사람들은 숨을 쉬며 세상은 돌아갔다. 하지만 이 작업실 안에 퍼지는 여자의 말은, 모든 것을 바꾸었다. 우리가 알고, 느끼던 것들을 바꾸었다. 파도가 점점 높아지면서 도로와 집들을 모조리 집어삼켜 버리듯, 모든 것이 변했다. 절대 물러서지도, 말한 것을 되돌려주지도 않을 것이다.

마침내 디스크의 공허한 침묵이 방 안을 빙빙 떠돌자, 내 숨소리가 걷잡을 수 없이 가빠졌다. 내 안에, 우리 안에 뭔가가 바뀌었다. 나는 밖을 내다보았다. 마치 처음으로 눈을 뜬 듯 모든 것을 유심히 뜯어보았다. 뒷마당 한가운데에 있는 울퉁불퉁한 돌, 마른 관목에 달린 뾰족한 가지들, 문 경첩 위에 찢어진 거미줄.

일단 비밀을 감싼 침묵의 공간이 산산이 부서지면, 다시 온전해질 수 없다.

"사실일까?"

드디어 산야가 입을 열었다.

목소리에 힘이 없었다. 우리를 둘러싸고 갈라진 틈은 사라지지 않을 것이다. 그것은 깊숙이 자리를 잡아, 바다처럼 밀어내는 게 불가능할 테니까.

"여자가 한 말 전부 다?"

"응. 사실 같아."

나는 대답했다.

"나도 그래."

산야도 동의했다.

산야는 과거 기계를 껐다. 디스크가 점점 느려지더니 완전히 멈췄다. 이것은 내가 마주했던 그 어떤 침묵보다 엄숙하면서도 필연적이었다. 비밀의 침묵이 아닌, 앎의 침묵이었다.

그날 밤, 집은 텅 비었고 정원은 적막했다. 길에는 오가는 이 하나 없었다. 나는 샘으로 향했다. 해가 지평선을 스치고 있지만, 그 아래로 내려가지는 않을 것이다. 여름의 밤은 한겨울의 낮보다 더 밝았다.

언덕의 어두운 바위벽에 전등 불빛이 드리워졌다. 내가 수면 가까이 전등을 낮추자, 저 멀리에서부터 이미 감지했던 것이 보였다.

수면이 내려갔다. 그렇게 위험할 정도는 아니지만, 전에 본 것보다는 훨씬 낮아졌다.

바위 위의 흰 표시는 꼭 감은 눈처럼 여느 때보다 더 또렷하게 수면 아래에서 반짝였다.

15

나는 방충 모자를 들어 올렸다. 꼬깃꼬깃한 헝겊으로 이마를 닦은 후, 작은 물주머니에서 물 한 모금을 마셨다. 모자를 다시 원래대로 쓰자, 검은 날개가 달린 말파리 떼가 내 주위에서 이리저리 날뛰었다. 나는 녀석들을 쫓아내려고 헝겊을 휘저었다. 후덥지근한 날씨 탓에, 옷이 살에 쩍쩍 달라붙었다. 어느덧 찜통더위가 기승을 부렸고, 맥없이 녹아내린 태양은 구름층 뒤에서 열기를 내뿜고 있었다. 나는 몇 시간째 마을 광장에 서 있지만, 교대한 건 지금까지 딱 한 번뿐이다. 커다란 선풍기는 빵집 주인에게 꽤 요긴했다. 그 대가로 마른 빵이 들어 있는, 어깨에 메는 가방 두 개를 받았다. 선풍기는 그보다 훨씬 비쌌지만, 당시 마을에 사는 누구에게도 그만한 가격을 받아 내진 못했을 것이다. 휴대하기 편하고 오랫동안 보관할 수 있는 식량이 필요한 나로서는, 그렇게 밑지는 장사는 아니었다.

모래 빛의 머리숱이 거의 다 빠진, 땅딸막한 사내가 내 가판대 앞에 멈춰 섰다. 그러더니 연한 잿빛 눈으로 내가 집에서 챙겨 온 물건들을 살펴보았다. 사내의 속내가 훤히 들여다보였다. 목판 조각으로 장식된 의자 두 개는 거실에 놓기엔 너무 화려하고, 몇 안 되는 과거 세계의 책은 집에 갖다놔 봐야 아무도 읽을 시간이 없을 테고, 다기 세트나 접시를 사 가도 가득 담아 먹을 형편이 못될 것이다. 그런데 사내가 한참을 바라보던 게 하나 있었다. 샌들이었다. 오래된 아버지 샌들 두 켤레와 엄마가 남긴 한 켤레. 사내는 발바닥 치수와 자신의 낡아 빠진 신발을 비교하더니, 바꿔 봤자 별 이득이 없을 거라 생각한 눈치였다.

"이 수레 팔 거니?"

사내는 몇몇 물건들이 진열되어 있는 태양광 자전거 뒤의 수레를 가리켰다.

"아뇨. 저도 그거 하나뿐이라서."

나는 대답했다.

"유감이구나. 블루 로터스나 파이프와 바꾸려고 했는데."

사내는 작별 인사를 하며 그대로 갈 길을 가 버렸다.

오늘 광장 분위기는 여유로웠다. 그곳에 도착했을 때 군인이라곤 두 명뿐이었다. 그들은 광장 가장자리 벽에 기대, 무심히 주변을 둘러보며 물주머니에 든 호박색 술을 마시고 있었다. 아이 두 명이 낡은 플라스틱 마작 패를 땅에 가지런히 놓고 있었고, 어수

선한 여러 가판대 너머 아코디언을 연주하는 사람도 있었다. 니니아 아줌마 동생 타마라는 조금 떨어진 건너편 골목에서 장신구와 헤어 브로치를 팔고 있었다. 이런 와중에도 여자들은 머리를 치장하고 싶어 하다니, 참 이상해 보였다. 내가 그런 말을 하자, 산야는 답했다.

"사람이란 가능한 자기가 익숙한 것에 매달리기 마련이야. 살아남으려면 그 방법밖에 없으니까."

그때 여러 가판대 사이로 푸른 군복 하나가 눈에 띄었다. 그가 가까이 다가왔을 때, 낯익은 얼굴을 알아보았다. 볼린 대령이었다. 그는 내 가판대가 놓인 골목을 돌다가 나를 보고 내 쪽으로 곧장 걸어왔던 것이다. 묵직한 군화가 모래에 깊고 또렷한 발자국을 남겼다.

볼린 대령이 가판대 앞에 멈춰 섰다. 내가 인사를 하자, 그도 인사를 했다.

"노리아. 어디로 가야 널 만날 수 있는지 사람들에게 물어보고 있었단다."

볼린 대령은 주변을 둘러보며 낮은 목소리로 말했다.

"네 메시지는 받았다."

"차 좀 드실래요? 볼린 대령님!"

내가 물었다.

볼린 대령은 고개를 끄덕였다. 나는 대령에게 가판대를 돌아서

오라고 손짓해 보였다. 나는 가판대에 천을 드리워 물건들을 덮어 놓고, 뒤쪽 벽에 쳐 놓은 칸막이를 약간 열어 놓았다. 그래야 물건을 교환할 사람이 오는지 볼 수 있을 테니까. 칸막이 뒤쪽에서 볼린 대령에게 의자를 건넸고, 나도 다른 의자에 앉았다. 물주머니에 있던 따뜻한 차를 따른 뒤, 벌레들이 얼씬 못하게 독한 냄새가 나는 향을 피웠다. 하지만 차를 마시려고 방충 모자를 들어 올리자, 말파리들이 주변에서 계속 윙윙거렸다.

"어떻게 지냈니? 노리아."

볼린 대령은 차를 한 모금 마시며 물었다. 얼굴이 바싹 마른 종이 같았다. 몸놀림 또한 예전보다 둔했다.

"꿋꿋이 버티고 있어요."

나는 대답했다.

볼린 대령은 말없이 찻잔 속의 차만 빙그르르 돌리고 있었다. 생각에 잠긴 모양이었다. 드디어 입을 열었다.

"도와주마. 하지만 공짜로는 안 돼. 요즘 태양광 차량이 비싸거든. 특히 그걸 필요로 하는 이유를 비밀로 하고 싶다면 더 비싸지겠지."

대령은 눈을 들었다. 나는 그의 말 이면에 감춰진, 입 밖에 내지 않은 질문을 들었다.

"그게 있어야 마을 밖으로 나가 물건을 팔 수 있으니까요. 쿠사모와 쿼로야비에는 값비싼 물건을 살 사람이 훨씬 많아요. 수

완 좋은 장사꾼이라면 재미 좀 볼걸요."

볼린 대령은 나를 유심히 살폈다. 나는 일부러 말하지 않은 것들을 그가 생각하고 있기를 바랐다. 이를테면 암시장이라든가, 다례원에 있는 좀 더 희귀한 품목 따위들 말이다. 대령은 그런 게 있다는 걸 알고 있었다. 부모님이 그런 걸 얻는 데 도움을 준 장본인이 바로 볼린 대령이었으니까.

"그 위험한 일이 정말 그만한 가치가 있을까?"

볼린 대령이 물었다.

"요즘은 다례원을 찾는 손님이 별로 없어요. 게다가 손님들의 씀씀이도 예전보다 훨씬 줄었고요."

볼린 대령은 이 말을 깊이 생각하더니 이렇게 말했다.

"쿠사모보다 쿼로야비의 암시장 감시가 좀 더 허술하다고 들었다. 물론 넌 그런 거에 전혀 관심 없겠지만."

"얼마예요?"

나는 내 성공에 쾌재를 부르며 물었다.

볼린 대령은 앉은 채로 몸을 앞으로 기울이더니 모래에 숫자 5를 썼다. 예상보다 비쌌지만 지불할 수 있었다.

"좋아요. 언제 드릴까요?"

나는 물었다.

"미리 다오. 내일 너희 집에 돈 받으러 사람을 보내마."

볼린 대령이 대답했다.

"그러지 말고, 제가 여기로 가져올게요. 괜찮으세요?"

나는 물었다.

볼린 대령은 고개를 끄덕였다.

"태양광 차량과 너를 연관시킬 사람은 없을 게다. 너도 그렇게 행동하길 바란다."

대령은 나지막이 말했다.

그는 잔을 비우고 의자 다리 옆 모래 바닥에 내려놓았다. 얼굴에 주름이 깊게 파여 있었다. 말을 하자, 주름은 점점 깊어졌다.

"내가 널 도와줄 수 있는 건, 이번이 마지막이야. 너도 알지?"

"네."

나는 대답했다.

볼린 대령은 살짝 고개를 숙였다. 나도 따라 고개를 숙였다. 대령이 밖으로 걸어 나갈 때, 찻잔 바닥에 얼마 남지 않은 차라도 먹어 보겠다며 개미들이 일렬로 늘어서서 잔 옆을 기어올랐다. 나는 볼린 대령이 바닥에 쓴 숫자를 샌들 앞부분으로 지웠다. 편편한 모래판 말고는 아무것도 남지 않을 때까지.

❧

어느덧 시간은 오후를 지나 저녁을 향해 가고 있었다. 사람들은 점차 가판대와 물건을 챙기기 시작했다. 나는 지지대에서 칸막이를 떼어 내 접었다. 수레에 있는 물건을 정리하고 빵이 들어 있는 가방을 들어올렸다. 나는 모든 것을 제자리에 놓고 끈으로 묶어서 고정시킨 다음, 태양광 자전거를 몰아 다례원으로 향했다. 갈색 가죽 빛의 흔들리는 정원수들, 텅 빈 창문으로 도로를 응시하는 의료센터, 시장에서 집으로 돌아가는 사람들 옆을 지나갔다. 저 멀리 대문에 선명한 파란 동그라미 표시가 있는, 나지막한 붉은 벽돌집이 보였다. 마을에서 가장 최근에 물 범죄 표시가 그려진 집이다. 그런 동그라미는 5주 전부터 대문에 나타나기 시작했다. 나는 우회로로 가기 위해 길을 돌렸다. 그래야 표시가 있는 집 바로 옆을 지나지 않을 수 있으니까.

도롯가에 나붙은, 포스터 몇 장이 내 눈을 사로잡았다. 물 범죄를 신고하는 사람에게 포상을 약속하는 포스터였다. 나보다 한 살 어린 빵집 아들이 어느 포스터 앞에 서 있었다. 그가 마을 학교에 다니던 때가 떠올랐다. 반에서 가장 빠른 단거리 주자였던 그는 옷은 흠잡을 데 없이 잘 입고 다녔지만 성적은 보통이었다. 지금 그는 파란 군복 차림으로 포스터 맨 위에, 늘어난 포상금액을 다시 적고 있었다. 좀 떨어진 곳에 또 다른 포스터가 있었다. 아직 마르지 않은 페인트가 희미하게 빛나고 있었다. 그가 군의 급여 대상자 명단에 있다면, 빵집 가족이 아직 빵을 선풍기로 바꿀 만큼 여력이 있다는 게 설명되었다.

집으로 돌아온, 나는 몇 주 동안 차일피일 미뤄 왔던 일을 했다.

내 방 책장에 보관해 둔 나무 상자를 열고 엄마가 보낸 메시지 전송장치를 꺼냈다. 이전에는 그것을 사용한 적이 없었다. 엄마가 당부했었지만, 기존의 메시지 전송장치로 엄마에게 메일을 몇 번 보냈었다. 위조된 패스포드에 대해서는 입도 뻥긋 안 했다. 그저 전쟁이나 마을의 현 상황에도 내가 잘 지낸다는 걸 엄마에게 전하고 싶었다. 답신을 받지 못한 터라, 내 메시지가 엄마에게 잘 도착했는지는 알 수 없다. 하지만 이제 엄마에게 내 결심을 알려야 했다.

나는 화면에 손가락을 댄 후, 켜지기를 기다렸다. 아이노 바노모라는 이름이 나타났다. 나는 화면에 글을 썼다.

달 축제까지 마을에 있을 생각이에요. 축제 다음날 신징으로 떠날 예정이고 도착 날짜는 다시 알려 드릴게요. 아이노.

메시지를 보낸 나는 전송장치를 끄고, 나무 상자에 다시 집어넣었다. 내가 방금 한 거짓말은 엄마가 바라는 대답이 아니라는 걸 알고 있다.

다음 날 오후 일찍, 푸른색 취사병 옷을 입은 어느 젊은 여자가 내 가판대 앞에 멈춰 섰다.

"노리아 카이티오?"

여자가 물었다.

나는 인사를 했다. 여자는 봉인된 편지 한 통을 건넸다.

"볼린 대령님이 보내셨어요. 대신 받아야 할 걸 그쪽이 갖고 있다고 하셨는데."

나는 가방에서 돈이 들어 있는 봉인된 우편낭을 꺼냈다.

"메시지도 보내셨어요."

여자는 몸을 가까이 기울이며 목소리를 낮췄다.

"일요일 자정 전이요."

"일요일 자정 전."

오늘은 화요일이었다. 여자는 고개를 까딱이더니 휙 돌아서 가 버렸다. 여자가 사라지자, 나는 가판대 뒤로 돌아가 주변을 둘러보며 혹시 나를 눈여겨보는 사람은 없나 확인했다. 내 옆 가판대 차양 아래에, 어느 할머니가 벽에 기대 졸고 있었다. 전날에도 있던, 아이 두 명이 모래 바닥에 그림을 그리고 있었다. 나는 봉투를 뜯어 내용물을 꺼냈다. 종이 한 장에 지도가 그려져 있고, 마을 밖, 데드 포레스트 외곽 지역에 X 표시가 되어 있었다.

전달해 준 여자는 시간만 알려 줬지만, 이제 나는 장소도 알게 되었다.

일요일, 나는 자정 훨씬 전에 데드 포레스트를 향해 걷기 시작했다. 가는 길이 멀었기 때문이다. 밤을 비추는 태양이 물빛 하늘

위에 둥둥 떠다녔지만, 온몸으로 천천히 스며드는 대지의 음침한 한기가 뼛속까지 파고들면서 오싹함이 밀려왔다. 앞으로 무슨 일이 일어날지 몰랐다. 볼린 대령을 믿는 수밖에 다른 선택의 여지가 없었다.

마을은 적막했다. 나는 언덕을 넘어가는 먼 길을 선택했다. 우연히 군인이라도 마주칠까 봐 염려스러웠기 때문이다. 짙은 연기 같은 희뿌연 벌레들이 버림받은 망령의 무리처럼 공중을 떠돌았다. 그 사이를 비집고 걸어가자, 녀석들은 잠시 대형을 허물어 내 주변으로 흩어지더니, 다시 우글거리는 조각상이 되어 주위를 어둡게 했다. 마치 고대 영혼들이 돌상 밑에서 깨어나거나 매장된 유물들이 보일 것만 같았다. 신발 바닥 아래에서 돌들이 이리저리 차이면서 서로 부딪쳤다.

데드 포레스트는 한때 모스우드Mosswood라고 불렸다. 바람에 나부끼는 짙푸른 나뭇잎과 피부에 느껴질 만큼 촉촉하고 무성한 신록을 연상시키는 이름이다. 아득히 멀고 먼 옛날, 이 땅에 그런 신록은 당연한 것이었다. 그래서 신록의 의미가 담긴 단어가 필요치 않던 시절에는, 그 숲에 이름이 없었다고 아버지가 그러셨다. 하지만 지금은 헐벗은 나무줄기와 가지만이 사막처럼 황량한 하늘을 향해 뒤얽혀 있었다. 그 모양새는 마치 주변 여기저기에 쳐진 거미줄이나 그 안에 걸린 벌레들의 텅 빈 껍질 같았다. 그 속에는 이제 삶이 돌아가지 않았다. 혈관은 부서지고 터졌다. 피부는, 한때 존재했지만 거의 이해할 수 없을 정도로 잊힌, 언어의 글자들로 쓰인 편지 속에 얼어붙었다. 스스로 몸을 비틀며 땅속으로 들어간 나무줄기도 있었는데, 아직도 그곳에서 말없이 지냈다.

나는 지도에 그려진 길을 따라가다가, 드디어 X 표시가 된 장소에 도착했다. 뭐가 날 기다리고 있을지 몰라, 조심스레 그곳으로 다가갔다. 나는 귀를 쫑긋 세웠다.

하지만 들리는 소리라곤 숲이 천천히 침몰하는 소리, 바람이 잎사귀 없는 가지를 움켜쥐는 소리, 땅속으로 방향을 튼 나무줄기가 삐걱대는 어렴풋한 소리뿐.

기대하는 걸 찾는 데, 시간이 좀 걸렸다. 태양광 차량은 감쪽같이 숨겨져 있었다. 위치를 몰랐다면, 아예 발견하지도 못했을 것이다. 태양광 차량은 얕게 파인 구덩이 안에 박힌 채, 너덜너덜한 황토색 해초 덮개와 마른 나뭇가지로 덮여 있었다. 아무래도 좀 외진 도로를 따라 이동해 온 모양이었다. 그 말은 지형이 좀 험하더라도 끄떡없을 차량이라는 뜻이다. 만족스러웠다. 나는 해초 덮개를 들어 올린 후 차량을 살펴보았다. 태양광 차량에 대해 아는 건 별로 없지만, 겉보기에 최신식 같았다. 주카라 아저씨네 차보다 상태가 훨씬 좋아 보였다. 옆 부분에 긁힌 자국들이 있고 타이어도 약간 닳았지만, 태양 전지판과 의자는 멀쩡했다. 시동키가 자물쇠에 꽂혀 있었다. 나는 차량 위에 덮개를 도로 덮어놓고, 좁은 길을 따라 걸었다. 걷다 보니 약간 더 널찍한 흙길을 만났다. 마을 쪽으로 굽어 있었다. 이 길 근처에는 반쯤 썩은 기둥과 커다란 돌이 가득했다. 건너편에서 보면, 수년째 방치된 것처럼 보일 것 같았다. 아무런 흔적도 없었다. 볼린 대령은 차량 추적이 어려울 거라는 약속을 지킨 셈이다. 하지만 차량이 이곳에 있음을 누군가는 알고 있을 테니, 빨리 몰고 떠나는 게 상책이리라.

나는 태양광 차량을 어디에 둬야 할지 여러모로 고민했다. 가장 손쉬운 방법은 다례원에 숨기는 것이었다. 하지만 그러다가 식량과 물이 실린 차량을 물 순찰대가 찾아내기라도 한다면 큰일이었다. 그런 위험한 짓은 하고 싶지 않았다. 식량과 물은 장거리 여행을 위해 반드시 준비해 둬야 했다. 그래서 옛날 다리 아래 플라스틱 무덤 근처에 차량을 숨겨두기로 결심했다. 무덤 가장자리는 사람들이 내다 버린 고철 쓰레기로 넘쳐났고 다리 아래쪽 공간 입구는 흙과 쓰레기로 거의 막힌 상태였다. 멀리서 보면, 안쪽에 빈 곳이 있는지 알아채기 힘들었다. 산야와 나는 몇 년 전에 그곳을 발견했다. 설령 누군가 다리 근처를 지나다가 우연히 태양광 차량을 발견한다 해도, 그걸 누군가와 연결 짓는 건 불가능했다. 일어날 수 있는 가장 최악의 상황은 차량을 잃어버리는 것이다. 식량과 물을 차량으로 옮기는 일이 만만치 않겠지만, 매일 조금씩 옮긴다면 가능할 것 같았다.

일단 나는 차량을 숲으로 옮기는 데 이용했을 길을 찾아냈다.

썩은 기둥들은 충분히 옮길 수 있고, 돌은 마른 가지를 지렛대 삼아 간신히 한쪽으로 들어 올렸다. 나는 차량 쪽으로 발길을 돌렸다. 우선은 심야 통금시간이 해제되는 아침을 기다렸다가, 가급적 제일 외진 도로를 이용해야 했다. 은신처로 가는 길은 험난했다. 하지만 그만큼 들킬 위험은 줄어드는 셈이다.

나는 갈라진 마른 땅에 앉아 내 주위로 다가오는, 아주 고요한 밤의 실체에 귀를 기울였다.

아침에 집으로 돌아오자마자, 나는 가짜 메시지 전송장치가 사라졌다는 사실을 알아챘다. 엄마가 답신을 보냈는지 확인하려고 나무 상자를 열었다가, 메시지 전송장치가 사라진 사실을 알게 된 것이다. 플라스틱 무덤에서 수집한 잡동사니 위에 올려 뒀었는데. 가슴이 철렁 내려앉았다. 나는 마지막으로 전송장치를 꺼내 전원을 켰던 당시를 기억해 내려 애썼다. 어제 아침이었나? 아니면 그 전날이었나? 기억이 가물가물했다. 지난 며칠간, 마을 사람 몇 명이 집에 와서 물을 가져갔다. 어른들은 보통 부엌까지만 들어왔지만, 여자들이 데려온 꼬마들은 평소대로 이 방 저 방을 돌아다녔다. 맨 먼저 떠오른 생각은, 꼬마 중 한 명이 방에 들어와서 상자를 발견하고는 허락도 없이 전송장치를 가져갔을지도 모른다는 거였다. 이론상 가능했다. 나는 다른 곳에 전송장치를 둔 건 아닐까 생각해 보려고 머리를 쥐어짰다. 부엌이며 거실

도 샅샅이 뒤졌다. 선반 아래와 침대 밑, 책 더미 사이사이, 호주
머니까지 뒤져 봤지만 아무 성과도 없었다.

제일 끔찍한 가능성에 대해서는 아예 생각하고 싶지도 않았다.
꼬마들이 전송장치를 가져간 것도, 내가 착각한 것도 아니라면.

오후 무렵, 산야가 찾아왔다. 나는 다례원의 베란다를 청소하
고 있었다. 수다를 떨 기분이 아니었다.

"나 할 말 있어."

산야는 주위를 둘러보며 말했다.

"여긴 우리밖에 없어."

나는 다례원 벽에 빗자루를 기대 놓으며 말했다. 우리끼리 있
을 때만 하고, 다른 사람에게는 절대 하지 않는 얘기들이 있었
다. 그중 하나는 예전 은색 디스크에서 여자 목소리가 언급했던
말인데, 산야가 그것에 대해 말하고 싶은 건 아닐까 궁금했다.

산야는 나를 똑바로 바라보았다.

"너랑 같이 가고 싶어."

산야가 말했다.

"나 며칠 동안 샘에 못 가."

나는 집 쪽으로 걸어가면서 말했다.

"샘 얘기가 아니야."

산야 말투가 평소와 달리 왠지 심각했다. 나는 걸음을 멈추고
산야를 돌아보았다. 잔뜩 긴장한 표정이었다. 마치 슬픔이나 홍

분을 꾹꾹 누르고 있는 것 같았다.

"아직 고민 중이긴 한데, 너랑 로스트 랜드에 함께 가고 싶어. 민야도 많이 건강해졌고 엄마도 다시 일을 하시니까 엄마랑 아버지, 민야는 괜찮을 거야. 나 따라가도 돼?"

나는 산야를 껴안아 주고 싶었다. 결국, 산야도 내 꿈에 발을 들여놓은 것이다. 드디어 어린 시절 우리가 즐겨 했던 탐험가 놀이를 진짜 하게 될 거라는 생각에, 나는 기뻐서 어쩔 줄 몰랐다. 하지만 예기치 못한 문제가 내 계획을 꼬이게 하고 있었다.

"당연히 너랑 가고 싶지. 그런데 엄마가 보낸 전송장치가 사라졌어. 그걸 어디에 뒀는지 모르겠어. 누군가 그걸 훔쳐 갔을까 봐 겁나. 나한테는 가짜 패스포드가 없……."

"노리아. 고백할 게 있어."

갑자기 산야의 창백한 얼굴이 붉게 달아올랐다. 산야는 안절부절못하다가 가방에 손을 집어넣더니 내 전송장치를 꺼냈다.

"말 안 해서 미안해. 널 깜짝 놀라게 해 주고 싶었어."

산야는 조작된 전송장치를 돌려주었다. 나는 잠자코 그것을 받아들었다. 마을 사람 중 누군가 그걸 가져가지 않았으니 다행이다 싶으면서도, 한편으로는 내게 물어보지도 않고 가져갔다는 사실에 화가 치밀었다. 그리고 나 몰래 산야가 그걸 가져갈 수 있다는 생각에 조금 불안해졌다. 나는 전송장치의 전원을 켰다.

"걱정 마. 예전 것과 전부 똑같아."

산야가 말했다. 다시 가방 속을 뒤지던 산야가 이번에는 다른 메시지 전송장치를 꺼냈다. 좀 더 구식인데다 많이 낡아 있었다.

"봐봐."

산야는 내 옆으로 다가와 손가락을 화면에 갖다 댔다. 종이처럼 하얀 불빛이 들어왔고 잠시 후 이름이 나타났다.

루미 바노모.

출생지는 로바니에미, 출생일은 아이노 바노모가 태어난 바로 다음 해로 입력되어 있었다.

"넌 신징에서 태어났어. 하지만 우리 부모님인 오우티와 카이 바노모는 로바니에미 근처에 있는 고향으로 돌아가기로 이미 마음을 굳혔지. 네가 아주 어렸을 때, 부모님은 본토를 거쳐 그곳으로 옮겼고, 나는 1년 후에 태어났어. 부모님이 해초 양식장에서 사고로 물에 빠져 돌아가신 후, 우리는 지난 3년 동안 쿠사모에 있는 친척 집에 머물면서 학교를 마쳤어. 이제 우리는 부모님이 남겨 준 고향 집이 있는, 로바니에미 외곽의 작은 마을로 돌아갈 예정이야."

산야는 메시지 전송장치에서 눈을 들더니, 나를 향해 활짝 웃어 보였다.

"나쁘지 않아."

나는 감개에 젖은 듯 말했다. 산야는 어깨를 으쓱했다.

"전송장치를 조작할 대안을 두 가지 정도 이미 생각해 두고 있었어. 어떤 게 적당할지 확인하려고, 네 장치가 필요했던 거야."

산야는 메시지 전송장치를 껐다.

"제일 힘들었던 건, 다른 중고 장치를 손에 넣는 거였어."

"진짜 똑똑해."

나는 산야를 치켜세웠다.

"아냐. 그냥 호기심이 많은 거야. 난 손가락에 피가 날 때까지 작업하잖아. 근데, 우리 언제 가?"

산야가 말했다.

얼마 후 산야가 메시지 전송장치 설정을 확인하고 있을 때, 나는 산야의 손가락 움직임과 뭔가에 집중해 있는, 한 번도 본 적 없는 산야의 표정을 유심히 바라보았다. 물론 산야가 방에서 몰래 메시지 전송장치를 가져가진 했지만, 내 안에 생긴 의심의 공간을 막아 버리고 싶었다. 나는 산야에게 내 계획과 태양광 차량, 내가 가려고 하는 장소들에 대해 전부 털어놓았다. 마치 내 피부 위로 물이 흐르는 것만 같았다. 이제 거의 손에 닿을 만한 곳에서, 분명하고 끈질기게 우리를 기다리고 있을 그 물 말이다. 그 외에 중요한 건 아무것도 없었다.

나는 산야에게 마음이 변한 이유를 묻지 않았다. 산야도 말하지 않았다.

16

붉은 벽돌집 사람들이 처형당한 그날, 우리는 출발 준비를 모두 마쳤다. 태양광 차량을 손에 넣은 지 2주 만이었다. 나는 처형 장면을 보지 않았다. 앞마당에 있는 자갈과 밖에 내놓은 가구에 녹슨 듯한 갈색 얼룩들이 보였다. 조금 떨어진 곳에서 힐끗 쳐다보니, 대문에 널빤지 하나가 사선으로 박혀 있었다. 그 때문에 파란 동그라미가 둘로 갈라졌다.

"보지 마."

산야가 말했지만, 어쨌든 나는 봤다. 괜히 봤다 싶었다. 이것이 요즘 우리의 일상이다. 일어나고 있는 사건을 외면하려다가 실패하고, 그런 다음에는 그것들을 애써 못 본 척하며 살아간다. 그런 사건들은 우리와 함께하는 내내, 피부밑이나 쿵쿵 울리는 가슴 속 검붉은 공간에 집을 지었다. 그리고 단단한 파편으로 연약하고 무른 심장을 할퀴기 일쑤였다. 거리를 걷다 보면, 사람들이 이런 모습을 숨기고 있다는 걸 알게 된다. 숨겼다 해도 깊이 숨기지 않은 터라, 더디게 변하는 빛처럼 표정이 서서히 바뀌면서 얼굴 전체에 속내가 드러난다.

우리는 플라스틱 무덤으로 가는 길이었다. 흰색과 회색, 푸른색이 어우러진 흐릿한 장벽 같던 하늘이 바다처럼 바뀌었다. 하지만 폭풍이 몰려오고 있는지, 아니면 일말의 빛이 만들어지고 있는지 전혀 알 수가 없었다. 은색 디스크들은 가방 안에 있었다.

"디스크를 숨겨야 해. 아무도 못 찾을 어딘가에. 하지만 누군가 찾아낼지도 몰라. 이야기를 녹음한 사람들은 누군가에게 알리고 싶어 했어. 그러면 오일 전쟁과 과거 세계에 대해 사람들이 알고 있는 걸 모조리 바꿀 수 있을 테니까. 우리는 다른 사람에게도 똑같은 기회를 줘야 해. 만약을 위해서."

산야가 무슨 뜻으로 하는 말인지 알고 있었다. 우리는 '만에 하나 돌아오지 못한다면'이라는 말을 입 밖에 내진 않았다. 하지만 나는 그것에 대해 생각했고 산야도 분명 그랬을 것이다.

우리는 플라스틱 무덤을 가로질러 걸었다. 낡은 고물의 텅 빈 골조들이 두꺼운 샌들 바닥에 바스러졌다. 우리는 과거의 차량 잔해가 있는 곳에 도착했다. 얀손 탐사대의 것이라고 의심했던 과거 기계와 은색 디스크를 처음 발견한 곳이 바로 그 근처였다.

나는 샘 안쪽에서 발견한 금속 상자에 디스크를 밀봉한 뒤, 낡은 천과 너덜너덜한 비닐로 둘둘 말아 놨다. 가방에서 그 꾸러미를 꺼내자, 산야는 예전에 뒷바퀴가 있었을 자리에 구멍을 팠다. 우리는 그곳에 디스크들을 집어넣었다. 문득 디스크에서 흘러나온 여자 목소리가 떠올랐다. 나는 속으로 조용히 그녀에게 감사의 마음을 전했다. 미지의 시대에 티 마스터의 딸이었던 여자! 그녀는 우리 훨씬 이전에 탐험을 떠났고, 그것이 가능함을 몸소 보여 주었다. 그녀가 없었다면, 이 계획을 실행할 엄두도 내지 못했을지 모른다. 나는 여기저기 널브러진 쓰레기를 주워 디스크 위에 쌓아 올렸다. 그리고 너덜너덜한 비닐을 모아 그 위에 뒤덮었다. 뭔가 중요한 게 숨겨져 있는 티가 전혀 나지 않았다.

산야가 뒤돌아 가려고 할 때, 나는 잠깐 기다리라고 했다.

차량 운전석으로 기어 올라간, 나는 여기저기 녹슨 계기판의 구멍 안으로 손을 집어넣었다. 그리고 둥근 플라스틱 상자를 꺼냈다. 무거운 편은 아니었다. 그것을 기울이자, 안에 들은 것들이 바스락거리며 한쪽으로 움직였다.

"이거 기억 나?"

산야 표정이 바뀌었다. 갑자기 얼굴에 화색이 돌았다.

"까맣고 잊고 있었어!"

산야가 외쳤다.

"안에 뭘 넣어 뒀더라?"

산야는 가까이 다가와서, 개봉 예정 날짜를 표시하려고 상자 뚜껑 위에 적어 둔 연도를 살펴보았다.

"아직 20년도 더 남았어."

내가 말했다.

"우리한테 조건이 있었잖아."

산야가 일깨워 주었다.

"정한 날짜까지 개봉 불가. 단, 최악의 상황일 경우 예외."

"넌 지금이 최악의 상황이라고 생각하니?"

산야는 웃고 있었다. 하지만 이어지는 산야의 대답에, 나는 그 이면에 깔린 심각성을 느낄 수 있었다.

"그건 아니지만, 무슨 일이 일어날지 모르잖아."

나는 산야를 쳐다보았다. 산야는 내 눈과 마주치자, 고개를 살짝 끄덕였다. 그러더니 상자를 가져가서는 단단히 붙잡았다. 나는 상자 뚜껑을 계속해서 뒤로 젖혔다. 래커를 꼼꼼하게 녹여 막아 두었던 상자 모서리 부분에 금이 가면서 찢어지기 시작했다. 뚜껑 안쪽에는 10년 전 날짜가 적혀 있었다. 이 타임캡슐에 보물을 담아 둔 건, 여덟 살 때였다. 우리는 고개를 숙여 내용물을 살펴보았다. 제 짝이 아닌, 녹슨 작은 철제 자물쇠와 열쇠. 작은 활자들이 빼곡히 들어찬 노란색 종이(엄마 책에서 찢었을 게 뻔하다). 반들거리는 돌멩이 몇 개. 안경다리도 부러진데다 긁힌 자국까지 있는 낡은 안경. 안경알들은 서로 다른 색깔을 띠고 있었는데, 하나는 빨간색, 하나는 파란색이었다.

"저거 기억 나. 마술 안경."

산야가 반가운 듯 말했다.

문득 안경을 끼고 했던 놀이가 생각났다. 탐사대 스파이인 우리는 안경을 교대로 끼면서, 담 너머 은신처를 살펴보고 자기가 발견한 적의 모습을 서로에게 설명해 주었다.

내가 제안했다.

"하나 가져갈까? 행운의 징표로?"

"무게가 늘어나면, 그만큼 더뎌질 텐데."

산야가 망설였다. 물론 그 말이 맞았다. 나는 안경을 상자에 도로 넣었다. 그런데 내가 뚜껑을 닫으려는 찰나, 산야가 내 손을 막으며 말했다.

"아직 아냐."

산야는 제 손목에서 닳아 해진 얇은 해초 팔찌를 풀러 다른 물건들 위에 올려놓더니, 상자를 내게 건넸다.

"너도."

산야가 말했다.

"너 주머니칼 있지?"

나는 물었다.

산야는 주머니에서 칼을 찾아, 내게 주었다. 나는 상자를 계기판 위에 올려놓았다. 그리고 칼집에서 얇은 칼을 꺼내 긴 머리카락 한 가닥을 잘랐다.

"난 이것밖에 없어."

산야에게 칼을 다시 건네며 말했다.

나는 그 머리카락을 손가락으로 돌돌 말아 헐겁게 매듭을 지은 다음, 해초 팔찌 안에 집어넣었다. 매듭이 헐거워서 조금 풀어진 상태였지만, 울퉁불퉁한 해초 팔찌 속에 자리를 잡았다. 내 검은 머리카락과, 산야가 손목에 차고 있던 말린 해초는 시작도 끝도 없이 이어지는 동그라미 안에 어우러졌다. 뚜껑을 닫은 산야는 봉인이 찢어진 가장자리를 정성 들여 이어 맞췄다.

마치 죽음을 막는 예방 조치로, 풀리지 않는 마법을 거는 느낌이랄까. 만에 하나 우리가 영영 돌아오지 못한다 해도, 우리의 뭔가가 남게 될 것이다. 물론 이름표도 없고 유치한데다 쓸모도 없어 보였다. 하지만 기억해 주길 바라며 남겨 둔 우리의 흔적이었다.

이게 내 생각이었다.

산야도 같은 생각이라고 믿었다.

난 지금도 이 생각을 믿고 싶다.

플라스틱 무덤을 떠날 때, 산야가 말했다.

"오늘 밤에 올게."

거친 리넨을 두른 그녀의 몸은 가냘프고 뼈만 앙상했다. 얼굴에는 방충 모자 그림자가 희미하게 내려앉았다. 산야는 뒤도 돌아보지 않고 가 버렸다.

산야가 떠난 후, 나는 울퉁불퉁한 땅을 지나 태양광 차량 쪽으로 터벅터벅 걸어갔다. 모든 게 제대로 작동하는지 다시 한 번 확인하기 위해서였다. 부스러지는 흙냄새와 썩은 쓰레기 냄새가 발밑에서 진동했다. 나는 태양광 차량 뒤쪽에 매달린 수레의 내용물을 훑어보았다. 식량과 물의 양을 꼼꼼히 계산했고, 만일을 대비해서 조금 더 실었다. 이번 여행의 예상 이동속도가 얼마나 정확할지, 혹은 국경을 넘었을 때 실제 도로 상태가 어떨지 아는 게 하나도 없었다. 기대에 부풀어 있으면서도, 물을 찾을 거라고 감히 자신 있게 대답하지는 못했다. 그래서 대부분의 공간을 식수 싣는 데 할애했다.

나는 가방에 든 물주머니 한 개를 더 실을 요량으로, 말린 과일과 해바라기 씨, 아몬드가 든 가방을 옆으로 밀었다. 물을 실어 나르는 문제야말로 제일 큰 골칫거리였었다. 몇 주치 식수를 대놓고 옮겼다간, 저지당할 게 뻔했으니까. 우리는 여러 가지 물 사기 수법뿐 아니라, 지난 몇 주 동안 마을 사람들이 다례원에서 제 집으로 물을 몰래 숨겨갈 때 써먹었던 방법까지 총동원했다. 산야는 용의주도한 계획에 따라 태양광 차량을 정비했다. 그 결과 아주 대단한 물건이 탄생했다. 산야는 의자를 빼낸 다음, 그 아래에 자물쇠를 채울 수 있는 빈 공간을 만들어 숨겨 두었다. 어찌나 감쪽같던지, 차량이 개조된 것을 알아차릴 수 없을 정도였다. 수레의 가짜 바닥 밑에는 일주일치 물주머니를 실을 수 있었다. 게다가 식량 상자 안에도 여러 개의 비밀 공간을 만들어 두었다. 우리는 수레 위에도 비닐과 캔버스로 만든 차양을 덮어 이중으로 단단히 조였다. 이렇게 하면 내용물도 보호하면서, 수레 아래에서 잘 수도 있었다.

내 걱정거리 중 하나는 반딧불이였다. 여행 도중 얼마나 잡을 수 있을지 알 수 없었기 때문이다. 다례원을 떠날 때 반딧불이를 가져가겠지만, 돌아올 때까지 살아 있긴 힘들 것이다. 지금은 늦여름이라서, 거의 온종일 햇빛이 사방으로 뻗어 나갔다. 하지만 불과 몇 주 후면, 밤마다 점점 어두워질 것이다. 그리고 보름달이 두 번 뜨기 전에, 달 축제가 벌어지고 그해의 겨울을 향해 갈 것이다. 물론 그 훨씬 전에 마을로 돌아온다는 게 우리 계획이다. 하지만 자칫 반딧불이 전등 빛이 약해지기라도 하면, 여행이 지체될 수 있었다. 전등 불빛이 약해질까 봐 불안한 이유가 또 있었다. 우리는 땅 밑 수로 속에 물이 얼마나 깊숙이 감춰져 있는지, 우리가 물을 찾기 위해 내려가야 할 곳이 얼마나 캄캄한지 전혀 몰랐다. 산야가 과거 세계의 태양열 전등 두 개를 고치긴 했지만 밝기가 반딧불이 전등만 못했고, 그중 한 개는 계속 윙윙대다가 작동을 멈추기 일쑤였다.

"멀쩡한 전선은 구경도 못 하겠더라."

산야가 씩씩거렸다. 그래서 우리는 그 정도로 만족해야 했다.

산야는 우리 계획에 대해 아무에게도, 심지어 부모님에게도 말하지 않았다. 부모님을 걱정시키고 싶지 않다고 했다. 만일 그분들이 가지 말라고 붙잡았다면, 산야는 아마 나와 함께 가겠다는 결심을 지키지 못했을지도 모른다.

나는 갈라진 플라스틱 방수포를 활짝 펼쳐 태양광 차량과 수레를 덮었다. 그리고 그 위에 마른 나뭇가지와 고철을 쌓아 올렸다. 나는 이 위장술에 흡족해하며 햇빛 속으로 걸어 나왔다. 우리는 주변에 널린 쓰레기를 모아, 움푹 들어간 그곳 입구에 잔뜩 쌓아 뒀다. 나는 막힌 것처럼 보이게 하려고 내가 지나온 틈을 막았다.

⚜

하늘 색깔이 바위에 낀 이끼 같기도 하고, 생긴 지 얼마 안 된 멍 같기도 했다. 마을 언저리에 이르자, 리넨 셔츠 위에 빗방울이 하나둘 떨어지기 시작했다. 삐뚤빼뚤 수많은 얼룩이 번져 갔고, 살갗에 그 축축함이 배어들었다. 집 대문으로 이어지는 도로에 도착했을 무렵에는 바지 밑단에서 물이 뚝뚝 떨어졌고, 시커멓게 진흙으로 변한 모래 탓에 밝은색 바지가 지저분해졌다. 젖은 해초의 상쾌한 나무 향이 비에 젖은 음습한 공기 속을 떠돌아다녔다.

그날 아침, 나는 하늘을 올려다보고는 습관처럼 빗물 받는 수조들을 정원에 옮겨 놨다. 물론 내가 사용하려는 건 아니었다.

'마을 사람들이 내일 와서 집이 비어 있는 걸 알게 될 때, 빗물이라도 가져가게 놔두자.'

그건 내가 그들에게 줄 마지막 물인 셈이었다. 주카라 아저씨는 내가 돌아오기 전에 언덕의 동굴로 사람들을 몰고 갈 게 뻔하다. 어쩌면 이미 가끔 그곳에 몰래 드나들었을지도 모른다. 나는 그러지 말라고 아저씨에게 신신당부했었다. 갑자기 언덕에 오르는 사람이 많아지면, 군인들이 그냥 넘어갈 리 없을 테니까.

나는 눈을 감은 채 빗속에 서 있었다. 샌들을 벗고 잔디 위에 올라섰다. 미끌미끌한 풀잎이 쓰러지고 납작해지면서, 발바닥에 격자무늬를 그렸다. 머리에서 목덜미로 빗물이 주르륵 흘러내렸다. 등과 팔이 흠뻑 젖고 코끝에서 물이 뚝뚝 떨어졌다. 허물을 벗듯, 옷을 벗은 나는 새로 시작하는, 산뜻한 마음으로 각오를 다졌다.

베란다 옆에 놔둔 나무통이 거의 반쯤 차 있었다.

나는 집으로 들어가서 마른 옷으로 갈아입은 다음, 마루에 앉았다.

변화를 겪으면서 제멋대로 망가지고 싶은 집의 속내를 알아채고도, 여태까지는 겉으로나마 부모님이 계셨던 예전처럼 집을 돌보려고 애써 왔다. 그 노력은 지금도 여전했다. 하지만 이유는 달랐다. 우리가 떠난 후 마을 사람들이 이곳에 왔을 때, 방 어디에서도 내가 멀리 떠나 오랫동안 집을 비울지도 모른다는 낌새를 알아챌 수 없게 하고 싶었다. 나는 의자 등받이에 옷을 걸쳐 두었다. 조만간 다시 입으려고 놔둔 것처럼 말이다. 거실 소파 위에는 책이 펼쳐진 채 뒤집혀 있었다. 여행에 가져갈 의도는 전혀 없었다. 부엌 식탁에는 아침에 먹다 남은 차가 찻잔에 반쯤 들어 있었다. 나는 치우지 않았다. 한결같이 이어 왔던 삶의 궤적을 남겨두고 싶었다. 모든 게 그대로라는 착각에 눈이 멀어, 중요한 변화를 알아채지 못할 것이다. 나는 되도록 오랫동안 마을 사람들의 의심을 늦추고 싶었다.

밤까지, 아니 그 다음 날 아침까지.

모든 준비가 끝났다.

나는 문을 잠근 뒤, 다례원으로 이어지는 돌길을 청소했다. 빗물을 머금은 나뭇잎과 잔디의 풀잎들이 뻣뻣한 빗자루에 달라붙었다. 나는 다례원 베란다 벽에 빗자루를 기대 놓았다.

나는 차나무 세 그루가 있는 바위 정원 언저리로 향했다. 비는 그쳤고 가느다란 잎사귀에 내려앉은 물방울이 반짝였다. 아버지 무덤이 풀로 덮여 있었다. 이제는 무덤과 잔디가 전혀 분간이 안 됐다. 아버지에게 뭔가 말하고 싶었지만 내 입은 침묵을 지켰다.

바위 정원의 모래가 빗물에 어질러져 있었다. 나는 바닥에서 갈퀴를 집어 들고는 깔끔해질 때까지 갈퀴질을 했다. 큰 돌 사이에 물결치는 갈퀴 자국이 마치 느리지도 빠르지도 않게, 칠흑 같은 땅속을 흐르는 물 같았다.

가방 안에 든 공책들이 무거웠다. 정원에 어둠이 짙게 깔리고 있었다. 나는 손을 뒤로 해서 대문을 닫았다.

내가 다리에 도착했을 때, 모든 게 문제없어 보였다. 막힌 입구는 쓰레기로 덮여 있고 전날 내가 떠난 후 그곳에 누군가 다녀간 흔적은 어디에도 없었다. 산야는 아직 도착하지 않은 모양이었다. 나는 은신처로 들어가려고 부서진 안락의자며 불필요한 전선 다발들을 옆으로 치웠다.

그런데…….

나는 내가 본 상황을 바로 알아채지 못했다. 다리 아래의 어둑한 공간에 눈이 적응하느라 시간이 걸렸고, 적응한 눈이 전하는 말을 이해하는 데는 더 많은 시간이 걸렸기 때문이다.

태양광 차량과 짐을 실은 수레가 사라졌다!

숨이 턱 막혔다. 배 속에 묵직한 덩어리가 얹혔다. 마치 날카로운 큰 얼음덩이를 삼킨 것만 같았다.

나는 산야의 메시지 전송장치로, 그다음에는 그녀 가족의 전송장치로 메시지를 보냈다. 묵묵부답이었다. 나는 달리 어찌할 바를 모른 채, 산야 집을 향해 걷기 시작했다. 플라스틱 무덤을 가로질러 지름길로 갔다. 빗물을 머금은 고철 표면과, 매장된 과거의 중심부로 이어지는 캄캄한 틈새에 발이 걸려 미끄러졌다. 무덤가 근처 작은 시내를 지나는데, 사람들이 진흙투성이 물을 끌어 올리고 있었다. 그중에는 다시 내리기 시작하는 빗물을 물주머니나 양동이에 받으려는 사람들도 있었다. 지나치는 집집마다, 구름에서 떨어지는 빗물에 메마른 얼굴과 몸, 손을 내맡기는 사람들이 보였다.

나는 산야 가족이 살고 있는 쪽으로 가다가, 그만 자리에 얼어붙고 말았다.

산야네 집 밖에 푸른 군복 차림의 군인들이 있었던 것이다. 대문은 활짝 열려 있었다. 똑똑히 기억한다. 대문 위에 파란 동그라미 표시는 없었다. 늘 그렇듯, 빛바랜 회색 페인트칠뿐이었다. 산야도, 산야 부모님도 보이지 않았지만 군인들은 계속해서 대문을 들락날락했다. 그중 두 사람이 뒤뜰과 산야의 작업실로 걸어가는 모습이 보였다.

키 큰 군인 한 명이 앞마당에 서 있었다. 그가 고개를 돌렸을 때, 먼 거리였지만 대번에 그를 알아보았다. 타로 사령관의 금발머리 소위, 무로마키였다.

나는 주변을 살피며 뛰지 않으려고 안간힘을 썼다. 진흙으로 물든 도로 위의 내 발은 심하게 부어 있었다. 낮게 걸린 구름이 어슴푸레한 언덕 꼭대기를 스치듯 지나갔고, 빗물의 무게로 터질

지경이었다.

모든 게 변해 버렸고 세상은 온통 뒤죽박죽이었다. 그런 상태에서 나는 다례원으로 다시 돌아왔다. 그리고 기다렸다.

좁은 도로를 오가는 사람은 아무도 없었다. 메시지 전송장치 불빛도 깜박이지 않았다. 세상은 더 느리지도, 빠르지도 않게 돌아갔다.

자정이 지나, 내 방으로 갔다. 해가 비치지 않는, 청회색의 어스름 속에서 침대에 누웠다. 하지만 잠을 잘 수도, 움직일 수도 없었다. 아침이 다 되어서야 깜박 잠이 들었다 깼는데, 숨쉬기조차 버거웠다. 그래서 신선한 바람을 쐬려고 베란다로 나갔다.

구름은 물러갔다. 화창한 아침 햇살에 눈이 부셨다. 나는 촉촉한 잔디밭을 지나 정원 한가운데에 놔둔 수조로 향했다. 고개를 숙여 물을 마셨다. 수면에 내 모습이 언뜻 보이더니 산산이 흩어졌다.

그때 문이 저절로 천천히 닫히면서 경첩에서 끼익하는 소리가 들렸다.

나는 안으로 들어가려고 뒤로 돌았다.

아직 페인트칠이 마르지 않았는지 대문 위에 파란 동그라미 표시가 번들거렸다. 하늘에서 오려 낸 동그라미처럼, 눈부신 아침을 비추고 있었다.

3장

파란 동그라미

'A circle only knows its own shape.
If you ask where it begins and where it ends,
it will stay silent,
yet unbroken.'

— Wei Wulong, 'The Path of Tea'
7th century of Old Qian time

"동그라미만이 제 본모습을 안다.
어디에서 시작되고 어디에서 끝나는지 물어도,
동그라미는 침묵을 지킬 것이다.
그것도 계속해서."

– 웨이 우룽, '차의 여정'
고대 키안 시대의 7세기

17

물만큼 다재다능한 물질도 없을 것이다. 물은 불에 타거나 하늘로 사라질까 두려워하지 않는다. 비가 되어 내릴 때도, 날카로운 바위에 부딪쳐 산산이 조각나거나 땅의 어두운 장막 속에 뒤덮이는 걸 주저하지 않는다. 모든 시작과 끝을 초월하여 존재한다. 겉으로 달라진 건 아무것도 없다. 하지만 물은 깊디깊은 지하의 적막 속에 숨어 있다가, 부드러운 손길로 새로운 길을 얻는다. 그러는 사이 돌도 굴복하고 서서히 비밀의 공간 주변에 자리를 잡게 된다.

물과 죽음은 친하다. 둘은 떨어질 수 없는 사이다. 그리고 우리와도 떼려야 뗄 수 없는 관계다. 우리는 다재다능한 물과, 가까이 있는 죽음으로 이루어져 있기 때문이다. 물은 우리 것이 아니지만, 우리는 물의 것이다. 물이 우리의 손가락, 모공, 몸을 빠져나갈 때, 무엇도 우리를 땅에서 떼어 놓을 수 없다.

이제야 또렷이 보인다. 가느다란 검은 형체가 바위 정원의 차나무 옆에 서 있기도 하고, 나무 사이를 걸어 다니기도 한다. 느긋해 보이는 얼굴. 낯설지 않다. 처음부터 그 얼굴이었다. 내가 아직 알아채지 못했을 때부터 쭉 나를 기다리고 있었을지 모른다.

물이 나를 떠나고 싶어 하는 것처럼 느껴진다. 내 유해의 무게도 느껴진다.

며칠이 지나서야, 내 상황을 감지했다.

우리 집 대문에 그려진 파란 동그라미를 본 첫날 아침, 나는 한참을 미동도 않은 채 서 있었다. 수조에서 마신 빗물이 턱과 목으로 흘러내려, 가운의 옷깃 속으로 스며들었다. 나는 손등으로 물을 닦았다. 부드러운 바람결에 나뭇잎이 흔들리자, 문득 전등의 유리벽을 스치던 반딧불이 날개가 생각났다. 나는 하나로 이어져 빙빙 도는 동그라미를 물끄러미 바라보았다. 빠져나올 길이 전혀 없었다. 땅도 발밑에 변함없이 있고 하늘도 있어야 할 곳에 있었다. 내 주위에 세워진 보이지 않는 벽 너머 세상은 계속해서 돌아갔다. 사람들은 생각에 잠겨 길을 걷고 사랑하는 사람들과 이야기를 나누고 있었다. 어느 순간 내 주변 현실이 어렴풋이 흔들리더니, 가장자리가 바스러지면서 둘로 갈라졌다. 내 일부는 여전히 이 경계선 밖을 걸어 다니며 예정된 인생을 살아가는 기분이다. 그녀는 로스트 랜드로 향하는 길이다. 그녀는 나만큼이나 거의 실제 같고, 어떤 순간에는 나보다 더 실제 같다. 하지만 반대쪽을 볼 뿐, 돌아오지 않는다.

어느덧 이런 생각들이 흩어지더니, 흐릿해지면서 미끄러지듯 사라졌다.

나는 여기 있다. 내가 본 것을 바꿀 수 있는 건, 없었다.

나뭇가지가 산들바람에 흔들렸다. 햇빛은 그물처럼 촘촘한 암녹색 잔디를 물들이고 기다란 풀잎들은 서로 꼬여 제멋대로 엉켜 있었다. 땅에 드리운 그림자는 내 것뿐이었다. 쥐 죽은 듯 고요한 아침, 발걸음 소리도 숨소리도 바람이 전하는 말도 들리지 않았다. 나는 대문으로 걸어가 동그라미를 만졌다. 손가락 끝에 페인트가 약간 묻었다. 끈적끈적한 페인트를 바지에 닦자, 파란 얼룩 세 개가 생겼다. 지워지지 않을 거라는 걸 알았다. 그 생각에 나는 그냥 무시해 버렸다.

집으로 들어갔다. 마룻장이 삐걱거렸다. 목구멍이 사막처럼 말라 있어, 침을 삼킬 때마다 고통스러웠다. 나는 부엌에 들러 수도꼭지를 틀었다. 문득 이틀 전 언덕에 가서 수도관을 잠근 사실이 생각났다. 물이 안 나올 텐데.

그런데…….

물이 나왔다.

나는 찻잔에 물을 가득 채워 들이마셨다. 한 컵 더 마신 후, 한 번 더 마셨다. 물은 멈추지 않고 흘렀다. 맛을 보니, 언덕의 샘에서 나오는 물이었다. 나는 수도꼭지를 잠갔다가 다시 틀었다. 여전히 물이 나왔다.

손가락 아래 만져지는 금속 수도꼭지는 차갑고 매끄러웠다. 나는 수도꼭지를 잠갔다. 그리고 다리를 구부린 채 부엌 마루에 앉아, 이마를 무릎에 댔다.

숨소리에, 혈관을 흐르는 혈액의 움직임에 귀를 기울였다. 집 안의 정적에 귀를 쫑긋 세우고는, 도대체 무슨 일이 일어난 건지 이해하려고 애썼다.

마을 사람의 얼굴이 하나둘 떠올랐다. 갈라진 입술로 전하는 감사와 부탁의 말들, 가득 찬 물주머니를 들어 올리는 손, 힘이 잔뜩 들어간 피부밑의 잿빛 부챗살 같은 손가락뼈도 생각났다. 그들은 자식과 배우자, 부모의 목숨이 달린 그 무거운 것을 옷 아래 숨긴 채 옮겼고, 내딛는 걸음마다 땅을 무겁게 내리눌렀다. 그중에는 집 안으로 들어와 부엌에 앉더니 내 물을 제 집으로 가져가 버린 사람도 있었다. 나는 마음속으로 바로잡았다. 내 물이 아니라 그냥 물이야. 사람들은 마을로 돌아가자마자 길에 붙은 포스터와 거기 적힌 보상금 액수를 보았다. 며칠 아니 몇 주 후, 당당하게 혹은 쭈뼛거리며 길에 있는 순찰대에게 걸어갔다. 그리고 이렇게 말했다.

"할 말이 있는데, 구미가 당길지도 몰라요."

군인들은 알게 된 지 얼마나 됐을까?

저들이 내 동향이라든가 여행 준비 상황을 지켜보고 있었다면, 태양광 차량과 가짜 패스포드에 대해서도 알고 있는 걸까? 어쩌면 벌써 몇 주 전에 샘에 대해 알아챘으면서도, 내가 마을을 떠날 예정이라는 사실을 어쩌다 알게 되어 그때까지 기다린 건지도 모른다. 아마 태양광 차량을 숨겨 둔 곳의 동태를 계속 살피면서, 산야와 내가 그곳으로 식량과 물을 옮기는 상황을 감시하고 있었을 것이다. 그러다가 어제 산야가 나를 기다리기 위해 플라스틱 무덤 가장자리를 따라 걸어갈 때, 모습을 드러낸 것이다. 묵직한 군화와 푸른 군복 차림의 군인 세 명, 어쩌면 두 명뿐이었을지도 모른다. 한 명이었어도 충분했을 것이다. 산야의 몸집은 왜소했으니까. 암운이 감도는 하늘 아래, 다리 밑 입구에서 저들이 칼을 뽑아 들고 산야를 막아서는 모습이 눈에 선했다. 빗물이 번진 칼날은 기포 생긴 거울 표면 같았다. 군인 중 한 명이 산야 손을 뒤로 묶는 동안, 다른 한 명이 다리 아래 공간으로 성큼성큼 걸어갔다. 그곳에는 태양광 차량이 떠날 준비를 마친 채 기다리고 있었다. 저들은 태양광 차량, 그리고 수레에 실린 식량과 물을 꺼낸 뒤, 산야를 태우고 떠나 버렸다. 그래서 산야는 나를 피신시키거나 연락할 방법이 없었던 것이다.

나는 산야에게 무슨 일이 있었는지 상상하고 싶지 않았다.

하지만 이런 생각 이면에는, 또 다른 가능성이 감춰져 있었다. 산야가 체포된 게 아닐 수도 있다는 가능성 말이다. 군인들은 산야 앞에 나타날 필요가 없었을지도 모른다.

하지만 그건 상상도 할 수 없는 일이었다. 감당할 수 있는 내한계를 허물지 않는 한, 이 생각을 내 안에 끼워 넣을 수는 없을 것이다.

나는 물 범죄를 일으킨 마을의 다른 가족이 겪은 일들에 대해 생각나는 걸 전부 떠올렸다. 그리 많진 않았다. 소문이나 전해 들은 말. 유령처럼 말없이 멍하니 있는, 범죄자들의 어렴풋한 모습. 정원 길 모래 위에 말라붙은 피.

집을 떠날 수 없을지도 모른다는 생각에, 순간 공허한 두려움이 밀려왔다. 하지만 이미 나는 안중에 없는 존재라는 생각이 들었다. 집에서 얼마나 멀리 벗어날 수 있을지 나는 모른다. 내 삶을 둘러싼, 눈에 보이지 않는 경계선에 다다르면 무슨 일이 벌어질까? 그곳에서 총에 맞아 죽게 될까? 아니면 경고 정도로 넘어갈까?

한 가지 방법밖에 없었다.

베란다로 나오는데, 다리가 후들거렸다.

집 현관에서 대문에 이르는 길은 너무나 익숙하고 손바닥 보듯 훤했다. 지금껏 그 길을 수도 없이 지나다닌 터라, 눈 감고도 모습을 설명할 수 있었다. 하지만 지금 잔디밭을 가로지르는 길은 낯설고 새로웠다. 아치를 그리며 내딛는 걸음걸음이 가슴에 아로 새겨졌고, 몸의 중심을 옮길 때마다 바위를 통째로 들어 올리는 것처럼 힘에 겨웠다. 전날에는 안 보였는데, 처마 밑 거미줄에 나방 한 마리가 걸려 있었다. 돌길의 석판들이 물결치듯 퍼져 나갔다. 석판 가장자리의 울퉁불퉁한 모양, 세월과 함께 짓눌린 진회색 석판 층들. 그 위로 앙상한 뼈에 옅은 살갗이 덮인 내 발이 보였다. 부드러운 잔디밭을 보듬은 돌 위에 핏기 없고 연약한 모습으로 펼쳐져 있었다.

서둘러 거친 숨을 몰아쉬었다. 한 걸음씩 내디딜 때마다 몸속 어딘가가 느껴지기를 기다렸다. 정확하게 뭐? 나는 총상, 말라붙은 피로 더러워진 붕대, 그 주변의 끈적끈적한 노란 진물을 본 적은 있어도, 총알이 희생자에게 가 닿는 걸 본 적은 없다. 총알이 살을 뚫고 들어가 조직을 찢어발기며 뼛속에 박힐 때, 희생자 얼굴에 나타나는 고통도 본 적이 없다. 나는 일단 살이 살짝 찢어졌을 때와 같은, 얼얼하고 화끈거리는 고통을 상상했다. 그런 다음 그것의 백 배 정도 되는 고통을 상상해 보려고 애썼다. 언뜻 생각하기에, 현실에는 존재하지 않을 것 같았기 때문이다. 나는 그 고통을 얼마나 느끼게 될까? 생명이 내 곁을 천천히 떠난다면, 그것을 따라갈 시간이 있겠지? 아니 어쩌면 아주 순식간에 끝나 버려, 총상으로 인한 끔찍한 고통을 거의 느낄 새도 없을지 모른다.

한 걸음 한 걸음 힘겹게 발을 내디딜 때마다, 몸속에 흐르는 피가 발을 짓눌렀다. 잔디들이 신발 밑에 깔렸다가, 내가 발을 떼면 하늘을 향해 다시 솟구쳤다.

그때 숲에서 뭔가 바스락거리는 소리가 났다. 하지만 나무 사이로 아무런 움직임도 없었다. 내가 멈춰 서 있다는 것도 그제야 깨달았다. 막혔던 숨통이 트였다. 나는 근육의 긴장을 풀면서, 간밤에 내린 비의 향기를 품은 상쾌한 아침 속으로 폐 속 공기를 내뿜었다. 이제 대문이 멀지 않았다. 한 걸음 걸었다. 몇 번만 성큼성큼 걸으면, 그곳에 닿을 것이다. 한 걸음, 또 한 걸음, 다시 또 한 걸음. 손을 뻗으면, 밤기운에 차가워진 철제 대문이 당장에라도 잡힐 듯했다. 마지막 한 걸음. 나는 대문 바로 앞에 멈춰 섰다.

나뭇잎이 휙휙 소리를 내며 부대꼈다. 바람이 나뭇가지를 잡아당겼다. 길가 모래 위의 그림자들이 달라졌다. 소나무에 매달린 풍경이 뒤에서 은은하게 울려 퍼졌다.

나는 숨을 들이마신 다음, 눈을 감았다. 그리고 문을 열었다.

아무 일도 일어나지 않았다.

주위를 둘러봐도, 쥐새끼 한 마리 보이지 않았다.

나는 대문을 넘어 한 걸음 내디뎠다.

그리고 또 한 걸음.

세 걸음째였다. '탕' 하는 소리가 공기를 갈랐다. 날카롭지만 예상 외로 작은 소리였다. 마치 두꺼운 널빤지를 금속으로 한 번 내리쳐 둘로 가르는 것 같았다. 한 움큼의 모래가 내 발에서 불과 두 뼘 정도 떨어진 거리까지 날아왔다. 나는 그 자리에 얼어붙었다. '탕' 하는 울림이 사방으로 흩어졌다.

어린 시절, 천둥이 칠 때면 엄마 서재 구석에 걸려 있는 커튼으로 몸을 감싼 채 숨어 있었다. 커튼 결 사이로 빛이 걸러지면서, 그곳에 마음을 달래 주는 아늑한 어스름이 깔렸다. 그리고 세상을 위협하는 날카로운 소리가 멈춰 사라질 때까지 그곳에서 기다리곤 했다. 설령 당시의 커튼 같은 피난처는 없어도, 지금은 다시 집 안으로 들어가는 편이 안전할 터였다. 이제 그때와 같은 충동이 나를 덮쳤다. 내 몸속 섬유 조직 하나하나가 아우성을 쳐 댔다. 몸을 돌려 되도록 빨리 집으로 냅다 뛰어서, 세상을 뒤흔드는 날카로운 소리가 멈출 때까지 커튼 뒤 구석에 웅크리고 있어야 한다고. 그래야 그 소리 너머 촘촘하게 얽힌 어둠 속으로, 혹은 모든 것을 태울 듯한 새하얀 빛 속으로 미끄러지지 않을 수 있다고. 하지만 커튼 끝자락은 이미 오래전에 너덜너덜해졌고, 구석 자리에는 거미줄과 뒤엉킨 먼지만 가득했다. 집, 정원, 언덕 어디에도 유리 날처럼 날카로운 세상의 틈을 피할 만한 곳은 없었다.

나는 다시 앞으로 걸음을 내디뎠다.

총소리가 하늘을 찢었다. 총알이 바닥에 떨어지면서, 발 위로 모래가 흩어졌다. 눈을 치켜뜨자, 10m 정도 되는 곳에 움직이는 뭔가가 보였다. 나무줄기 사이로 아른거리는 푸른색 기다란 형체. 햇빛을 받은 금속의 섬뜩한 번뜩임.

이 세 번째 미수로, 나는 혹시나 했던 것을 확신하게 되었다. 모래가 또 한 번 흩어졌다. 일부러 빗나가게 쐈지만, 워낙 가까워서 겁주기에는 충분했다. 이 군인들은 총 쏘는 방법을 알고 있었다. 내 한계선을 알려 주고 싶었던 것이다. 무슨 이유에서인지 나를 다치게 할 생각은 없는 눈치였다.

숨 막히는 정적이 주변을 내리누르는 그때, 나는 대문을 통해 정원으로 천천히 돌아갔다.

태양이 오후를 향해 가고 있을 무렵, 나는 감금 경계선을 알아냈다. 저들은 울타리가 없는 다례원 뒤쪽을 제외한, 모든 정원 울타리를 지키고 있었다. 다례원 뒤쪽 담에서부터 열 걸음 정도 떨어진 곳에도 보이지 않는 벽이 세워져 있었지만, 다례원은 내 맘대로 드나들 수 있었다. 집 근방에, 내 동태를 계속해서 감시하는 저격수 몇 명이 배치되어 있을 거라고 확신했다.

집 안으로 들어온 나는 문을 잠그고, 창문의 커튼이란 커튼은 죄다 내렸다. 그제야 파란 동그라미 표시가 있는 다른 집들 창문이 늘 가려져 있던 이유를 알게 되었다. 제한된 경계선 안에 삶이 묶여 있다 보면, 아무리 눈곱만 한 자유라도 소중한 법이니까. 빛바랜 나무문이나 깨지기 쉬운 유리창으로는 나를 위협하는 사람들의 접근을 막을 수 없다. 하지만 내 인생의 작은 일부분이라도 그들에게 숨길 수 있고 오로지 내 것으로 만들 수 있다면, 요만큼의 사생활이라도 포기하지 않을 것이다. 어쩌면 내게 주어진 마지막 사생활일지도 모른다.

문득 메시지 전송장치들이 생각났다. 그중 하나는 로스트 랜드에 가져가기 위해 싸둔 채 그대로 있고, 다른 하나는 내 방 나무 궤짝에 놔뒀다. 나는 가방에서 조작된 전송장치를 꺼내, 화면에 손가락을 댔다. 불이 켜지기를 기다렸다. 한 줄로 나열된 점들이 화면에 깜박거렸다. 장치가 전송장치 네트워크에 접속을 기다리고 있었다. 드디어 화면에 나타난 메시지.

네트워크 없음!

나는 아래쪽에 다시 검색 항목을 선택했다. 잠시 후 같은 메시지가 다시 나타났다. 나는 내 방으로 걸어가 다른 메시지 전송장치를 꺼냈다. 그 화면 역시 집 안에서는 네트워크 연결이 안 된다고 떴다. 나를 감금한 사람들이 내가 바깥세상과 소통할 방법을 완전히 차단해 버린 것이다.

저녁 무렵, 나는 먹을거리가 걱정되기 시작했다. 적어도 당장은 물이 있었다. 혹시 물 공급이 끊길지 몰라, 부엌 수도꼭지를 통해 모든 물주머니에 물을 받아 놓았다. 하지만 먹을거리는 많지 않았다. 여행을 손꼽아 기다리면서, 하루 이상 보관해도 될 만한 것들은 모조리 태양광 차량에 실었기 때문이다. 부엌 찬장에서 아마란스 크래커 몇 개를 찾아, 그중 한 개를 연한 차와 함께 먹었다. 그리고 정원에 감사했다. 각종 베리와 채소, 과일들이 익어 가고 있었다. 하지만 먹을 수 있으려면 앞으로 몇 주는 더 있어야 했다. 오트밀 가루를 아껴 먹는다면, 일주일 정도는 버틸 수 있을 것이다.

그날 밤도 평소처럼 태양이 낮게 내려앉았다. 나는 부엌 서랍을 뒤져, 날이 뭉뚝한 칼을 찾았다. 그리고 닫힌 현관문 앞에 섰다. 그곳에는 오래전부터 금속으로 도장된 두 갈래 걸이가 걸려 있었는데, 보통 그곳에 방충 모자를 걸어 놓곤 했다. 나는 모자를 벽 선반으로 옮긴 뒤, 칼끝을 나무에 갖다 댔다. 흰색 칠이 되어 있는 나무. 페인트 붓 자국. 엄마 손놀림이 어렴풋이 보였다. 엄마는 빛바랜 페인트칠을 벗겨 내더니 다시 윤기 나는 새 문처럼 만들었다. 그 후로 10년이 지났고, 페인트에는 금이 가 있었다.

나는 칼날을 문에 대고 꽉 눌렀다. 그리고 파란 동그라미와는 반대의 내 쪽 나무 위에 사선을 하나 그었다. 선을 그은 부분의 페인트가 벗겨졌다. 다른 선들을 그릴 공간은 충분했다.

방으로 돌아온, 나는 베개 밑에 칼을 넣었다. 먹통이 돼 버린 메시지 전송장치는 침대 옆 탁자에 놔두고 침대에 누웠다. 늦여름 햇빛이 얼굴에 내리비쳤다.

다음 날 아침, 첫 번째 사선 옆에 선을 하나 더 그렸다. 집안 공기가 숨 막힐 듯 답답했다. 문을 여니, 현관 계단에 음식이 든 쟁반이 놓여 있었다. 양은 많지 않았다. 빵 반 덩어리와 마른 무화과 한 움큼, 작은 주머니에 든 콩이 전부였다. 나는 물이 들어 있는 그릇에 그것들을 담근 다음, 꼼꼼히 따져 일정량으로 나눴다. 그 양으로 며칠을 버텨야 할지도 모르기 때문이다. 빈 쟁반은 원래 있던 자리에 두었다.

나는 부엌 수도관에서 물이 안 나와야 할 때 나온 것에 대해, 그리고 바로 내 근처에서 총을 쏘고도 일부러 맞히지 않은 저격수들에 대해 생각했다.

베란다에 놔둔 음식을 떠올렸다. 그리고 도저히 이해는 안 되지만 믿고 싶어졌다. 누군가 내가 살아남기를 바란다고. 적어도 당분간만이라도.

그들은 또한 내가 두려워하기를 바랐다.

다음 날 밤, 나는 누가 정원에 들어오는지 보려고 창문 밖을 계속 주시했다. 아침 6시 조금 넘어, 군인이 도착했다. 그는 약간의 음식이 담긴 쟁반을 들고 있었다. 군인이 현관 계단에 쟁반을 놔둘 때, 나는 피곤해서 사지가 천근만근인데도 몸을 일으켜 세웠다. 문을 열자 군인이 고개를 들었다.

"우리 집에 왜 표시가 돼 있는 거죠?"

나는 물었다.

빈 쟁반을 집어 든, 군인은 아무 대답도 하지 않은 채 돌아서서 걷기 시작했다. 나는 그를 뒤쫓았다. 위험한 행동이라는 걸 알지만, 그래도 해 봐야 했다.

"내가 왜 고발당한 거냐고요? 누군가와 얘기도 할 수 없나요?"

나는 물었다.

군인은 아무 말 없이 걷기만 했다. 나는 전속력으로 달려 그를 따라잡은 다음, 앞을 막아섰다. 멈춰 선 군인은 칼집에 손을 올렸다. 그제야 빵집 아들이라는 걸 알아챘다. 학교에 같이 다녔고 마을에 붙인 포스터에 포상금을 적던 그 사람.

"누군가와 말 좀 하게 해 줘요. 감금된 채 살아야 한다면, 내가 고발당한 이유 정도는 알아야 하잖아요."

그는 긴장한 채 서 있었고 나는 칼에 베여, 얼얼하면서 화끈거릴 상처에 대한 마음의 준비를 했다. 군인은 여전히 묵묵부답이었다.

"부탁해요."

말은 그렇게 했지만, 내 애원조의 말투가 맘에 들지 않았다.

군인이 입을 다물고 있자, 나는 물었다.

"이러는 이유가 뭐예요?"

그는 칼자루에 손을 올려놓은 채 말했다.

"그쪽은 누구와도 얘기할 수 없고 난 그쪽 질문에 할 말이 없습니다. 그냥 내 일을 할 뿐입니다."

군인은 잠자코 나를 살폈다. 그에 대한 기억은 그리 많지 않다. 하지만 그 순간 그에게서 한 소년의 모습이 보였다. 수년 동안 쉬는 시간마다 학교 운동장을 잽싸게 뛰어다니던 소년이.

"난 그쪽 얼굴을 베야 합니다."

군인은 계속 말했다.

"하지만 이번 한 번은 그냥 넘어가죠. 다른 경비병들은 그리 관대하지 않습니다. 음식을 가져다 줄 때, 얌전히 집 안에 있는 게 현명할 겁니다."

그는 다시 대문 쪽으로 향했다. 나는 제자리에 얼어붙었다. 그의 목소리와 표정에, 내 혀는 돌처럼 굳었고 발은 땅에 붙박인 듯 꿈쩍도 안 했다. 나를 겁먹게 한 그의 눈빛 뒤로 암담함이 보였다. 외면하고 싶어도 봐야 하는 모습들과 더 암울하고 자극적인 상황 때문에 생긴 암담함이었다.

다른 사람들이 외면하고 싶어 하는 일을 할 때면 암담해진다.

내가 다시 그를 따라가거나 말을 붙이기라도 하면, 보나 마나 나를 칼로 베고 더는 움직이지 못할 때까지 피를 흘리도록 놔두겠지. 나는 군인이 대문을 지나 사라지는 모습을 지켜보았다. 한참이 지나서야 피가 자연스레 온몸으로 통했고 집으로 돌아갈 수 있었다.

세 번째 날 저녁, 나는 바위 정원 옆에 서 있었다. 그런데 마을로 통하는 도로에서 뭔가 움직이는 게 보였다. 멀리서 봐도, 걸어오는 그 형체는 푸른 군복 차림이 아니었다. 너무 왜소해서 산야도 아닌 것 같았다. 그 형체는 점점 다가오더니 나무 그림자들과 뒤섞였다. 여자를 막아서는 사람도 없었다. 여자가 대문에 가까이 다가왔을 때, 마이 하르마야라는 걸 알게 되었다. 대문에서 약 10m 정도 떨어진 곳에서 걸음을 멈춘, 마이는 집을 뚫어지라 쳐다보았다. 시선이 움직이다가 내 눈과 마주쳤다. 그러더니 다시 집 쪽으로 고개를 돌렸다. 마이의 시선은 대문에 고정되어 있었다. 잠시 후 주변을 둘러보고는, 몸을 돌려 서둘러 마을을 향해 걷기 시작했다.

여자의 작은 체구가 사라졌을 때, 나는 집 주변 나무 사이에 있는 도로로 마을 사람을 보지 못할 거라는 걸 깨달았다.

18

칼날에 페인트칠이 벗겨지면서, 그 아래 희미한 나무 표면이 드러났다. 내가 방금 그은 선을 시작으로 여섯 번째 줄이 생겼다. 지난 5주 동안 아침마다 해 온 대로, 칼을 칼집에 꽂아 주머니에 넣었다. 딱 맞진 않지만 칼집이 없는 것보다 훨씬 나았다.

빵집 아들이 나를 등진 채 뒤도 돌아보지 않고 대문으로 사라진 그날 이후, 나는 누구와도 이야기해 본 적이 없다. 아침마다 계단에는 어김없이 쟁반이 있었고, 이따금 푸른 군복이 얼핏 보이기도 했지만 군인들에게 다시 말을 걸 자신은 없었다.

삶의 경계선이 불확실하고 폐쇄적일 때면, 거기에 매달리려는 걷잡을 수 없는 욕구가 분명해지기 마련이다.

나는 아침저녁마다 메시지 전송장치 두 개를 계속 켜 보았다. 희망만큼 집요한 건 없는 법! 그중 한 개에서라도 불빛이 깜박이기를 기대했고 그 기대마저 완전히 물 건너간 듯했지만, 여전히 내 안에서는 불빛이 깜박거렸다. 그리고 살 공간도, 숨 쉴 공간도 없을 어둠 속으로 그 불빛을 다시 밀어 넣어야 했다. 메시지 전송 장치의 불빛이 꺼져 있을 때마다, 내 심장은 더욱 강하게 고동쳤다. 하지만 그 순간도 잠시, 감금 생활은 다시 뿌연 안개 속으로 변했다. 나는 그 속에서 시야가 언제 환해질지, 앞에 무엇이 있을지 전혀 짐작도 못 한 채 한 번에 한 걸음씩 발을 내디뎠다.

내 일상은 정원에서 먹을 것을 찾고, 어떤 물이든 되도록 비축해 놓는 일로 채워졌다. 수돗물이 나왔다 안 나왔다 종잡을 수 없었기 때문이다. 내가 뿌리채소를 캐지 않고 있다거나, 물주머니와 냄비에 물을 채워 놓지 않고 있다거나 하면, 그건 바깥세상에서 무슨 일이 벌어지고 있을지도 모른다는 쓸데없는 생각에 빠져 있을 때였다. 이 땅 여기저기에서 전쟁이 일어나고 있었다. 마을에서 무슨 일이 벌어지는지, 신징으로 가는 길이 뚫렸는지 도통 알 수가 없었다. 어쩌면 신징이 전소되었지만 그 소식이 내게 전해지지 않았을 수도 있다. 마을조차 없어졌을 수도 있다. 남아 있는 거라곤 이 집과 정원, 바람에 휘어지는 나무와 마을로 이어진 모래 길, 거친 언덕 경사면과 그 너머 하늘뿐인지도 모른다.

엄마도 이제 거기 없을지도 모른다. 어쩌면 산야도.

그런 순간들이 있었다. 담으로 둘러싸인 말 없는 집과 멈춰 버린 내 인생이 날 옴짝달싹 못 하게 만들어 끝내 돌처럼 굳어버리게 할 것만 같은 순간들 말이다. 일단 발의 유연성이 사라질 것이다. 피부도 점차 잿빛으로 변하고 딱딱해지면서, 급기야 무릎이나 발목을 구부릴 수도 없고 들어 올릴 힘도 사라질 것이다. 나는 한 걸음도 움직이지 못하고 구멍이 숭숭 뚫린 바위가 질병처럼 온몸에 퍼져 가는 모습을 지켜볼 것이다. 엉덩이며 옆구리, 가슴은 딱딱하게 굳어 가고, 손끝과 손바닥 감각이 서서히 둔해지면서 손목과 팔목도 옴짝달싹 못하게 될 것이다. 마지막으로 굳는 건 내 얼굴이겠지. 눈꺼풀은 열린 채 그대로 굳어질 테고, 깜박일 수도 없으니 눈이 서서히 말라가는 기분이겠지. 그 상태로 돌 껍데기 안의 내 심장 울림에 귀 기울일 것이다. 결국 그 울림마저도 사라지겠지만.

나는 날 얼어붙게 하는 생각들을 외면해야 했다. 하지만 멈출 수가 없었다. 아직은 아니었다.

계단에 가서 그날의 음식 쟁반을 들고 부엌으로 왔다. 그리고 식탁에서 음식을 깨끗이 먹어치웠다. 그날도 배급량은 그리 많지 않았다. 아마란스 한 줌과 해바라기 씨 한 주머니였다. 정원에 심은 작물들이 익어 가고 있다는 걸, 군인들도 아는 눈치였다. 시원찮은 아침 식사 후, 나는 쟁반을 현관 앞에 다시 가져다 놓고는 씻으러 욕실로 향했다. 옷을 벗고 샤워기 아래로 걸어갔다. 샤워 꼭지에서는 찬물이 뿜어져 나오기는커녕, 몇 방울씩 찔끔찔끔 새어 나오는 정도였다. 나는 잠깐 기다렸다가, 수도꼭지를 잠갔다

다시 틀었다. 잠시 수도관에서 쉭쉭 소리가 나더니, 어딘가 깊은 곳에서 끽끽거리는 금속성 소리가 낮게 들려왔다. 마치 수도관이 돌아가고 있는 것 같았다. 마침내 물이 뿜어져 나왔다. 나는 재빨리 온몸에 비누 거품을 묻혔다. 요즘 나는 변덕스러운 우리 집 수돗물에 이미 적응한 터였다. 샘의 수면과 흰색 마크가 생각났다. 마지막으로 언덕에 갔던 날, 수면 바로 아래로 그 마크가 희미하게 보이던 기억이 났다. 그러자 다시 심장이 벌렁거리는 것 같아, 그 생각을 떨쳐 냈다. 어쨌든 나한테는 여전히 맘대로 쓸 수 있는 물이 있었다. 범죄자라는 낙인이 찍혔다고, 더러운 옷만 입고 다니고 몇 주 동안 목욕도 안 하고 지내야 하는 건 아니다. 비록 감금된 신세이긴 해도, 물만큼은 자유로운 대다수 마을 사람보다 더 많았다.

물론 그 이유는 여전히 오리무중이었지만.

나는 옷을 입고, 다례원으로 이어지는 돌길을 청소하러 갔다. 풀잎에 매달린 밤이슬이 샌들의 격자무늬를 지나, 발등을 스치고 지나갔다. 그날 구름은 잔뜩 끼어 있었지만 비의 습한 기운이 배어 있지는 않았다. 나는 보이지 않는 감옥의 경계에 너무 다가가지 않도록 조심하면서, 길에 떨어진 나뭇잎을 모아 다례원 구석에 쌓았다. 그리고 한 움큼을 집어 돌 위에 뿌렸고 나머지는 헛간 뒤에 있는 퇴비 더미에 옮겨 놓았다.

어느덧 구스베리 덤불에도 빨간 베리들이 통통하게 여물었다.

베리의 무게에 가지들이 축 늘어졌다. 나는 베란다에 있는 통을 집어 들었다. 구스베리들이 플라스틱 통에 비가 내리듯 후드득 떨어졌다. 베리 즙의 달콤함이 입안에 번지고 베리 씨가 이빨 사이에서 오도독 씹혔다. 나는 따끔거리는 덤불 때문에 손가락이 아파, 일단 따 모은 베리들을 집 안으로 옮기고 있었다. 그런데 그때 태양광 차량이 다가오는 게 보였다. 처음에는 그냥 그런가 보다 했다. 군인들은 보통 걸어서 집 주변을 왔다 갔다 하지만, 이따금 태양광 차량이 그들을 데려왔다 데려가곤 하기 때문이다. 경비병들이 교대하는 모습을 본 적도 없었다. 그래서 내 삶이 예전과 거의 다를 바 없다는 생각이 들 때도 있었다. 내가 경계선을 넘으려고 하지 않는 한, 군인들은 모습을 거의 드러내지 않았다.

하지만 이 태양광 차량은 해초로 만든 손님 주차장에 차를 세웠다. 전에는 한 번도 그런 적이 없었는데 말이다. 나는 베리가 든 통을 베란다 가장자리에 내려놓았다. 어느 키 큰 남자가 차량에서 내렸다. 그는 대문을 지나 정원으로 들어오더니 다가와 인사했다.

나는 인사도 하지 않은 채 물었다.

"타로 사령관님. 제가 뭘 어쨌기에 이런 생각지도 못한 대접을 받는 거죠?"

타로 사령관은 좀 더 가까이 다가왔다. 어찌나 가깝던지, 방충 모자에 망이 있었음에도 매정한 검은 눈에 비친 내 모습이 보일 정도였다. 근육들은 뒤로 물러서고 싶은 듯 꿈틀댔지만, 나는 억지로 버텼다. 사령관은 나를 뚫어져라 쳐다보았고 나도 피하지 않았다.

"우리가 마지막으로 본 이후로, 달라진 점이라고는 하나도 없어 보이는군. 카이티오 양."

타로 사령관이 말했다.

그는 입 꼬리를 비틀며 냉소를 지었다. 그 냉소를 보니, 칼이나 군도, 그보다 훨씬 날카로운 것이 생각났다.

"우리 대접이 어때서?"

타로 사령관은 손짓을 했다. 마치 그의 손아귀에 집과 정원을 움켜쥐려는 듯 보였다.

"각별히 신경을 써 준 것 같은데. 운동할 공간도 충분하고, 음식이며 물도 꼬박꼬박 대령하고 말이야. 이런 사치를 누리는 죄수는 거의 없지."

"그러니까요. 내가 왜 이런 특권을 누리는지 모르겠어요. 그걸 알려 주려고 온 것 같은데요."

나는 대답했다.

타로 사령관은 재미있다는 눈치였다. 그 표정은 왠지 얼굴에 쓴 얇은 가면 같았다. 눈 말고 아무것도 움직이지 않았다.

"당신의 특별한 능력을 썩히게 되어 유감이군. 카이티오 양, 아니 마스터 카이티오. 그래서 말인데, 차를 마시면서 대화를 나누면 어떻겠나? 당신은 아주 친절한 사람이니, 찾아온 사람 성의를 생각해서 차를 대접해 주겠지?"

사령관이 말했다.

정중하고 예의 바른 말투였지만, 그 말은 부탁이 아니었다.

"15분만 시간을 주세요. 타로 사령관님. 그러면 준비를 끝낼 수 있습니다. 다과는 없습니다. 그 점에 대해 제 사과를 받아 주실 거라 기대합니다."

나는 애써 말투를 부드럽게 하지는 않았다.

"원하신다면. 마스터 카이티오."

타로 사령관이 대꾸했다.

나는 그를 잔디밭에 남겨 둔 채, 집으로 향했다. 커튼이 잘 쳐져 있는지 확인한 후, 옷장에서 티 마스터 예복을 꺼내 입었다. 이제는 다른 시간과 다른 세상에 속하는 지난달 축제 때, 나는 처음으로 이 옷을 입었다. 그때보다 한결 보들보들하고 편했다. 하지만 여전히 이상한 건 있었다. 마치 내 것이 아닌 양, 그저 빌린 옷을 걸친 기분이었다. 티 마스터 예복으로 갈아입은 건, 황당하고 무의미한 짓이었다. 타로 사령관은 나한테 이런 걸 기대한 게 아니었다. 하지만 마스터들 사이에서 대대로 이어져 내려온, 변하지 않는 다례 의식이야말로 약점이 많은 나 자신과 신성한 마스터를 이어 줄 유일한 실질적 다리였다. 예복은 그 뒤에 숨어 있을 수 있는 방패인 셈이었다.

다례원에는 다기 세트 몇 개가 준비되어 있었다. 청소는 물론이고 환기도 날마다 시켰고 바닥도 여러 차례 닦았다. 그래서 지금은 물만 가져가면 됐다. 10분 후, 나는 예복을 입은 채로 부엌 수도꼭지에서 물을 가득 채운 물주머니를 들고 집 밖으로 나갔다.

사령관이 보이지 않았다. 그러다가 다례원 밖에 서 있는 그를 발견했다. 그는 앞쪽에 있는 돌 대야 안의 물을 잔디에 뿌리고 있었다. 물로 잔디를 촉촉하게 적시는 행위는 다례원과 그 주변의 상징적인 정화를 의미했다. 티 마스터와 그들의 제자 외에 누구도 해선 안 되는 일이었다. 목구멍이 홧홧해지고 눈에 핏발이 섰다. 나는 그곳으로 향해 걸었다. 샌들 바닥이 석판을 살짝 내리쳤다.

"다시 손님 출입구로 몸을 숙이고 들어가셔야 할 것 같아요. 다례원을 수리할 때, 높이는 그대로 뒀거든요."

나는 말했다.

타로 사령관은 두꺼운 바지에 젖은 손을 닦더니 섬뜩한 미소를 지었다. 검은 눈빛이 움직였다. 마치 어두운 방에 있는 거울에 뭔가 깜박이며 움직이는 듯했다.

"그런 것 같군."

사령관이 대답했다.

우리 둘 다 고개를 숙이지 않았다. 나는 다례원을 빙 둘러 마스터 출입문으로 향했다.

나는 난롯불을 켜고 그릇에 물을 부어 데우고 쟁반에 다기 세트를 놓은 다음, 손님용 미닫이문을 살살 밀어 열었다. 잠시 후 타로 사령관이 무릎을 굽히며 들어왔다. 방충 모자는 밖에 두고 온 모양이었다. 나는 무의식적으로 근육의 기억에 따라 목례했다. 사령관 얼굴에 다시 미소가 번졌고 그도 인사했다. 내가 보기에는 경멸 섞인 과장된 몸짓 같았지만, 워낙 순식간에 일어난 일이라 장담할 수는 없었다. 피가 뺨으로 치달았다. 나는 심호흡을 하며 물을 떠올렸다. 나를 실어 나르고 속박하는 물, 나를 먼지로부터 떼어 놓는 물, 아직은 나를 버리지 않은 물.

솥 바닥에 거품 열 개가 생겼다.

나는 차를 준비해서 사령관에게 찻잔을 건넸다. 그는 느긋하게 찻잔을 받아 들더니, 후 하고 불었다. 하지만 차가 여전히 뜨거운지 마시지 않고 바닥에 내려놓았다.

사령관은 나를 뚫어져라 지켜보고 있었다. 평가받는 느낌이었다. 그의 견디기 힘든 싸늘한 의도에 간담이 서늘해졌다. 타로 사령관은 내심 어떤 목적을 가지고 이곳에 왔다. 나는 그게 뭔지 모른다. 하지만 미동도 없이 조용히 앉아 있는 그의 모습에, 어떤 것도 그것을 막지 못할 거라는 걸 깨달았다. 번쩍이는 딱딱한 표면을 깨는 건 고사하고, 흠집조차 낼 수 없을 것이다. 타로 사령관은 서둘지 않았다. 내 약점을 발견할 때까지 기다리며 지켜보았다.

마침내 오랜 침묵 끝에 사령관이 입을 열었다.

"내가 무섭지 않은가 보군. 노리아. 왜지?"

이젠 칭호도 빼고 이름만 불렀다. 고의적인 결례다. 다례를 치르는 중에 티 마스터를 이런 식으로 부르는 건 무례한 짓이다. 나는 아무 대꾸도 하지 않았다. 타로 사령관은 내게서 눈을 떼지 않았다.

"내가 맘만 먹으면, 그쪽을 다치게 할 수 있다는 거 알 텐데?"

그는 표정 하나 변하지 않았다.

"아니, 그런 일은 딴 사람한테 시키고 난 지켜보기만 하면 돼."

물론 나는 그 말을 알아들었다. 다들 어둠 속에서 벌어지는 일들을 알고 있지만 외면하는 게 상책이다. 나는 그런 일들을 생각했었다. 그것도 아주 많이. 그리고 엄마와, 엄마를 둘러싼 벽에 대해서도 생각했었다. 어쩌면 나를 가두고 있는 것보다 더 단단하고 두꺼울지도 모를 그 벽을. 엄마의 섬세하고 여린 피부에 상처를 입힐 수 있는, 인정사정없는 칼날에 대해서도 생각했었다. 그리고 산야에 대해서도. 나는 마음속에서 산야를 다시 밀어냈다. 내 경계선이 흔들리며 허물어지기 시작했기 때문이다. 허물어지도록 내버려 둘 수 없었다. 지금은 아니었다.

"그런데 넌 말투도 도전적인데다가, 내게 인사조차 하지 않는단 말이야. 왜지?"

타로 사령관이 따져 물었다.

그 상황에서 내가 할 말은 하나뿐이었다. 그리고 그 말이 입에서 떠났을 때, 그게 사실임을 깨달았다.

"중요한 건, 더는 당신이 내게 아무 짓도 못 한다는 거예요."

타로 사령관은 찻잔을 입으로 들어 올리더니, 다시 후우 불고는 단번에 마셨다.

"아무 짓도?"

타로 사령관은 비아냥거렸다.

여전히 검은 눈에는 아까와 같이 평가하는 듯한 눈빛이 어려 있었다.

"만일 내가 네 삶을 되돌려 줄 수 있다면?"

"당신 말 안 믿어요."

나는 딱 잘라 말했다.

"난 샘에 대해서도 알고 있어. 물론 너도 이미 짐작은 했겠지만. 미리 말해 주지 그랬어. 그게 현명한 처사였는데. 그 일에 대해 네 아버지 고집이 장난 아니었지. 그 고집을 네가 그대로 물려받았구나. 그 지긋지긋한 티 마스터들의 전통이란 거. 신물이 날 지경이야. 물론 내 의심이 확신이 되는 건, 시간문제였지만."

사령관은 손가락으로 찻잔의 둥근 테두리 주위를 만졌다. 엄마는 똑같은 방법으로 물컵을 이용해 소리 내는 법을 가르쳐 줬다. 젖은 손으로 테두리를 스치면 낯선 고음이 만들어진다. 그 소리가 울려 퍼졌을 때, 나는 불안감에 휩싸였다. 마치 붙잡을 수 없는, 뺑소니치는 생각 같았다. 유리잔으로 이 놀이를 너무 오래 하면 깨질 거라고 엄마는 주의를 줬다. 그래서 그 후로는 감히 한 번도 유리잔으로 소리를 내 본 적이 없다.

타로 사령관의 말은 계속 이어졌다.

"게다가 티 마스터 대부분은 그걸 까맣게 잊어버렸지. 이제 여러 대에 걸쳐 도시에서 살고 있으니까 말이야. 이 직업의 숨은 본질이라고 한다면, 한때 티 마스터들이 샘의 수호자였다는 사실과 관련이 있겠지. 네 아버지는 운을 너무 믿었어. 풍요로운 정원을 소유한데다, 최고 수질의 물을 사는 사람들보다 월등한 차 맛을 자랑하고, 도시의 유혹에도 끄떡없는 시골 벽지의 티 마스터라고? 분명 어떤 비밀을 지키고 있었겠지."

찻잔 테두리를 돌던, 타로 사령관의 손가락이 멈췄다. 안절부절못한 채 그의 말을 듣고 있던, 나는 더는 참지 못하고 다그쳐 물었다.

"티 마스터와 물의 관계에 대해 당신이 알고 있는 게 뭔데요?"

그의 웃음은 마치 울려 퍼지는 유리컵 소리 같았다.

"그렇게 걱정스런 얼굴 할 거 없어. 그게 비밀 정보라고 했던 네 아버지 말은 거짓이 아니야. 사실이야. 티 마스터로 교육받은 사람들만 알고 있지."

이 비밀 정보를 입수하기 위해 그가 얼마나 많은 사람들을 고문했는지 물어보려는 찰나, 순간 말문이 막히면서 기억 속의 뭔가가 떠올랐다.

타로 사령관이 결례를 범하고 나서의 행동을 보면, 처음부터 다른 꿍꿍이가 있었던 게 분명하다. 나는 다례원에서 실수하는 손님들을 많이 봐 왔다. 다도에 익숙지 않거나 잊어버렸기 때문이다. 그 사람들이 실수한 것은 혼동이나 무지의 영향이 컸다. 그들은 실수 때문에 자신의 부족한 소양이 들통나면, 무척 곤혹스러워했다. 심지어 지켜야 할 엄격한 다도가 있는지도 몰랐던 사람들은 그런 것에 거의 신경도 쓰지 않았다는 사실에 어쩔 줄을 몰라 했다. 하지만 타로 사령관은 이미 첫 방문 때부터 달랐다. 맘만 먹으면 다도를 완벽하게 지킬 수 있음에도 일부러 결례를 범한 듯한 그런 느낌이었다. 그래도 될 만한 힘이 있었던 것이다. 그는 나만큼이나 다도에 훤했고, 그 때문에 티 마스터와 다른 손님들을 불쾌하게 하는 방법을 정확하게 꿰뚫고 있었다.

기억 속에 있는 사령관의 모습들이 전부 새로운 관점에서 보이기 시작했다. 다례원 첫 방문은 결국 증인 심문이었던 셈이다. 타로 사령관은 다례원을 원래대로 다시 지을 수 없다는 걸 알면서도 해체를 명령했다. 그리고 어떤 티 마스터도 비밀의 샘에 대한 기록을 남겼을 리 없다는 걸 알면서도 집에 있는 티 마스터의 책들을 압수했다. 잔디에 물을 뿌리는 일은 오로지 티 마스터와 제자들의 일이며, 다른 사람이 하면 다례를 더럽히는 짓임을 알면서도 그렇게 했던 것이다.

타로 사령관은 나를 유심히 살피며 기다렸다. 내가 알아채기를 기다렸다.

"당신 티 마스터군요."

내가 말했다.

타로 사령관은 고개를 살짝 돌렸다. 표정을 읽을 수가 없었다.

"그랬었지."

그는 말했다.

"아니 좀 더 정확히 말하면, 그러기로 되어 있었지. 나는 마지막 물 파수꾼 중 한 분이신 아버지께 가르침을 받았어. 아버지는 도시의 티 마스터들을 경멸하고 그들을 배신자로 여기셨지."

솥에서 피어오르는 수증기가 다례원의 공기 중에 떠돌다가, 창문과 내 얼굴로 모여들었다.

"하지만 당신은 그 일을 안 하잖아요."

나는 말했다.

사령관은 잔을 비우고는 바닥에 내려놓았다. 그리고 내 쪽으로 밀었다. 나는 잔을 채웠다.

"아버지가 관리하는 샘의 위치를 군에 폭로하고 관뒀지. 게다가 그들에게 군인이 되고 싶다고 했더니, 그 후부터 아주 호의적이더군. 우리는 헛된 망상에 빠져 있는 거라고."

타로 사령관은 말했다.

"말했다시피, 네가 원한다면 난 네 인생을 돌려줄 수 있어."

그는 잔을 입 쪽으로 들어 올리더니, 여전히 뜨거운지 다시 내려놓았다.

"아마도 예전과는 똑같을 수 없겠지. 그래도 말이야. 상당 부분은 똑같게 될 거야."

나는 이마에 맺힌 물기를 닦고 싶었지만, 손을 무릎에 놓은 채 잠자코 있었다.

"못 들었지? 네 엄마 소식."

나는 그와 거래 따윈 하면 안 된다는 걸 알면서도, 며칠째 먹통인 메시지 전송장치를 뚫어져라 쳐다보고 있었다. 머릿속은 결말까지 따라가 보고 싶지 않은 이야기들로 가득 찼다. 내 말문을 막을 힘이 없었다.

"엄마에 대해 뭘 알고 있는데요?"

타로 사령관은 표정 하나 바뀌지 않고 말했다.

"신징에서 반란이 있었어. 너희 엄마는 한 달 동안 실종 상태야. 다들 죽었다고 생각하지."

나는 이런 소식을 들을까 봐 두려웠다. 하지만 정작 그것과 맞닥뜨렸는데도, 아무 느낌이 없었다. 나중에는 비통한 마음이 들겠지. 하지만 지금 그 소식은 나를 몰아치기는커녕 산산이 흩어져 공허감만 남겼다.

"죽은 사람을 부활시키는 건 내 소관이 아니야. 하지만 아직 살아 있는 사람이라면 어떨까?"

타로 사령관이 넌지시 말했다.

그는 내가 깜짝 놀라는 모습을 보았다. 흡족해하는 표정이었다.

"너에게 그럴 능력이 있다면, 구하고 싶은 사람 없니?"

숨이 턱 막히면서, 가슴이 더욱 빠르게 고동쳤다.

"엄만 어딨죠?"

나는 다그쳐 물었다.

사령관은 고개를 갸웃거리면서 뚫어지라 쳐다보았다.

"네 엄마가 메시지를 전해 달라고 부탁하더구나. 내 제안을 받아들이라고 말이야."

나는 마른 침을 삼켰다.

"무슨 제안이요?"

"너는 자유를 되찾고, 지금까지 살던 대로 계속 살아갈 수 있어. 군의 보호를 받으면서 편안하게 말이지. 다른 마을 사람들보다 더 자유롭게 샘을 이용할 수도 있고."

나는 샘이 우리만의 것이었던 지난 몇 주간을 떠올렸다. 타로 사령관의 입 언저리가 씰룩거렸다. 내 표정 변화를 알아챈 모양이다. 나는 마지못해 그를 똑바로 바라보았다.

"조건이 뭔데요?"

"이제부터 샘은 군의 소유이며 너희 엄마랑 너 둘 다 나를 위해 일한다고 동의하기만 하면 돼."

그는 잠시 뜸을 들이며 그 말을 이해할 시간을 주었다.

"물론 너는 중대한 실수를 저질렀어. 하지만 머리도 비상하고 잔꾀도 부릴 줄 알더구나. 나도 잠시나마 샘이 없다고 믿을 뻔했으니까. 무로마키도 오랫동안 너를 염탐했고 조사도 많이 해야 했어. 결국 물의 출처가 어딘지, 마을로 어떻게 몰래 들여오는지 밝혀낼 수 있었지. 우리는 너랑 비슷한 능력의 스파이들을 활용했지."

대화 도중, 또다시 머릿속에 어떤 이미지들이 떠오르면서 하나하나 새로운 방식으로 펼쳐졌다. 엉뚱한 날 다례원을 찾은 무로마키, 산야네 대문 앞에 서서 산야와 이야기를 나누는 모습. 거의 잊어버렸던 기억이지만 이제 다른 기억들 사이에서 또렷하게 떠올랐다. 아버지 장례식에 왔던 금발 머리 조문객. 왠지 낯이 익었지만 선뜻 이름을 댈 수 없었던 그 얼굴. 여태껏 나는 내 주변으로 올가미가 조여 오고 있다는 사실을 몰랐던 것이다.

방 안이 쥐 죽은 듯 고요했다. 몇 주 전부터 심해진 안개, 이해할 수 없는 일들, 세상의 틈들, 내 얼굴도 분간할 수 없는 어두운 거울 때문에, 나는 한치 앞도 볼 수 없었다.

"그럼 산야도 내가 그 제안을 받아들였으면 하던가요?"

"그렇게 해서 너희가 다시 만날 수만 있다고 하면, 그랬으면 좋겠다 하더군."

나는 산야를 생각했다. 제안을 받아들이고 싶었다. 나는 지쳤다. '네'라는 말은 쉽게 할 수 있는 말이었다. 내 눈 속에 맺힌 모습을 외면할 수 없었다. 샘 안에서 산야와 손을 맞잡았던 모습.

그곳에 끝없이 흐르는 물이 우리의 실루엣을 감싸 안았다. 세상과 물의 기억 속에 영원히 남을 우리의 표식을.

나는 눈을 감고 숨을 들이마셨다.

"산야는 그럴 가치가 있다고 생각한 거야."

사령관의 말이 조용히 이어졌다.

"그래서 우리에게 온 거고."

나는 눈을 번쩍 떴다. 말들이 줄행랑을 놓았다. 기억 속 모습들도 사라졌다. 그리고 원한다고 진실이 될 수 있는 게 아닌, 그 모든 것이 사라져 버렸다.

"당신은 거짓말을 하고 있어."

나는 직격탄을 날렸다.

타로 사령관의 얼굴이 일그러지면서 웃음기가 싹 가셨다. 뭔가 떨어져 나갔다. 가면? 고심 끝에 짜낸 계획? 어떤 건지 확실치는 않았다. 다만 그의 견고했던 목표에 틈이 생긴 걸 봤다. 타로 사령관이 텅 빈 도화지 같은 무표정한 얼굴로 돌아오기 전에, 나는 내 말이 맞았다는 사실을 직감했다.

"그렇다고 치자. 하지만 넌 그것도 확신하지 못할걸. 넌 내 말을 듣기만 할 뿐, 믿진 않으니까."

그는 조용했다. 우리는 서로를 응시했다. 방에서 움직이는 거라곤 우리 숨소리와 머릿속 생각들뿐이었다.

"만일 산야가 우리에게 온 이유가 너 때문이 아니라, 제 가족을 보호하려고 그랬다고 말했다면 어땠을까? 그 편이 훨씬 더 믿기 쉬웠을까?"

어둠은 산야를 휘감으며, 그녀를 영영 만나지 못하게 나한테서 멀리 떼어 놓았다. 나는 손을 들어 올리지도 않았다. 산야가 못 가게 말리지도 않았다. 산야는 멀어지면서 뒤도 돌아보지 않았다.

나는 혼자였다. 그리고 내가 할 수 있는 말은 한마디뿐이었다.

"무슨 짓을 해도, 난 당신 제안을 받아들이지 않아요."

타로 사령관은 찻잔을 입술까지 들어 올리더니 천천히 차를 마셨다. 입술을 닦고 잔을 바닥에 내려놓았다.

그는 물었다.

"그게 네 결론이냐? 신중하게 생각해. 기회는 또 없을 거야."

"그래요."

사령관은 고개를 끄덕였다. 그 몸짓에 담긴 단호함이 좁은 방 벽에 울려 퍼졌다. 그는 벌떡 일어났다. 사령관의 그림자가 나를 덮치면서, 잠시 내 것인 양 나와 어우러졌다.

나는 방을 가로질러 손님용 출입문으로 가서, 그를 위해 살며시 문을 열어 주었다. 그런데 그가 무릎을 굽혀 다시 베란다로 기어 나가려던 찰나, 갑자기 멈추더니 내 쪽으로 고개를 돌렸다.

"궁금하구나."

타로 사령관이 말했다.

처음으로 그가 진짜 관심을 보였다.

"이유가 뭐지? 설마 네가 옳다고 여기는 일을 하면, 다음 생이나 저승에서 네게 어떤 보상이라도 있을까 봐 그러는 건가?"

"아뇨. 보상은 없어요. 그걸 알면서도 우리는 언제나 가혹한 선택을 하게 되죠."

나는 대답했다.

"어째서?"

타로가 또다시 물었다.

"있는 게 그것뿐이라면, 그것이 인생의 특별한 흔적을 남길, 유일한 방법이니까요."

타로 사령관은 고개를 끄덕이지도, 미소를 짓지도, 비웃지도 않았다. 그냥 잠시 쳐다보더니 다시 고개를 돌렸다.

"나도 궁금하네요."

내가 말하자, 그가 멈췄다.

"사령관님은 보상도 믿지 않고 힘이 사라질 것도 뻔히 아는데, 어째서 그걸 품은 채 옳지 않다고 생각하는 일을 계속하는 거죠?"

타로 사령관은 내 질문에 동요하지 않았다. 그는 조용했다. 다례원의 눅눅한 공기 속에 그의 숨소리가 번졌다. 표정에서 언뜻 눈에 띄지 않는 떨림을 느꼈지만, 착각이었을지도 모른다. 그가 시선을 돌리며 다시 내 쪽으로 얼굴을 돌렸을 때, 내가 본 것은 차가운 유리와 돌뿐이었다.

"있는 게 그것뿐이라면 말이다."

드디어 타로 사령관이 입을 열었다.

"그 힘이 지속되는 동안 그걸 즐기는 편이 낫기 때문이지."

우리는 여전히 무릎을 굽히고 앉아, 서로를 쳐다보았다. 우리를 떼어 놓거나, 붙일 수 있는 것은 아무것도 없었다. 그의 선택은 내 선택이었을 수도 있었다. 그림자들은 전부 같은 색깔이고, 어두워지면 모두 사라진다.

"안녕히 가세요. 타로 사령관님. 내가 사령관님을 위해 할 수 있는 일은 이걸로 끝이네요."

나는 마지막 인사를 했다.

타로 사령관은 작별 인사 없이, 고개만 숙였다. 이번만큼은 그의 행동에서 경멸이나 조롱이 느껴지지 않았다. 그렇다고 존경심이 느껴진 건 아니었다. 나는 그가 다례원을 나간 후, 베란다나 돌길 위에 군화 소리가 들리지 않을 때까지 기다렸다.

그날 저녁, 나는 현관문에 그렸던 사선을 세어 보았다. 그리고 물 범죄 혐의를 받은 다른 집의 경우, 파란 동그라미가 생기고 사형이 집행되는 데 며칠이 걸렸는지 헤아려 보았다.

나는 야간 전등에 반딧불이를 채우기 위해 밖에 나갔다가, 다례원 모퉁이에서 가느다란 검은 형체를 발견했다. 그곳의 그림자들이 짙어지고 있었다. 얼굴은 아직 보이지 않지만 그 형체가 나를 정면으로 쳐다보고 있는 느낌이었다. 어느새 검은 형체는 고개를 돌려 다례원 너머, 내게 허용된 경계선 너머로 사라졌다.

19

밖이 아직 어스름한 시간, 나는 아침 차를 만들기 위해 일어났다. 수도관이 말썽을 부렸다. 지난 3주 동안 거의 매일 그러다시피 했다. 처음에는 물이 주전자 안으로 콸콸 쏟아졌지만, 차츰 물줄기가 약해지면서 급기야 찔끔찔끔 떨어졌다. 수도의 금속관도 축 늘어지고 집 내부에서 나는 소리도 사그라졌다. 나는 똑똑 떨어지는 물 아래에 찻주전자를 놔두었다.

이제 남은 시간이 별로 없었다.

찻주전자가 채워지는 동안, 나는 현관으로 가서 새로운 선을 그었다. 일곱 번째 줄의 여섯 번째였다. 타로 사령관이 방문한 지 딱 일주일이 지났다. 팔은 천근만근 무거웠고, 칼날도 페인트칠이 된 표면을 이동하며 긁어 대는 게 마뜩찮은 모양이었다. 하지만 내가 선 긋는 일을 멈추고 일곱 번째 줄을 공백으로 남긴다해도, 주변에서 사라져 가는 시간을 잡을 수는 없을 것이다.

나는 부엌으로 돌아왔다. 그리고 그나마 똑똑 떨어지던 물마저 완전히 말라 버린 걸 알게 되었다. 찻주전자를 들여다보니, 절반도 안 채워졌다. 마지막 남은 물주머니 두 개 중 한 곳의 물을 찻주전자에 부었다. 나중에 수도관이 제대로 작동하면, 물주머니를 채워 놔야지. 나는 수도꼭지를 잠그지 않고 그 아래에 커다란 주전자를 놓았다. 물이 다시 나오는지 아닌지 귀를 대 보았다. 예전에는 워낙 흔해서 관심조차 없었던 그 소리에, 내 귀는 점점 예민해져 갔다.

나는 카디건 단추를 채우고 털양말을 신었다. 그리고 현관 벽에 있는 선반에서 숄을 집어 들었다. 쌀쌀한 아침이었다. 그해 8월 여느 아침보다 훨씬 더 쌀쌀했다. 나는 현관문을 열고 밤의 냉기로부터 되살아나고 있는 정원의 향기 속으로 들어갔다. 차가운 바깥 공기에 뿌연 입김이 피어올랐다.

계단에서 음식 쟁반을 집으려고 몸을 숙이려는데, 언덕 너머로 반쯤 부푼 옅은 빛의 달님이 보였다. 달 축제가 다가오고 있었다. 조만간 마을 사람들은 달콤하고 끈적끈적한 축제 케이크를 굽고, 집 처마에 오색찬란한 반딧불이 전등을 걸어 둘 것이다. 퍼레이드를 위한 해룡은 이미 만들어져 있고, 축제 장식이나 아이들의 화려한 드레스에 사용할 장신구를 찾느라 플라스틱 무덤은 사람들로 북새통을 이룰 것이다. 올해는 불꽃놀이가 없을지도 모른다. 불똥을 진압하는 데 사용할 물이 없는 터라, 무척 위험할 수 있었다. 불꽃 대신 다른 불빛을 보게 될 것이다. 아마도 달 축제 날 밤 해룡들이 아치형의 어두운 하늘을 가르면서, 새빨간 반사광들을 드리울 것이다.

'부리'에 앉아 그것들을 지켜보는 사람도 있을 것이다. 아마 그녀 옆에는 누군가가 그녀의 팔을 잡고 앉아 있겠지. 달라지는 건 아무것도 없을 것이다.

그때 대문 쪽에서 어떤 소리가 들렸다. 누군가 목소리를 낮춰 이야기를 하고 있었다. 그쪽으로 고개를 돌렸지만, 잡목림 속으로 사라지는 푸르스름하고 기다란 형체만 보였을 뿐이다. 그래도 목소리는 여전히 여명 속에 떠돌고 있었다. 군인 두 명이 이야기를 나누고 있었다. 그중 한 명이 웃었다.

그들은 이날 오후 늦게, 아님 정찰 임무가 끝나는 대로 마을로 돌아갈 것이다. 군화를 윤이 나게 닦은 다음, 시장에 가서 빵이나 블루 로터스를 사겠지. 그리고 밤새 잠을 자거나, 밤을 꼬박 새거나 할 것이다. 삶의 시간을 헤아리는 일 없이. 바람이 방충 모자를 잡아당기고 태양이 손가락 마디마디를 비추겠지만 그들은 상쾌한 한기도, 마음을 달래 주는 온기도 알아채지 못할 것이다.

나는 그들 이름을 모른다. 고향이 어딘지, 생김새가 어떤지도 모른다. 하지만 그 순간 나는 그들이 너무나도 미웠다. 누군가를 그렇게 미워해 본 적이 있었나 싶다.

쟁반은 가벼웠다. 작은 토기 그릇 안에는 마른 콩 한 줌뿐이었다. 나는 쟁반을 들고 집 안으로 들어왔다. 그리고 손을 뒤로 해서 문을 닫았다. 다리가 약간 휘청거렸다.

나는 걷잡을 수 없는 분노에 사로잡혔다. 그릇을 벽에 내동댕이쳤다. 그릇이 와장창 박살 나는 소리에 움찔했다.

내 주변의 현실 구조에 변화가 생겼다. 그건 내가 외면한다고 안 보이는 게 아니었다. 삶의 올들은 서로를 중심으로 돌고 교차하며 누비듯 지나간다. 뒤얽혔다가 다시 멀어졌다 하면서, 삶을 공고히 하는 망을 형성한다. 하지만 올이 풀려 내게서 떨어져 나가자, 그 속의 틈들이 또렷하게 모습을 드러냈다. 세상은 여전히 이야기를 통해 성장하고 감동을 받는다. 하지만 그 세상 안에 내가 발 디딜 곳은 없었다.

그리고 그 뒤에 있는 건 빈 공간뿐, 이제 거의 그곳에 다 왔다. 침묵과 공허로 이뤄진 싸늘한 공간, 우리가 세상의 기억에서 사라질 때 다다르는 곳.

우리가 실제로 죽는 곳.

나는 외면하고 싶었다. 하지만 나를 이곳으로 데려온 사건들, 내 뒤에 영원히 숨어 결코 굴복하지도 부서지지도 모양을 바꾸지도 않을 과거에, 나는 여전히 붙잡혀 있었다. 내가 더는 아무것도 못 보게 될 때까지, 나는 그 과거를 보게 될 것이다. 과거에 관한 이야기들은 이런저런 식으로 왜곡됐을지 모르지만, 그 뒤에 숨은 진실은 변할 수 없다. 그것은 자기 자신 외에 어떤 힘에도 고개 숙이지 않는다.

목구멍이나 가슴보다 더 깊은 어딘가에서 치밀어 오르는 분노가 격렬하고 거친 흐느낌이 되어, 입 밖으로 터져 나왔다. 가슴이 답답했다. 분노와 비통함이 온몸을 휘감았다. 더는 억누를 수 없었는지, 걷잡을 수 없는 오열이 터져 나왔다. 나는 문에 기대 주저앉으며 눈물이 흐르도록 내버려 두었다.

집 안의 짙은 어둠을 가르는 빛줄기에, 먼지가 유유히 떠다녔다. 팔다리가 무거웠다. 나는 바닥에 누워 있었다. 뺨과 눈언저리를 가득 메운, 짠 내 나는 눈물 자국들은 서서히 말라가고 있었고 입에서는 진한 철 맛이 났다.

그냥 이대로 있어도 될 것 같았다. 군인들은 내일 올 것이다. 물주머니는 거의 빈 상태다. 물이 흘러나올 때까지 그대로 있어도 된다.

살갗 위로 침묵이 짙게 내려앉았다. 그것에 굴복하고 싶었다. 나는 눈을 감았다.

목이 바짝바짝 타는 무기력한 정적 속에서 뭔가가 움직였다.

'저 파리 좀 윙윙대지 않았으면 좋으련만.'

나는 생각했다.

그러면 잠을 잘 수 있을지도 모르는데.

하지만 녀석은 그러지 않았다. 어째서 바깥의 자유로운 허공으로 탈출할 수 없는지 의아해하며, 계속 유리에 부딪히며 쿵쿵거렸다. 나는 눈을 떴다. 창문과 창문을 가린 커튼 사이의 좁은 공간에서 튀어 오르는 파리의 그림자가 보였다.

기억 저편에서 뭔가가 꿈틀거렸다. 또 다른 파리 한 마리. 묵직한 몸에서 초록빛과 검은빛이 반짝였다. 구멍이라도 찾으려는 듯, 날개를 윙윙거리며 촘촘한 방충망을 이리저리 날아다녔다.

나는 고개를 돌려 해초 가방을 보았다. 옷걸이 아래의 벽면에 기대어 있었다. 가방 밖으로 네모난 노트가 보였다.

기억이 점점 펼쳐졌다. 파리는 방충망을 포기하고 연장과 전선으로 뒤덮인 탁자에 앉았다. 산야는 빛을 발산하는 은색 디스크를 과거 기계의 움푹 들어간 부분에 넣고, 뚜껑을 눌러 닫았다. 스피커에서 바스락거리는 소리가 났다. 이어서 흘러나온 말들은 나를 외롭게 놔두지 않으려는 듯, 후덥지근하고 고요한 공기 중을 떠돌아다녔다.

내 머릿속은 뭔가를 부여잡으려고 안간힘을 쓰고 있었다. 세월, 세대, 인생 속으로 흘러가는 눈에 보이지 않는 가닥을.

기억이 바뀌었다. 내 손에 들려 있는 묵직한 가죽 장정 책. 각 페이지 글자 위에는 과거로 연결되는 다리가 세워지고 있었다. 안 그랬으면 과거는 사라졌을 것이다. 나를 끌어당기는 글자들. 그것을 직접 쓴 티 마스터는 오래전에 세상을 떠났지만, 자신이 남긴 책 덕분에 여전히 책 표지 사이에 살아 숨 쉬고 있다. 문장들은 나를 붙들고는 엄습한 적막으로부터 다시 끌어냈다.

이건 내 마지막 이야기다. 그리고 이 페이지에 그것을 기록하고 나면, 내 물은 제멋대로 말라갈지도 모른다.

사람들은 이야기를 더 잘 이해하겠답시고, 이야기에 형체를 부여할 때가 있다.

사라진 이야기들은 너무 많고, 그나마 남은 이야기 중에도 진실은 너무 적다.

문 아래 틈으로 한기가 파고들었다. 손바닥으로 나무 바닥을 짚고 천천히 몸을 일으키려는데, 바닥에서 온기가 느껴졌다. 마치 강한 폭풍우에 맞서 싸우는 것 같았다. 나는 앉은 자세로, 나를 내리누르며 주저앉히려는 피곤함에 굴복하지 않으려 안간힘을 써야 했다. 가방은 1m 정도 떨어져 있었다. 나는 그쪽으로 손을 뻗었다. 어깨끈을 더듬어 찾다가 균형을 잃을 뻔했다. 마침내 촘촘하게 엮인 가방을 가까스로 잡아채서 내 쪽으로 잡아당겼다. 가방에서 내 티 마스터 책을 꺼냈다. 손가락 끝에 닿은 가죽 표지의 감촉이 매끄러웠다.

페이지를 넘기자, 비스듬하고 가느다란 내 필체와 마주쳤다. 다례와 그때 사용된 다기, 날씨, 손님의 차림새와 행동거지에 대해 꼼꼼하게 적혀 있었다. 하지만 그 공간 대부분은 은색 디스크에서 받아 적은, 얀손 탐사대의 기록들로 채워졌다. 단편적이고 애매한 부분도 있지만, 여전히 주요 부분은 틀림없는 사실이었다.

나는 계속해서 페이지를 넘기다가 마지막 디스크의 내용에 이르렀다. 구름이 잔뜩 낀 어느 오후 산야와 함께 들었던 내용이다.

폐허와 파괴에 대한 내용이었다. 대륙의 한복판을 향해 다가오면서, 육지와 신선한 물을 집어삼키는 바다에 대한 이야기. 수많은 사람이 집을 떠났고, 얼음이 녹으면서 연료 자원을 둘러싼 전쟁이 점차 모습을 드러냈다. 그러는 사이 세상의 물길은 말라 버렸다. 사람들은 세상에 상처를 입혔고, 급기야 세상을 잃고 말았다.

그다음 내용은 조작된 진실과 입에서 입으로 전해 온 거짓말들, 영원히 변해 버린 역사 이야기였다. 뿌연 종이 부스러기로 바스러져 바다 밑바닥에 가라앉은 책들. 그 책들을 대신해서 쉽게 변경할 수 있는 전자책이 만들어졌고, 결국 모든 사건은 몇 번의 클릭만으로 세상의 기억에서 지울 수 있었다. 전쟁이나 사건, 사라진 겨울은 이제 그 누구의 책임도 아니었다.

바로 뉴 키안을 쥐락펴락하는 세력이 파괴를 시도한 이야기였다. 그들이 과거 세계의 거의 모든 것을 파괴할 때와 판박이였다. 그럼에도 내 손에는 과거 세계가 들려 있었다. 물론 완벽한 진실은 아니다. 완벽한 진실은 생존할 수 없으니까. 그것은 전부 사라지지 않고 남아 있는 무언가였다.

나는 페이지에 적힌 문장들을 눈여겨보았고 내가 뭘 해야 할지 이해하기 시작했다.

나는 그대로 있으면서 먼지가 물을 물리칠 때까지 기다리면 된다. 내 이야기가 모두에게 전해지려면, 다른 누군가가 내 이야기를 퍼뜨리게 놔두면 된다. 그 사람은 내 이야기를 왜곡하거나 못 알아볼 지경으로 만들어 자신의 목적에 이용할지도 모른다. 만에 하나 내 이야기가 우리 집 대문에 파란 동그라미를 그린 사람들에게 넘어간다면, 그것은 더는 내 것이 아닐 것이다. 나는 그 안에 없을 것이다. 어디에도 없을 것이다.

그런 일이 일어나게 내버려 둘 수 없었다. 세상에 내 표식을 남겨 두고 그것에 내 형체를 부여하고 싶었다.

내 티 마스터 책의 마지막 3분의 1은 여전히 공백이었다.

일어나려고 하는데, 다리가 거의 움직여지지 않았다.

두툼한 커튼이 내 방 창문을 덮고 있었다. 땅거미가 질 무렵, 나는 티 마스터 책의 새 페이지를 펼친 채 침대에 앉았다. 책장 전체를 환히 비추도록, 침대 탁자에 반딧불이 전등을 올려놓았다.

내가 작업을 시작하자, 펜 끝에서 잉크가 반짝이더니 종이 위에 별 모양 얼룩을 남겼다.

처음에는 글자들이 좀처럼 모습을 드러내지 않았다. 오랫동안 어둠 속에 숨어 지낸 터라, 흐릿하고 힘이 없었다. 하지만 내가 다가가자, 깜박깜박 신호를 보내며 내 쪽으로 흘러왔고 형체도 점점 또렷해졌다. 마침내 밝고 선명하게 모습을 드러냈을 때,

나는 내가 할 수 있는 일을 찾아냈고 글자들이 나를 통해 쏟아져 나오도록 놔두었다.

나는 비밀의 샘에 대해 적었다. 어느 누구도 쓴 적 없는 이야기였다. 그리고 하늘 바다에서 너울거리는 물고기 오로라에 대해 썼다. 수많은 고기 떼의 비늘이 번쩍이는 듯했고, 보는 방법만 안다면 그 속에서 용의 형체를 발견할 수도 있었다. 플라스틱 무덤과, 겹겹의 층 속에 묻혀 있는 비밀들, 한때 누군가의 것이었고 하나하나 중요한 의미가 담긴 뭉개진 과거 물건들에 대해서도 적었다.

종이 위의 문장들은 시간과 장소를 거슬러 갔다. 언덕에서 집으로 다시 물이 흘렀고, 아버지는 방을 거닐고 있었다. 바위 정원에 갈퀴질을 한 후 베란다 난간에 갈퀴를 기대 놓고, 손가락을 잡아당기는 아버지의 모습이 보였다. 고개를 숙이고 솥바닥에 생긴 거품을 셀 때마다 눈썹을 찌푸리는 모습도 보였다. 엄마는 서재에 앉아 있었다. 생각에 잠긴 채 머리카락을 뒤로 넘기는 모습, 펜을 어디에 뒀나 기억해 내려는 듯 고개를 갸웃거리는 모습이 보였다. 엄마가 직접 만든 비누의 라벤더 향, 민트 향과 아버지가 가끔 만들어 주던 양파 스튜 냄새가 진동했다. 부모님 걸음 소리가 들렸다. 하나는 느리고 일정했지만, 다른 하나는 좀 더 힘이 넘치고 조급했다. 부모님 목소리가 다시 부엌을 가득 채우고 정원을 떠다녔다. 나는 혼자가 아니었다.

산야에 관해서도 썼다. 작업실에서 과거 기계의 부품들을 차례차례 꺼내면서 그 순서를 외우고 탁자 위에 가지런히 놓을 때, 그녀 얼굴을 뒤덮었던 홍조. 산야가 웃을 때, 한쪽 입가가 다른 쪽보다 더 높이 올라가는 모습. 내 기분을 풀어 주려면 어떤 말은 하고 어떤 말을 안 해야 하는지 속속들이 알았던 친구. 스카프를 이용해서 검은 머리를 뒤로 넘기는 습관. 손의 윤곽, 손가락 끝의 갈라진 틈과 찢어진 피부. 햇빛이 닿지 않는 어두운 물을 통해 제 팔다리를 바라보던 모습.

바깥 하늘이 어둡게 변했다. 방 안에서는 그림자들이 오그라들고 뒤틀어진 듯했다. 책은 반딧불이 전등보다 더 넓고 환하게 자신의 광채를 내뿜었다. 책 뒷부분에 있는 빈 페이지 두께가 점점 얇아졌다. 나는 내 주위의 영혼들을 소환해서 사라진 다른 모든 것과 함께 표지 사이에 끼워 넣었다. 드디어 마지막 한 장까지 다 채웠다. 손목이 욱신거렸다.

마침내 펜을 내려놓고, 뒤쪽 가죽표지에 이마를 갖다 댔을 때는 이미 커튼 밖으로 밤이 물러가고 있었다. 몸이 빈껍데기처럼 느껴졌다. 산들바람에도 휩쓸려 갈 정도로 가벼웠고, 물과 글자들의 무게에 얽매이지도 않았다.

나는 티 마스터 예복을 입었다. 피부 위로 부드럽게 흘러내렸다. 옷에서는 더러운 땀 냄새가 풍겼다. 책을 들고 부엌으로 걸어가는데, 양말에 닿는 나무 바닥이 미끄러웠다. 부엌 찬장에 얇은 천 주머니가 있었다. 나는 단단히 묶여 있는 줄을 풀러 주머니 안쪽을 들여다보았다. 몇 스푼 분량의 차가 남아 있었다. 내 수료식을 위해 쿼로야비에서 고른 바로 그 차였다. 그때보다 향은 약해졌지만 향의 흐름은 여전했다. 습한 기운이 대지의 재를 되살렸다. 바람은 자라는 모든 것의 가지를 흔들었고 빛은 물 위에 너울거렸다.

나는 바닥에서 마지막 물주머니를 들어올렸다. 얼마 안 되는 물이 살며시 출렁거렸다. 나는 물주머니 입구를 수도꼭지에 갖다 댔다. 어르고 달래다가 다시 불퉁스럽게 쏘아 댔다. 사실 소리도 지르고 울고불고할 수도 있지만, 그래 봐야 물은 인간의 슬픔에 눈 하나 깜짝하지 않는다. 물은 미적거리거나 서두르는 일 없이, 어두운 땅속에서 제 속도를 유지하며 흘러갈 따름이다. 그 소리를 듣는 건 돌들뿐.

현관문에는 사선 일곱 개가 일곱 줄 그려져 있고, 대문 밖의 파란 동그라미 표시는 말라붙은 지 오래다.

이제 모든 준비는 끝났다.

오늘 아침 세상은 우리가 잊고 있던 그 모습이었다. 문을 열고 정원으로 나갔을 때, 나는 그것을 바로 알아채지 못했다. 빛깔도 달랐고, 향기도 정적도 달랐다. 내가 아는 정적의 종류만 해도 한두 가지가 아닌데, 이번 것은 생소했다.

순간 다시 태어난 것만 같았다.

나는 숄을 단단히 여미고는, 카디건 소매 끝을 잡아당겨 손을 덮었다. 사실 양말과 신발을 신고 베란다 아래로 내려가도 되지만, 맨발에 닿는 잔디의 차가운 감촉을 느끼고 싶었다. 바위 정원으로 걸어가자, 잔디들이 바스락거렸다. 그리고 종이처럼 빠닥빠닥한 냉기가 몸속으로 파고들었다.

구름 뒤편에서 얼굴을 내민 햇빛에 눈이 부셨다. 예전에 나는 과거 세계의 빛나는 겨울을 상상해 본 적이 있다. 하지만 이 눈부심과는 사뭇 달랐다. 차나무 가지와 잔디 위, 바위 정원의 움푹 파인 모래층에 하얀 눈이 살포시 내려앉아 있었다. 빛이 눈 위를 비추자, 두 눈에서 눈물이 났다. 눈을 감아야 했다.

베란다에 있는 물주머니는 하나같이 텅 비어 있었다. 여기저기 긁힌 물주머니 옆 부분에 하얀 서리가 덮였다. 나는 부엌에 있던 마지막 물주머니를 다례원 베란다로 옮겼다. 나뭇결이 하얘진 나뭇잎 유령들이 햇볕에 녹아 서서히 질척해지기 시작했다. 그래서 얼른 빗자루를 집어 들고 나뭇잎을 돌길에서 쓸어냈다. 그런 다음 한 움큼을 집어 다시 돌 위에 뿌렸다. 이렇게 하면 청소한 티가 별로 나지 않는다. 아버지가 늘 해 오신 일 중 하나다.

손님용 출입문은 폭이 좁은 사각형 모양이다. 그래서 나는 물주머니를 앞으로 밀면서 출입문으로 기어 들어가 다례원으로 향했다. 나는 솥에 물을 부은 다음, 헛간으로 가서 마른 토탄을 가져왔다. 준비실에서 카디건 안에 있던 티 마스터 책을 꺼내, 다기를 보관하는 선반 아래쪽 바닥에 내려놓았다. 그런 다음 커다란 쇠 주전자와 그보다 작은 토기 주전자, 찻잔 하나를 쟁반에 나란히 놓은 뒤, 난로 가장자리로 옮겼다. 주머니에 남아 있던 찻잎을 토기 주전자에 뿌린 후, 솥 아래에 불을 피우기 시작했다.

아버지 생각이 났다. 내 피와 뼈에만 살아 있는 아버지. 엄마의 생각도 났다. 나 말고는 아무것도 남지 않은 엄마.

산야도 생각났다.

꿈속에서 누군가와 한방에 있을 때, 설령 얼굴은 안 보여도 상대방이 잘 아는 사람인지, 사랑하는 사람인지 알 수 있다. 나는 산야를 생각하면 그렇다.

솥에서 김이 모락모락 피어오르기 시작했다. 솥 바닥에 작은 방울 열 개가 생길 때까지 기다렸다.

나는 쇠 주전자에 뜨거운 물을 가득 채우고 토기 주전자에 연한 차를 준비했다. 그 차로 찻잔을 따뜻하게 데웠다. 다시 작은 토기 주전자에 물을 가득 채운 다음, 찻잔에 있던 차를 그 위에 부었다. 흡수가 잘되는 갈색 옆면이 젖을 때까지. 내 손놀림은 마치 바람에 휘어지는 나무나 해저를 가로지르는 파도처럼 자연스럽고 유연했다.

찻잔에 담긴 맑고 순한 차. 내 주위를 은은하게 감싸는 차향.

나는 들어올 사람을 위해 미닫이문을 열어 두었다. 그러고는 다례원 마루 한복판에 자리를 잡았다. 그래야 문틈을 통해 길 위에 아치를 이룬 나무들과, 물에 젖은 매끈한 돌 위에 흩뿌려지는 햇살이 보일 테니까.

내가 상상했던 결말은 이런 게 아니다. 하지만 남은 결말은 이 것뿐이다. 아니, 아닐 수도 있다. 대문을 지나 계속해서 달려가다가, 공기를 가르는 총소리가 들리고 내 몸 어딘가가 심하게 타들어 가는 느낌이 들었던 일이 생각났다. 어쩌면 지금 가까이 다가오는 군인들, 그들의 칼날(내가 볼 순 없겠지만), 돌길 위에 달라붙어 있을 피를 기다리는 것보다 그 편이 훨씬 빨리 끝날 것이다. 하지만 과정만 다를 뿐, 결과는 매한가지다. 빠져나갈 방법이 없다. 그러나 할 수 있는 한 오랫동안 숨을 쉬기로 마음먹었다. 나는 여기서 끝날지 모르지만, 앞으로 이야기를 전할 다른 사람들이 있을 것이다. 그 사람들 이후에는 세상의 작은 일부나마 좀더 완전해질지도 모른다.

다례를 마칠 즈음이면 물은 전혀 남지 않는다.

나는 정원 너머를 볼 수 없다. 도시가 붕괴됐는지, 요즘은 누가이 땅을 자기 땅이라고 우기는지 나는 모른다. 물과 하늘이 만인의 것이자 어느 누구의 것도 아니라는 사실을 깨닫지 못한 채, 물을 가두려는 사람이 누구인지도 모른다. 인간이 만든 어떤 사슬로도 그것들을 묶어 둘 수 없을 것이다.

나는 이제 정원 너머를 볼 필요가 없다. 더는.

다례원에 홀로 있는 동안, 나는 곧장 준비실로 가서 선반 아래에 손을 집어넣고 바닥을 훑으며 구석 쪽 마룻장 안의 작은 구멍을 찾을 것이다. 그 마룻장은 예전 다례원 때 있던 마룻장 중 하나로 다른 것보다 색이 좀 짙다. 나는 움푹 들어간 곳에 손가락을 넣어 마룻장을 들어 올릴 것이다. 그곳은 못이 제대로 박혀 있지 않다. 마룻장 아랫부분을 다른 손으로 조심스레 받쳐 옆으로 옮길 것이다. 그 밑에는 땅의 냉기를 발산하는 어두운 비밀 공간이 있다.

책의 가죽 표지가 보드랍고 따뜻했다. 마치 내 손길로 살아난 생명체 같다고나 할까. 내가 비밀 공간에 책을 조심스레 집어넣은 다음, 옆으로 살짝 밀어 넣는 것을 볼 사람은 아무도 없을 것이다. 이렇게 하면, 물 순찰대의 손가락이나 눈에 전혀 띄지 않을 것이다.

이제 손님이 대문을 열고 다례원으로 이어지는 길을 찾으며 정원으로 들어오고 있다. 얇게 덮인 눈에 손님 발자국은 남지 않는다. 바람이 거세지면서 차나무가 흔들리고, 가지에 붙은 먼지가 희미하게 일렁인다. 반짝이는 눈송이들이 대지를 떠돈다. 땅에 내려앉은 눈은 이미 햇빛에 녹아, 흐르는 물이 되어 좁다란 개울을 누비듯 지나간다. 눈송이들이 물줄기 속 깊고 깊은 곳에 자리를 잡을 때, 나도 그들을 따라간다. 그곳에는 시작도 끝도 없다.

입안에 남은 차의 뒷맛이 감미롭다.

산야를 생각하지 않으려 애를 썼지만, 그녀는 내 머릿속으로 스며든다. 그리고 궁금하다. 나란 사람은 산야의 머릿속으로, 산야에게 남아 있을지도 모르는 것 안으로 스며들까?

그 이미지는 부르지도 않는데 눈앞에 나타났다가 또 다시 나타난다. 결코 사라지지 않을 것이다. 산야는 연못 옆 언덕 동굴에 서 있다. 거품이 이는 물속을 들여다보고 있다. 산야가 내게 오고 있다고 생각하고 싶다. 하지만 또 다른 산야가 보인다. 그녀는 나를 외면한다. 그리고 돌아올 생각도 않는다. 그중 어떤 게 진짜고, 어떤 게 맑은 물에 비친 모습인지 나는 모른다. 물에 비친 모습이 하도 선명해서, 그게 진짜라고 거의 착각할 정도다.

나는 나 자신의 결말, 내가 원하는 결말을 고를 수 있다.

창밖의 햇살이 눈부시게 빛난다. 그리고 문틈 사이로 산야가 내게 가까이 다가오는 모습이 보인다.

나는 산야 쪽으로 손을 뻗는다.

에필로그

그녀는 출입구로 걸어갔다.

"무슨 일로 오셨나요?"

푸른 제복 차림의 수위가 유리로 둘러싸인 수위실에 앉은 채 묻는다. 이른 시간이라 그런지, 대학 건물 입구가 한산하다.

"카이티오 교수님 좀 뵈려고 왔는데요."

소녀가 말한다. 출입구의 어슴푸레한 인공조명에 비친 얼굴은 가냘프고 지쳐 보인다. 스무 살 정도 돼 보인다.

"따로 약속이 되어 있지는 않지만요, 혹시 제가 왔다고 전해 주실 수 있을까요?"

"패스포드 좀 봐도 될까요?"

수위는 유리벽에 있는 작은 창문을 열면서 묻는다. 소녀는 패스포드를 건넨다. 수위는 화면에 뜬 ID 정보를 읽고 내선 전화 수화기를 들더니 단축 번호를 누른다.

"카이티오 교수님?"

수위는 전화기에 대고 말한다.

"어린 숙녀 분이 교수님을 뵙고 싶어 합니다. 바노모 양이라
는데요."

소녀를 빤히 쳐다보는 그의 얼굴에 미소 비슷한 뭔가가 번진다.

"그럼 알겠습니다."

수위는 수화기를 내려놓는다.

"그쪽을 만나러 이리로 오실 겁니다."

수위는 메시지 전송장치를 소녀에게 건넨다.

리안 카이티오가 현관에 나타났을 때, 순간 그녀 표정이 얼어
붙는 것을 소녀는 눈치챈다. 수위는 마작 게임에 정신이 팔려, 그
들은 안중에도 없다. 입구에는 그들 외에 아무도 없다.

"따라오렴."

리안이 말한다.

소녀는 그대로 따른다.

그들이 리안의 연구실로 들어가자, 리안은 손을 뒤로 해서 문
을 닫는다. 자물쇠를 잠그더니 소녀 어깨를 잡고 말한다.

"노리아 어딨니? 그 앤 괜찮아?"

산야 표정에서 그 답을 읽은 리안은 산야를 품 안으로 끌어당
긴다. 두 사람은 할 말을 잃는다.

나중에 산야는 리안에게 모든 걸 말한다.

마을이 군의 손아귀에 어떻게 놀아났는지, 사람들로부터 물을 어떻게 갈취했는지, 샘이 어떻게 공공연한 비밀이 됐는지 그 경위를 들려준다.

노리아가 로스트 랜드에서 물을 찾고 싶어 했고, 함께 갈 계획이었다는 얘기도 한다.

그들이 떠나기로 한 바로 그날, 산야는 집 뒤에 잠복해 있던 물 순찰대를 발견했다. 그래서 태양광 차량을 숨겨 둔 곳으로 달려가, 차량을 데드 포레스트로 옮겼고 산야도 그곳에 몇 주 동안 숨어 있었다. 산야는 노리아에게 연달아 메시지를 보냈지만 전부 반송되었다. 결국, 몰래 마을로 숨어들어 간 산야는 자기 가족이 군인들에게 죽임을 당했고 다례원의 문에 파란 동그라미가 그려져 있음을 알게 되었다.

산야는 육지를 가로질러 신징으로 가기로 결심했다. 달리 갈 곳이 없었기 때문이다.

산야가 모든 이야기를 마치자, 방 안에 정적이 내려앉는다. 리안은 젖은 손수건을 꽉 쥐고 있다.

"난 아줌마가 뭘 원하는지 몰라요."

산야가 드디어 입을 연다.

"하지만 내가 뭘 해야 할지는 알아요."

산야는 잠시 뜸을 들인다.

"아줌마한테 드리려고 가져온 게 있어요."

산야는 가방에서 낡은 천으로 둘둘 만 것을 꺼내, 책상 위에 놓는다. 산야는 매듭을 푼다.

낡은 천 위에서 반짝이는 은색 디스크 일곱 개.

이날 아침, 세상은 먼지와 재뿐이지만 희망은 있다.

감사의 글

무한한 지지와 신뢰 없이는, 어떤 소설도 빛을 볼 수 없다. 이 소설이 서랍 속 종이 뭉치 신세로 끝나지 않게 도와주신 분들께 감사의 마음을 전하고 싶다.

엠마 코드는 이 책의 가치를 믿어 줬다. 실리아 히덴헤이모, 유시 티호넨을 비롯한 피니쉬 퍼블리셔 테오스의 모든 분들은 정말 최고다. 에이전트인 엘리나 알베크는 핀란드 밖의 독자에게도 이 책을 알리려고 무던히도 애써 줬다. 책 앞부분 몇 줄을 읽고 처음으로 내 이야기를 소설로 인정해 준 패트리샤 데브니! 계속해서 산파 역할을 해 준 것에 감사드린다. 낸시 가필드, 낸시 풀턴, 제레미 스콧, 크리그 퍼그, 마크 윌슨은 자문과 식견뿐 아니라 용기도 북돋아 줬다. 토드 맥윈과 루시 엘먼은 배려와 친절을 아끼지 않았다. 마리카 리코넨과 파이비 한페는 우정 어린 조언자이자 이 책의 공식적인 대모였다. 마리 파보라는 어떤 상황에서도 항상 곁에 있어 줬다. 부모님이신 시르카 비크먼과 타파니 이타란타 덕분에 책읽기를 좋아하게 되었고 동생 미코 이타란타도 아낌없는 사랑을 주었다. 호세 까잘―히메네즈는 팀워크와 관련된 모든 일에 앞장서 줬다.

물의 기억

엠미 이타란타 글 ｜ 현혜진 옮김

초판 발행일 2017년 07월 28일 ｜ 2쇄 발행일 2018년 10월 18일
펴낸이 조기룡 ｜ 펴낸곳 내인생의책 ｜ 등록번호 제10-2315호
주소 서울시 서초구 나루터로 60 정원빌딩 A동 4층
전화 (02) 335-0449, 335-0445(편집) ｜ 팩스 (02) 6499-1165
전자우편 bookinmylife@naver.com
책임 편집 이승미 ｜ 책임 디자인 정성은

ISBN 979-11-5723-326-7 (43850)

이 도서의 국립중앙도서관 출판예정도서목록(CIP)은
서지정보유통지원시스템 홈페이지(http://seoji.nl.go.kr)와
국가자료공동목록시스템(http://www.nl.go.kr/kolisnet)에서 이용하실 수 있습니다.
(CIP제어번호: CIP 2017015497)